河出文庫

黒衣の聖母

山田風太郎傑作選 推理篇

山田風太郎

日下三蔵 編

河出書房新社

◉目次

黒衣の聖母

黒衣《こくい》の聖母

戦艦陸奥《むつ》

海の花嫁

第七十一期海軍兵学校生徒、御厨武彦《みくりやたけひこ》は、波のように旗と歓呼のうずまく東京駅のプラット・フォームに降りたった。

「吾が大君に召されたる……

生命栄《はえ》ある朝ぼらけ……」

灼《や》けつくような真夏の熱気に、汗と脂にひかる群衆のなかに、赤い襷《たすき》をななめにかけた出征兵士が、怒ったような顔でたっていた。

むろん、御厨武彦をつつむ旗や歌声ではない。彼は暑中休暇で、江田島《えたじま》の兵学校から帰省をしてきたところである。しかし、真っ白な制服のぴっちりしまった腰に短剣をつった彼の姿を見とめるやいなや、群衆の顔はぜんぶ彼の方へむけられて、歌声も旗もことごとく彼の方へさかまいてくるようにみえた。

「守るも攻むるも黒鉄《くろがね》の……

浮かべる城ぞたのみなる……」

「帝国海軍」に対する国民の祈りの眼をあびて、御厨武彦はわれ知らず、手をあげて敬礼した。

　双頬を紅潮させてフォームを見まわした彼は、そのとき群衆のうしろの方に思いがけないひとの姿をみてはっとした。

　白いセーラー服の女学生である。彼女は、ふとい円柱のかげから、もちまえの黒い炎のような眼で、じっとこちらをみていた。武彦は身うちに、熱い蜜のようなものがながれるのを感じた。彼はそこまで三尺ひととびの大股であるいていた。

「おれがかえるのを、よく知ってたな！　万里《まり》ちゃん！」

「おかえんなさい！」

　彼女はぱっとゆめからさめたような笑顔になって、おどけて挙手の敬礼のまねをした。

「はっはっ、どうしておれの帰省を知ってた？」

「きょう、武彦さんとこへあそびにいったら、そのときききいたので。おうちはいま大さわぎだし、それじゃあたしがむかえにいってあげようって、かけつけてきたのよ」

「おれの家が大さわぎ？　なんだい？」

「あら、武彦さん知らないの？　あさって烈彦《やすひこ》さんの結婚式があるんじゃないの？」

「兄貴が？　おどろいたな、どうも。そんな話きいたことがないぜ。じゃ、兄貴はうちにかえっているのか？」

「ええ、もう三、四日になってよ。そして式がすんだら、四、五日でまた航空隊におかえりになるんだって！　だから、いま、どちらのおうちもたいへん」

「どちらのおうちもって、花嫁さんの家のことをいってるのか。いったい、どこのどいつが兄貴のところへこようっていうんだ?」

「あたしの、お姉さま」

階段のうえで、武彦はぴたりとたちどまった。兵学校で度胸はいやというほど鍛練されてきたつもりだが、ちょっと口もきけないおもいであった。万里子はにこりともしないで、へんにきまじめな顔でみかえして、

「まあ、こわいこと。……真っ黒な顔に眼ばかり光って」

と、いった。

茶目でいたずらで、まわりのものの口をあっとひらかせたまま、けろりとしているようなところのある万里子だが、その顔にはむしろ武彦のおどろきをそらそうとする技巧がみえた。そういえば、さっき歓呼の群のうしろの柱のかげで、ぽつねんとこちらをみていた姿も、彼女らしくもなく、妙におとなびて、なにか考えにふけっているようだった……。

「そうか、兄貴は浮城子《ふきこ》さんをお嫁さんにするのか」

階段をおりて、省線電車のあるフォームの方へまわろうとすると、万里子がいった。

「こっち、こっち、うちの車でむかえにきたのよ」

「へええ、よくガソリンがあったね」

「ふっふっ、配給の最後の一滴よ」

米国が石油の対日全面的禁輸を行ったのは、ほんの数日まえであった。駅の回廊の壁にす

ら、あちこちと「ＡＢＣＤ包囲陣を粉砕せよ」とか、「一億時宗《ときむね》たれ」とかいたポスターがべたべた貼ってあった。

駅前から自動車がはしり出すと、武彦はしばらく万里子の無邪気にきくままに、江田島の話をした。東京もひどく路《みち》があれてきたことは、こうして車にのってみればよくわかる。万里子のからだはゴム鞠《まり》のようにはずんで、彼女はあどけなく武彦の手をつかんだ。熱風が車内にこもって甘ずっぱい匂いが、潮の香になれた武彦の鼻孔をなやましくくすぐり、彼はしぜんと眼に入る万里子の桃いろに汗ばんだ清純な胸もとから視線をそらして、じっと前方をにらみつけた。

兄の烈彦と、万里子の姉の浮城子との結婚は、ちょっと予想もしていなかったのでめんくらったが、御厨家と卯殿《うどの》家がそれによってむすびつけられることは、春の泉のように彼の甘美な空想をあふれさせた。兄と姉同志、弟と妹同志か。……あんまり正方形的すぎる組合せかな。……

「なに、だまりこんでにやにや笑ってるの？　武彦さん」

「いや、なに、それはそうと、うちの明《あきら》さんは変りない？」

彼は、急に黒い顔をあかくしてふりむいた。すると、万里子のまるい頬がひきしまって、さっきみたような技巧的にまじめな表情になった。

「うん」

「毎日、商大にいってるかい？」

「いってる。でも、ことし徴兵延期の年限がきれたから、検査うけたわ。学生をつづけられないかもしれないっていってたわ」

「そりゃ気の毒だね」

と、武彦は眼をとじた。真夏のひかりのとおる瞼《まぶた》のうらに、すっとひとすじ夕風のようなものがふきすぎた。

「明さんだけは、兵隊にしたくない」

真田《さなだ》明は、或る事情があって、武彦の父の御厨中将がひきとっている青年だった。どういうものか、せっかく入学した学校を一年ごとにとりかえるくせがあるものだから、いつまでたっても卒業できないで、そんなことになるそのうつり気も、ことしは高等学校の理科かと思うと、来年は文科大学の予科といったぐあいに、一見でたらめだから、御厨中将などはいつも彼の薄志弱行を叱責《しっせき》しているが、武彦は奇妙に四つばかり年上の彼に愛着をかんじていた。最近でこそ、彼の人生観世界観に大いに異論があるが、中学時代には、ほとんど偶像的に彼を尊敬していたくらいである。それのなごりか、江田島でも、東京のことをおもいだすとき、まずうかんでくるのは、豪放な兄の烈彦よりも、むしろ明の、くらい情熱的な眼と、大きくて皮肉な口だった。……車は下目黒の御厨邸にすべりこんだ。

わっと家族が玄関へとび出してくる。母は涙さえたたえた笑顔でかけよってくるし、父も中学のころはいちどもみせたことのない笑顔であるいてくる。ひるねをしていたらしい兄の烈彦中尉さえも、のそのそ式台のうえへ出てきて、精悍《せいかん》な白い歯をみせていた。書生や女中が万歳をさけんだ。万里子をしたがえて車からおりた御厨武彦は、若竹のように颯爽《さっそう》と直立して、挙手の敬礼をした。純白の服と、黄金の錨《いかり》の帽章が、めくるめくばかりに燦爛《さんらん》とひかった。

父母に帰省の挨拶《あいさつ》をして、奥へ廊下をあるきながら、兄とならんで、

「兄さん、おめでとう」

「うむ」

と、いって、にやりとしたきりである。

「どうせ今日ごろかえるじゃろうと思って、知らせなかった」

「花嫁が浮城子さんだとは思いがけなかった。おれは、あのひとは明さんと結婚するんだとばかりかんがえていたよ」

「明にはもったいなさすぎるよ。第一、明は海軍がきらいだ。浮城子は卯殿中将の娘じゃないか。海の娘は、海の男の花嫁になるべきだ。だから、おれが掠奪《りゃくだつ》した。ふっふっ、航空隊は、手あらいね」

「しかし、急だなあ、式がすんだら、すぐ帰るんだろう?」

「ふっふっ、生命もことしいっぱいかもしれん。四、五日の花嫁だが、一生涯ぶん可愛がってゆくさ」

兄はからからと笑って、傍の座敷に入ってしまった。兄の笑顔は、その瞬間、濶達《かったつ》というよりむしろ惨虐《ざんぎやく》味をおびたものにみえた。

武彦がつづいて入ろうとすると、廊下のむこうから、しずかに真田明がやってきた。さっき玄関の出迎えのなかにみえなかった、ひょろながい大学の制服姿である。

「やあ、おかえんなさい」

にこりと罪のない笑顔をむける。武彦の父母にすら嘲笑《ちょうしょう》的な眼をなげる彼が、武彦に対してだけは、幼児みたいに罪のない、はにかむような笑顔になるのだった。とび出した顎《あご》や顴骨《かんこつ》に、一種ふしぎな、なやましげな美があった。

「やっ、ただいま！　元気？」

「うん、まあ、あと半年、せいぜい人間の幸福なるものを満喫しようと思って、がつがつしている」

突然、武彦は、この年上の不幸な大学生に火のような同情と愛をかんじて、彼の手をにぎった。明が、べつに失恋のいたみもない風で、笑っているのがうれしかった。

その翌々日、御厨海軍中将の長男御厨烈彦航空中尉と、卯殿造船中将の長女浮城子とのはなやかな婚礼があげられた。客には何百という海軍の将星がつらなり、潮の香が、小さな純白の花嫁をおしつつむようであった。

もとから、おとなしい娘であったが、その宵の彼女は、まるで雛《ひな》のようにいたましいまでに美しかった。

新郎新婦の車が、気ぜわしい旅行へすべりだしてゆくのを見おくって、なにげなく傍の万里子をふりむいた武彦は、その少女が、あの黒い炎のような眼をいっぱいにひらいて、なにか凝視《ぎょうし》をそそいでいるのを見た。視線のむこうにつったっているのは真田明であった。

明の眼に、はじめて涙をみとめて、武彦がはっとしたとき、つかつかと万里子があるき出した。彼女が一直線にすすんでいって、明のまえにたち、ひくくささやくようにいった声が、武彦の耳だけにきこえた。

「可哀そうな明さん。……あたしが、きっとお嫁さんになってあげるわよ」

怒濤《どとう》の中の二枚の羽根

大正八年十月、大演習参加のため、巡洋艦「白馬《はくば》」は、津軽海峡をこえて太平洋へ出ようとしたが、その闇夜、艦橋にたっていた当直将校石渡《いしわた》少佐は、ふと前方の海上を疾走してくる白い馬の姿をみた。

むろん幻影である。艦の名前からきた幻覚であろうと、その話をきいた将校たちは、艦長の真田中佐をはじめ、腹をかかえてみな笑いとばしたが、その翌日、太平洋の風速五十メートルの嵐にまきつつまれ、荒天準備を完成したが、波長二八〇メートル、波高十八メートルの怒濤にうちのめされ、ついに艦首のまっ向からすさまじい大波頂でたたかれて、三陸東方約二五〇浬《かいり》の洋上で艦首が切断した。

乗組員は応急処置として、魚雷をすて、重油をすて、弾丸をすてて、しきりに探照燈でSOSを発し、旗艦に無線報告をした。その結果、本艦の方は、救援にかけつけた巡洋艦に曳《えい》航《こう》されて大湊《おおみなと》へむかったが、風浪におしながされた艦首の方は、からくも発見され、たまたまそのなかに艦長の真田中佐ほか数十人が生存していることがわかったが、あまりの荒天になんらの救出の方途がなく、ついに万事窮《きゅう》し、機密暗号書などの漏失《ろうしつ》をふせぐため、旗艦の艦長御厨中佐は、決然として砲火をひらいてこれを自沈してしまった。

巡艦「白馬」は、のちに日本海軍建艦の至宝といわれた卯殿剛《たけし》工学博士が英国グリーニッチ海軍大学への留学から帰朝してのちまず設計したもので、当時博士は、横須賀工廠《こうしょう》において、戦艦「陸奥」の建造を指揮中であったが、この前例なき一大不祥事件に愕然《がくぜん》とした。

当時、波長波高比を二〇とすることは、経験上この程度の波が限度とみとめられていたからであって、かかる波を基礎とすることは、標準計算として万国普遍であった。ところが、白馬の遭遇したものは、波長波高比が一〇にちかいおそるべきものであり、現実にこのような苛酷な波浪が日本近海で生ずることがわかってみれば、目下設計建造中の全艦艇に根本的な補強工作をほどこさなければならなかった。そしてその補強工作はくわえられたが、白馬事件はあまりに重大なため、事の真相は厳重に秘匿《ひとく》されたのである。

真田明は、実にこの悲劇的な殉職をとげた「白馬」艦長真田中佐の遺児であった。当時妊娠中であった彼の母が、父の死後うんだ子である。

御厨海軍予備中将が、彼がこの世に存在していることを知ったのは、数年前の或るおもいがけない新聞記事からであった。警視庁の、「学生狩り」で検挙された学生の中に、偶然彼の名を発見したのである。とりあえず警視庁の方へといあわせてみたところが、その事実がたしかとなって、そのうえ、彼の友人から社会主義的書物をあずかっていただけにすぎないこともあきらかになったので、中将は彼のみがらをもらいうけた。

明は外国語学校のスペイン語科の学生であったが、前年に母をうしなって、家庭教師などして学費をかせいでいた。成長期の苦難が、とがった顔じゅうにしみついていた。一年たって、明は外語はもうやめるといった。中将は、わが意をえたりといわんばかりの顔でいった。

「どうじゃ、江田島に入らんか?」

「海軍は、いやです」

と、明はにべもなくこたえた。そして高等学校の理科に入った。

また一年たつと、彼は高等学校の理科がいやになったといい出した。夢想的な彼の性にあわなかったのだろう。中将はまたいった。

「兵学校へゆけ。おまえの父は海で死んだのだぞ」

「だから、海はいやです」

そして彼は美術学校に入った。

父はあなたの命令した砲撃のために殺されたのだとは、明は一言としていわなかった。御厨中将は彼にたいしてふかい責任をかんじていた。しかし、どうしても彼を愛することはできなかった。じぶんの長男が、豪快果断、巌《いわお》のごとき航空将校となり、次男が、純情清爽、若竹に似た兵学校生徒に成長していって、いわば、中将の念願した青年の理想像をみごとに育てあげたという満足があるだけに、明のふらふらしているのがいらだたしく、嘆息のほかなかった。

　おもえば、明は、当時日本のおしながす巨大な海流にさからい、苦悶する小さな羽根のようなものであったろう。そのころ、上級学校に入るには、学力よりも中学時代の軍事教練の成績の方が、大きな支配力をもっていた。学生は、毎日、軍人勅諭《ちょくゆ》をとなえさせられ、皇居遥拝をしいられた。そのことに、いったいなんの人間的な、普遍的な価値があるのか？　うたがう青年は、世俗の垢《あか》に麻痺もせず、あきらめもしない熱烈な魂をもっているだけに、なやみは無計算に、無防備に行動のうえにあらわれた。中学時代の武彦は、そういう明に、殉教者をあおぐような、直感的な同情と尊敬をささげていたが、乱暴者の兄の烈彦は、明が父の贖罪感《しょくざい》にいい気になっているとはがゆがって、遠慮なく鉄拳制裁をくわえた。

　もっとも、暴れん坊のわりに、まるで雷雨が一過したようにあとがからりとして、第三者にもにくらしさの感じをいだかせないのは、彼のような男の人徳だが、ちょうど、そのやりかたで、彼は卯殿浮城子を新妻としたわけである。

　浮城子といえば、卯殿家と御厨家が家族的な交際をはじめて、武彦が万里子などをしるようになったそもそものはじめは、実は明がそのあいだに介在していたからであった。つまり、彼は家庭教師として卯殿家の姉妹をおしえていたのである。姉妹は、明が御厨家にひきとられるまで、この若い変人の先生が、じぶんたちの父のつくった艦の技術的欠陥から殉職した艦長の遺児であることをしらなかった。明にきいてみると、その事実は知っていたという。明は浮城子が好きらしかった。が、そのために努めてかくしていたのでもない風だった。けれど、その事実と明の態度は、姉妹を感動させ、おとなしい浮城子の彼を見る眼もすこしちがってきていたようである。

そのころ、恋という感情をしらない武彦でも、漠然と明が浮城子を愛していることに気づいていた。皮肉で孤独な明の眼が、彼女をみるとき、別人のようにあたたかでまじめだったからである。

すでに航空隊に入って、めったに帰省したことのない兄の烈彦が、いったいいつ浮城子を見そめたものか、武彦にはわからない。あとできくと、いきなり浮城子を一室によんで、三十分ばかり談判していたが、部屋をでてきたとき、浮城子の頬は涙にぬれており、彼は莞爾《かんじ》として笑っていたそうである。とにかく彼は、その来るや魔のごとく、その去るや風のごとしで、疾風迅雷《しっぷうじんらい》彼女と結婚し、旅行し、航空隊へかえっていった。

真田明が、御厨家から失踪したのは、烈彦が航空隊へかえっていった翌日のことである。武彦の母は、むしろほっとしたようにみえた。しかし父の中将は激怒していった。

「一言のあいさつもなく、無礼な奴だ。あれはさがして、よびもどさんけりゃならん。海兵団にでもいれて、性根をたたきなおしてやる必要がある」

明は、武彦の休暇中ついにもどらなかった。彼の身を案ずるのと、それから、ときどきあう万里子が、なぜか以前のような爛漫《らんまん》さをうしなってきたような印象のために、武彦の暑中休暇はおもったほど面白くなかった。

しかし、江田島にかえると、その訓練のはげしさに、武彦は東京のことをおもい出すひまもなかった。かんがえるのは、日本海軍のことと、米国海軍のことだけであった。重っ苦しい潮は、刻々とそのながれをはやめつつあった。

その年の暮――昭和十六年十二月八日、ついに太平洋に驚天動地の幕がきっておとされた。ハワイ、オアフ島の北方二〇〇浬《かいり》の洋上にひそかにしのびよった六隻の空母からとび立って、乱雲のなかを真珠湾へ殺到する三六〇機のなかに、まなじりを決した御厨烈彦中尉の雷撃機があった。そして、彼はふたたびかえらなかった。まさに彼は、平生《へいぜい》愛称の「獅子《しし》翻《ほん》擲《てき》」という言葉の通り、稲妻のごとき生涯をおえたのである。

これはのちに武彦がきいた話である。

開戦とどうじに、真田明はどこからともなく、ぶらりと御厨家にもどってきた。中将が怒りかねたくらい、暗い顔をしていた。

十二月末、海軍省から一通の長文の飛電がきた。

「御子息御厨海軍中尉儀、去る十二月八日未明、ハワイ真珠湾に於《おい》て敵戦艦に突撃これを轟《ごう》沈《ちん》せるのち、飛行機とともに自爆、名誉の戦死をとげられたり。とりあえず御通知旁々《かたがた》お見舞申す。

海軍省人事局長。――」

電報からあげた家族の顔のうち、いちばん暗い眼をしていたのは明だったそうである。その眼で彼はじっと浮城子の顔をみた。

御厨浮城子は、涙のかがやいた眼で、明をみかえした。人形のような新妻の――いや、新しい未亡人の眼が、そのとき、いままでだれもみたこともないようなつよいひかりをはなった。

彼女は云った。

「あたしは、しあわせですわ。明さん」

これをきいたとき、兄の死には泣かなかった武彦も、涙をこぼした。彼は、この夏、兄の結婚に祝意を表したとき、兄の顔にうかんだ一種悪魔的な微笑をおもい出した。兄がこうなることをあのときすでに承知していたかどうかはしらないが、むしろ悪寒《おかん》をもってよみがえる想いであった。

翌年の一月十日、明は四等水兵として、横須賀海兵団に入った。

このことについて、まさか父の「海兵団にでもいれて、性根をたたきなおしてやる必要がある」という言葉が関連しているとはおもわれないが、武彦は漠然とおそろしい悲劇を予感した。

すさまじい潮にうかんだ羽根で、それにあらがい得るものではない。

三月の末、海の捷報《しょうほう》しきりにいたる江田島で、武彦はまた愕然たるたよりをひとつ受けとった。

女学校を卒業したばかりの万里子が、家からどこかへ失踪してしまったというのである。嵐の海へ、またひとつ羽根がおちた。

海の呼び声

「なにごとぞ、往きも還りも敵は霧」

と、六月十四日、敗戦の艦隊をひきいて瀬戸内海呉《くれ》港外の柱島《はしらじま》泊地に帰投してきた日、連合艦隊参謀長宇垣《うがき》中将は、その日記にへたくそな句をしるした。

ミッドウェー攻略の目的をもって、意気軒昂として出撃した艨艟《もうどう》百四十隻は、目的地にせまるにつれて濃霧につつまれ、ために味方の連絡も敵状の偵察もかいもくできず、しかもこちらからはつつぬけの防諜で、満を持してまちかまえていた敵の航空隊の猛撃をうけて、六月五日、六日一挙に、赤城《あかぎ》、加賀《かが》、蒼竜《そうりゅう》、飛竜《ひりゅう》の大空母群をうしない、ために、ついにふたたびたつあたわざるほどの敗北を喫して、悄然《しょうぜん》と帰投してきた日も、瀬戸内海はふかい霧におおわれて、敵潜水艦の襲撃に風声鶴唳《ふうせいかくれい》のおもいがあったからである。

戦勢は急落した。八月上旬、敵がガダルカナルに上陸し来《き》ったのを火ぶたとして、ソロモンの激闘は開始された。旗艦「大和《やまと》」に坐乗した山本司令長官は、柱島錨地《びょうち》から連合艦隊をひきいてトラックまで出動し、作戦を指揮したが、火を大洋にまきおとすような航空消耗戦のなかに、歯ぎしりしても戦況の暗転をふせぐことはできなかった。

十一月なかば、第三次ソロモン海戦で、わが方は、「比叡《ひえい》」と「霧島《きりしま》」をうしなった。開戦以来、はじめてうけた戦意の喪失である。

それとほとんど日をおなじゅうして、海軍兵学校第七十一期生は江田島を巣立った。

その年の夏休みも、卒業のときも、こえて昭和十八年一月六日、新しく巣立った鳳雛《ほうすう》一同、宮中に召されて天皇陛下から御親見をたまわったときも、武彦は東京の家にかえったが、卯殿万里子のゆくえは、杳《よう》としてわからなかった。

娑婆《しゃば》にでるたびに、町や村がみるみる飢えてゆくのがよくわかる。東京のいたるところにも、「買って奉公！　当れば果報」など愛国心と慾を両てんびんにかけた弾丸切手のポスターがはられ、煙草《タバコ》屋のまえには、ゲートルをまいた市民たちが、金魚のうんこのように行列していた。あちらこちらで、「訓練空襲警報発令！」というすっとんきょうなかなきり声がひびいていた。

「万里子！　きみはこの日本の何処《どこ》にいるのだ？」

いまにして知る。ほとばしるせせらぎのような清冽《せいれつ》な恋であった。すでにして兄は真珠湾で死んだ。おれもやがてソロモンで死ぬだろう。ああ、わずか二十一年の生涯！　個人感状と灯と花と、そして黒枠にかざられた兄の写真を、じっとみあげている兄嫁の、ほとんど神聖美にちかい横顔をみながら、武彦はつぶやいた。

「おれは、それをなげきはせぬ。おれは倖《しあわ》せ者だと思っている。が……おれが倖せ者だというのは、万里！　きみをふくめる祖国のために死ねるからだ。おれは、きみと結婚したいなど考えちゃいない。おれは兄貴のように惨酷な人間じゃない。おれは、ただ、きみに倖せになってもらいたいのだ！　だが……おれのこの思いだけは知ってもらいたい。なんにも通じないで死んでしまうのは、すこしばかりさびしいじゃないか。万里！　あれほど仲のよかったきみが、おれにまでかくして、いったい何処へ、何しにいったんだ？」

しかし、おもえば、その少女の姿のきえるまで、恋とも気づかなかった泡沫《うたかた》の恋であった。おれは万里という娘の何をしっていたのか、こうなれば、何もしらなかったというよりほかにない。

三日と哀愁の想いにふけっているわけにはゆかなかった。武彦は軍命のとおり、呉にかえってトラックから帰投している戦艦「陸奥」にのりこんだ。

ああ、戦艦「陸奥」！

「陸奥」は、設計主任官卯殿工学博士のもとに、大正十年十二月二十日横須賀工廠《こうしょう》に於て完工した。ほとんど武彦らと生誕を同じゅうする。

世界最初の四十糎《センチ》の巨砲八門。世界最初の、主要部全般にわたる外板内方に一インチ高張力鋼三枚合せの防禦《ぼうぎょ》方式。世界最初の大櫓檣《ろしょう》、ならびにオール・ギヤード・タービンの採用。その速力は、当時英海軍の主力クイーン・エリザベス型戦艦がその防禦力を若干犠牲にしてまで二五ノットとし、高速戦艦と呼号していたにもかかわらず、「陸奥」は公表二三ノット、実はその試運転に於て二六・七ノットをしめしたといわれる。しかもその後の大改装により、舷側に魚雷防禦のバルジを設け、十四糎《センチ》の副砲二十門にくわうるに連装高角砲四門、無数の三連装機銃、連装機銃、単装機銃。カタパルト一基、水上偵察機三機。全長二百五十メートル、公称三万九千四百トンをはるかにこえて、その実五万四千トンの巨大艦となっていた。

しばしば連合艦隊の旗艦として、「陸奥」といえば帝国海軍、帝国海軍といえば「陸奥」、その勇姿は国民のほこりと祈念の象徴ですらあった。

時いたり、太平洋に狂瀾《きょうらん》まきおこって陸奥は何をしたか。

ハワイ海戦のとき、「陸奥」は他の連合艦隊主力の一隻として、悠然として柱島錨地に碇《てい》泊《はく》していた。ミッドウェー海戦には出撃したが、ただ炎上した味方空母の負傷者を満載するだけにおわった。ソロモンの海戦にはカロリン海域まで出動したが、その巨砲はついに火をはく機会にめぐまれなかった。ハワイ戦捷《せんしょう》、ミッドウェー敗戦ののち、或いは祝意を表わすために、或いは見舞をのべるために、東京から呉に飛来した嶋田海相のホテルとなっているにとどまる。武運いまだいたらずというべく、乗組員たちはいたずらに腕を撫《ぶ》して、柱島に投錨《とうびょう》していた。

艦長は、ミッドウェーに巡艦「妙高《みょうこう》」艦長として参加した三好輝彦《みよしてるひこ》大佐、航海長沖原大佐、機関長吉村大佐、砲術長土師《はじ》中佐、運用長吉武《よしたけ》中佐、その他乗組員の士官約七十名、水兵約一千五百名。

南より悲報はしきりにいたった。はじめ敵艦隊をあなどり、つぎに意外の苦戦に焦燥し、最後にはてしれぬ大消耗戦の泥沼に驚愕困憊《きょうがくこんぱい》したわが軍は、ついに一月下旬より万斛《ばんこく》のうらみをのんでガダルカナルから退却を開始したのである。

部内でいわゆる無用の長物のそしりをうけた「柱島艦隊」の一隻であるだけに、「陸奥」

の訓練は激烈をきわめた。

四月なかばの或る夜、武彦は副直将校として、艦内の巡検にまわった。

燈火管制のため、北方の江田島、倉橋島、南方の屋代《やしろ》島もくろぐろとしずまりかえって、錨地に碇泊している各艦の青や赤の舷灯が無数に点滅しているほかは、ひかるものといえば、夜空の星と、淡緑色の夜光虫ばかりであった。その星空にそびえたつ大檣檣のトップには、測距儀と近年装備したばかりのレーダーが怪奇な腕をひろげていた。遠く伊予灘の方から、実弾射撃訓練をやっている轟音《ごうおん》がわたってくる。

後檣の下を後甲板の方へむかってくると、三番砲塔のかげに、なにやらうごめいているものがある。武彦の靴音をきいて、さっとしずかになったが、ひくくきこえるうなり声で、水兵たちが私刑《リンチ》をやっていることを彼は直感した。私刑はもとより艦内で禁じられている。しかし、実状は陸軍とおなじであった。むしろ、海と鋼鉄と機械のなかにいるために、その方法ははるかに非人間的な、惨酷な、サジズム的な血の匂いをおびていた。士官が下士官や兵をなぐるなどということはめったにないが、いわゆる分隊の「役割」と称する兵長級の連中は、海兵団から艦にのりこんだばかりの若い水兵にとっては恐怖のまとであった。「前ニ支エ」をやらしておいて、その臀部《でんぶ》を、「東郷精神鍛練棒」と称する樫《かし》の棒や、海水にひたしたマニラ麻のロープでたたきのめしたりすることは朝飯前である。

これをみれば、制止して、叱責し、罰するのが士官の役目だが、なかばやむを得ぬ風習としてみてみぬふりをする将校が多かったが、武彦ははたと足をとめた。甲板からきこえてくるうめきに、はっと心を凍らせるようなひびきがあったからである。

「誰か?」

ちかづくと、星あかりの下に、数人の水兵が仁王立ちになって、なにかをとりかこんでいるのがみえた。手に、血の匂いのするロープをぶらさげているものもある。

壇ノ浦の蟹《かに》みたいに兇猛《きょうもう》な顔をしたひとりが反抗的にすすみ出た。

「第三分隊です」

「何をしている?」

「砲員にひとり、手あらくたるんどる奴がおるので、海軍精神を注入しております」

またひとりがいった。

「十一円六十銭の給料で、あれだけ十三丁目にかよえば、課業に気のぬけるのもあたりまえで」

「そのくせ、おれは日本海軍のために死ぬのじゃない、日本のために死ぬんだなんて、しゃらくさいことをぬかします」

「よし、もういい、みなはやく居住区にかえれ」

満々たる不平をみなぎらせて、分隊員たちが中甲板居住区の方へきえていったあと、武彦はたおれている水兵にちかよった。肩にかける手がふるえた。

「顔をみせろ」

鼻血にまみれた顔が、星空の下で反転した。鞭《むち》うたれたように武彦はたちあがっていた。

しばらく、舷側の防禦網をうつ潮の音ばかりであった。

武彦はあたりをみまわし、ささやくようにいった。

「立てませんか？　明さん。……御厨武彦です」

水兵は巨大な砲塔の鉄壁にすがるようにしてたちあがり、血だらけの顔でこちらをむいて、にやりと白い歯をみせた。

「やあ。……奇遇といいたいが、戦争という奴アもともとロマンチックなもので」

と、彼はいった。

ロマンチックというより運命の悪戯《いたずら》とでもいうべきであったろう。だれが、この海と戦争をきらう男と、戦艦のうえで再会しようと予想したであろうか。しばらく武彦は声もなかった。

「おれがこの艦にいると、知っていましたか？」

「十日ばかりまえね。もっともそのころ横須賀の砲術学校から陸奥へ乗組を命ぜられたんですが」

「なぜ、だまっていたんです？」

「なぜ？　……私はいまでも知られたくなかった」

武彦はだまった。声をあげて、明の肩をだきしめてやりたかった。しかし、彼の両足は、鋼鉄の床に膠着《こうちゃく》していた。

「あなたは士官、私は上等水兵。そのあいだには鉄の壁がある。ここは軍艦です。娑婆は

――われわれのあいだに、娑婆の風はもう永遠に吹かんでしょう」

真田上等水兵は、またにやりと笑った。

「娑婆といえば、御厨少尉、この陸奥は卯殿閣下の造られたものでしたね。あなたのおうちへ、おたよりもさしあげないが、浮城子さんはお元気ですか？　御厨航空中尉が戦死されたとき、あのひとにみごとな一撃をくいましたが、あれは東郷精神鍛練棒より痛かった」

「万里のゆくえをしりませんか？」

武彦は顔をあげて、かすれた声でいった。

真田上等水兵は、武彦をじっとみつめた。眼がうすあおく、ぴかりとひかったようであったが、またにやりとして首をふった。

「存じません。御厨少尉」

雲ながるる果《はて》に

あまり人を好き嫌いしないたちの武彦だが、通信士の石渡大尉だけは、どういうものかうすきみがわるかった。父の石渡少佐は、二十何年かまえ三陸東方の風浪のなかで、艦体両断した巡洋艦「白馬」の、遭難前夜、当直将校をしていた人だということであるが、本人はお盆のようなまんまるい顔をしていて、たえず駄洒落《だじゃれ》ばかりとばしてみんなを笑わせているような男なのに、ふしぎである。じぶんがのりこんでいるくせに、「世界の三馬鹿、ピラミッド、万里《ばんり》の長城、日本の大戦艦」といったり、四十糎《センチ》砲を「大屑鉄《くずてつ》」とよんだり陸奥を「天然記念物」とあざけったりする。

かんがえてみると、武彦が石渡大尉になぜかいい感情をもてないのは、その戦艦有用無用論のちがいにあったかもしれない。武彦といえども、航空隊の威力をみとめないわけではない。しかしまた敵潜水艦もあのとおり猛威をふるってあばれまわっているではないか。開戦以来、すでにわが艦船の敵潜に屠《ほふ》られること二百隻を突破し、この三月だけですら撃沈された商船は十万トンをこえている。敵潜を追うには駆逐艦にしかず、駆逐艦は巡洋艦にしかず、巡洋艦は戦艦にしかない。第一、米艦隊だってなお戦艦をおしたてて、ソロモンをおしのぼってくるではないか。

「それなら、この『陸奥』は何をしとる？」

四月二十日ごろの夜、白いガン・ルームでまたこの口論がおこった。相手は数日まえ、霞ケ浦の予科練を引率して乗艦実習にきたばかりの航空少尉である。お客さんらしくもない、傲然《ごうぜん》たる面《つら》だましいであった。

「むろん、ちかいうちにソロモンへ出動するのだ」

武彦は激昂に朱をぬったような顔になっていた。彼は「陸奥」を愛した。それはもう理論をこえた盲愛の感情にちかかった。

レコードを鳴らしていた士官や、将棋をさしていた連中が、あわててはしりよって、武彦をだきとめた。武彦は熱涙をほうりおとしながら、必死に身をもがいていた。

「見ていろ、きさま、いまに、いまに陸奥の戦いぶりを……」

するとちょっとまえ、中甲板通路からぶらりとガン・ルームへ入ってきていた石渡大尉が、お盆のような顔をひょいとあげた。

「飛行機にゃかなわん。おい、山本長官がP38にやられた」

「なにっ？」

みな、愕然と棒立ちになっていた。

「いつだ？」

「この十七日午前九時三十五分、ブーゲンビル上空において」

「…………」

「情報によれば、長官機、参謀長機の中攻二機は、護衛の戦闘機六機とともに、トラックからショートランドへとぶ途中、まちかまえていたP38十六機に包囲され、両機とも撃墜された。……ミッドウェーと同じ手だ」

石渡大尉がにやりと笑ったようにみえた。一瞬、衝撃に手のゆるんだ同僚からはねあがって、号泣しながら武彦はおどりかかっていた。

「なにが可笑《おか》しい！」

「ばかっ、だれが笑った？」

武彦と石渡大尉は、狂ったようになぐりあいながら、慟哭《どうこく》していた。誰もかれもとめようともせず、失神したように蒼白になってたちすくんだままであった。作戦の拙劣、旧殻墨守《きゅうかくぼくしゅ》、事なかれ主義、頭脳の硬化、決断力の不足、その他無数の条々をもって、少壮の士官たちから「少佐以上無用論」をあげつらわれていた海軍の将星のなかで、ただひとり巨大な例外としてみとめられていた山本五十六《やまもといそろく》であった。巨星おちて光芒海の果てになし。

一週後、四月二十七日、敵機動部隊は北辺アッツ島に来襲し、砲撃をくわえたが、五月十二日にいたって、空母、戦艦、巡洋艦、駆逐艦の掩護《えんご》のもとに、十隻の輸送船から強行上陸を開始した。これをまもる山崎部隊は約二千六百名。新司令長官古賀大将は、アッツ救援のため、旗艦「武蔵《むさし》」以下連合艦隊主力をひきいて急遽《きゅうきょ》トラックから木更津《きさらづ》沖までとってかえしたが、アリューシャンをうずめる濃霧にはばまれて、歯がみしているうちに、五月末、ついに孤立無援の山崎部隊は全滅してしまった。

北方海面出動を断念した連合艦隊は、のこりすくない空母群の一部をふたたびトラックへひきかえさせたが、柱島に待機していた、「陸奥」も、これを護って南海へ出撃を命じられた。

出撃切迫した六月七日の夜のことである。御厨武彦はひさしぶりに呉に上陸した。

「陸奥」が補給のため軍港に入っていた当時は、半舷上陸や入湯上陸もわりに頻繁《ひんぱん》にあったが、柱島錨地にかえってからは、公用便か郵便物受取の端艇《たんてい》にでも便乗しなければ、めったに上陸はできない。武彦も、副長の或る私用でその端艇をかりてきたのであるが、帰艦は朝食までにまにあえばよいので、命ぜられた所用をはたすと、眼鏡橋をわたって、水交社へぶらぶらと小さな坂をのぼっていった。二階の泊り部屋でねてゆけば、七十五銭である。

庭樹立《こだち》をこえて、下士官集会所の方から、酒によった軍歌の合唱がきこえてくるし、南の工廠や船渠《せんきよ》から、夜を徹するすさまじいリベットのひびきがわたってくる。

　水交社の階下の広間には、たくさんの若い士官たちが、読書したり、論争したり、玉突《たまつき》をしたり、笑ったり、怒ったりしていた。海と青春と酒と、そして死の匂いがうずまいていた。東条首相が議会で「ガソリンがないなら、空気をもやしてうごく発動機を考えろ。空気は無尽蔵ではないか」とか、「高空にのぼって、重力からの支配を脱せよ。そうすれば、地球は自転するのであるから、ひとりでに米国の上空に達するではないか」と大まじめで答弁したのが、怒りをおびた笑いものとなった。また誰かが、出身中学のことしの卒業生百五十人のうち、百人が予科練を志願しているという話を紹介して、みんなを沈黙させた。こみあげるようにしてさけんだものがあった。

「三十代以上の奴らが、日本を亡ぼす。日本を救うのは二十代以下の奴だ」

　そのとき、外から、ぶらりと石渡大尉が入ってきた。公用か私用かしらないが、やはりきょう上陸してきたものだろう。酒をのんできたとみえて、満月のような赤い顔をしている。武彦をみると、「やあ」と他愛のない陽気な顔でちかよってきた。

「どこへいってたんです？」

　と、武彦は身をひくようにして顔をあげた。いつかの喧嘩は、じぶんの方がわるかったにちがいないので、あとであやまったが、この人にはどうもえたいのしれない先天的な恐怖を感ずる。

「なに、徳田だ」

と、大尉はつるりと顔をなでた。「徳田」というのは、本通りにある海軍士官専用の料理屋であった。それから、大尉はばかみたいな眼つきをして、いきなり、

「いやあ、日本にも美女はおるのう、十三丁目にはもったいないや」

と、いい出した。十三丁目というのは、呉の淫売街《いんばい》の所在地である。

「はは、十三丁目にゆかれたんですか?」

「うん、先月のはじめな、巡邏《じゅんら》将校にくっついていったとき、おれの艦の兵で喧嘩してた奴らがあったんだ。三分隊の連中だったらしい。それが可笑しいことに、上等水兵の奴の方がモテて、分隊長がふられて、やきもちやいてあばれているんだな。いったい当の女はどれほどの奴かと見参したら、こいつが……なんといままでみたこともないほどの別嬪《べっぴん》じゃった。それで、念のためまた拝顔にいったわけさ」

「ははははは、相当物好きですね、なんという家なんです?」

「たしか、明月の、マリ、といったっけ」

椅子を床にはねかえして、御厨武彦はたちあがっていた。マリ? マリという名の淫売婦が、十三丁目にいると?

マリと名づけられる淫売婦はほかにもあろう。しかし。彼は電光のごとく、いつかの三分隊の連中の私刑《リンチ》をおもい出した。マリという名の淫売婦に「モテた」というのは、あの真田上水ではなかったたか? そういえば、あれから、かげになりひなたになりしてかばってやろ

うとしたじぶんに、明がむくいたむしろ逃避の姿勢と、ときどき、たまりかねたようにみせた哀しみと苦痛の眼いろに、愕然と思いあたるものがある。

「なんだ？」

あっけにとられた石渡大尉をふりむきもせず、武彦は水交社をとび出した。

燈火管制をした柳並木の街路に、防空壕をほりかえした黒土がいたるところにあふれている。夜空にいくすじかの探照燈が、ものすごく交叉していた。彼はかけた。心臓が早鐘《はやがね》をうっていた。そんなことがあるものか、そんなことがあるものか……。

四ツ道路停留所から電車にとびのり、十二丁目停留所でとびおりると、武彦は、もう閉館した呉劇場のまえを西へかけていった。

十三丁目は、幅二間《けん》ばかりの路をはさんで、両側に待合《まちあい》風の、或いはカフェー風の店がならんでいた。武彦の眼は、血ばしって、それらの店々の名を追っていった。「福寿」……「すみれ」……「福之家」……「紅屋」

四、五人の警備隊が、じろじろあたりを見まわしながらあるいている。銃こそもっていないが白いゲートルをつけた陸戦隊の服装で、あばれたり、金づかいのあらい水兵などをしらべてまわる、「泣く子もだまる巡邏さん」のお通りであった。

御厨武彦は、やっと、「明月」をさがしあてて なかに入った。帳場に、五つ六つの帽子がならんでみえた。

なにも聞く必要がなかった。その時、二階からひとりの水兵をおくって、娼婦が笑いながらおりてきたからである。

「――万里――！」

御厨武彦は絶叫した。

恐れは、中《あた》った！　ああ、なんたることか、電撃されたようにたちすくんだ、紅《べに》も濃いその淫売は、あの清純な女学生卯殿万里子のなれのはてではなかったか。急に彼女は身をひるがえして階段をかけあがろうとした。武彦は大きく跳躍して、その肩をひっつかむと、いきなり、われをわすれてその頰をなぐった。

「ばか！」

万里は身をねじってたおれたまま、しばらくうごかなかった。水兵は仰天して、帳場の帽子をうけとると、ころがるようににげ出していった。奥の方からにょきにょきと白い顔がいくつかのぞいた。

やがて万里は、のろのろと首をあげると、肩で息をきって立っている武彦をみあげた。

「なぜ、あたしをたたいたの？　武彦さん。……」

「なぜ？　じぶんが何をしているのか、わからんか、万里！」

「知ってます。あたしは明さんを追って、横須賀へゆき、横須賀からここへながれてきたのです。けれど、あたしはあなたにぶたれるわけはちっともない」

彼女の眼が、黒い炎のように光った。

「武彦さん。あたし、ここからもうひととび、特殊看護婦の募集に応募したのよ。兵隊さんの慰安婦ね。ちかいうちに、南の海へまわります。……そうきいて、あなたはもういちどあたしをなぐります？」

「M査問会」調書空白始末

死よりも声のない時間がすぎた。

「まさか……まさかと思ってきたが……」

やがて、武彦は嗄《しわが》れた声でいった。全身がふるえて、壁にすがりつくような姿勢で、やっとたっていた。

「きみは……明さんを愛していたのか？」

「あるときまで……武彦さまと同じくらい。——」

「あるときまで？」

「お姉さんが、烈彦お兄さまのところへお嫁にゆく日まで」

武彦は、兄夫婦が新婚旅行に旅立っていったとき、明と万里子のあいだにかわされた異様な雰囲気の一幕をおもい出した。

「それで、きみは、明さんに同情したんだね？」

「あのひとのお父さまは、あたしの父のつくった艦が裂けて死にました」

「それじゃ、償《つぐな》いだ」

「なんだかしりません、ただあたしは、あのときの明さんの顔をひとめみた瞬間、心臓が槌《つち》でぶたれたみたい、ああ、このひとをあたしは愛さなきゃいけない、いいえ、愛している！と気がついたのだわ」

「うそだ。まやかしの恋だ。ほんとうの、純粋な愛じゃない！」

「なんとでもおっしゃい。あなたのいう純粋な愛は、風船みたいな愛だわ。きれいです、とんでゆきます、けれど、なんにもない！　あたしたちの恋には、償いや同情や、哀しさや痛みや、それから、ひょっとしたら、にくしみさえもぎっしりつまっているかもしれません。地獄へしずんでゆく恋かもしれません。けれど、恋とはそういうものだわ、世界じゅうのどこにもない恋だわ、そうでなくって、何の力が、あののんきな女学生だったあたしをここまで吹きおとしてきたのでしょう？」

「狂った恋だ。きみは気が狂ってるんだ」

「そうかしら。あたしは、ほかのみんながばかげているようにみえます。でも、ほかのひとたちなんか、どうだっていいわ！」

「帰れ！　東京へ。すぐ、東京へ知らせる」

「かえりません。あたしは幸福なんだもの」

「そのために、お父さまや、お姉さまを不幸にしても、いいというのか？」

「知らせたら、あのひとたちが不幸になるのよ、父は日本軍艦の父とよばれてる人じゃありませんか？　姉は軍神の妻といわれてるひとじゃありませんか？」

武彦は両腕をもみねじった。

「よろしい。きみが明さんを愛していることはみとめよう。しかし、なんのために、こんなけがらわしい町へ身をおとす必要がある？」

「あのひとは不幸です。ほんとにみじめな一生をおえます。あなたは誇りと光栄にかがやいて戦い、きっとおえらくなって凱旋《がいせん》なさるでしょう。けれど、あのひとは、あのまま、大きらいな海で戦死してゆくような気がします。いいえ、きっと死にます。あたしもおなじように、不幸な沼まで身をしずめて、泥だらけになって抱いてあげる必要があるわ。どこまでも、あの海の果てまでも。……そして、いま、南の海へゆく兵隊を追ってゆこうとすれば、こうなって慰安婦になるほかに、どんな方法が日本の女にあるでしょう？」

「ばかな！　あのひろい太平洋のなかで、たった二人の男と女が、いつどこで逢う機会がある？　万に一つのめぐりあわせだ」

「その、万に一つ、億に一つの機会を祈って、あたしはゆくのです」

武彦は茫然となった。これが恋か。なんという恋だ。ロマンじゃない、悪夢だ。しかし、なにものがこの悪夢をこの娘にふきこんだのか？

彼は蒼白になって、がばと膝をついた。号泣しながらいった。

「おねがいだ。やめてくれ。かえってくれ。死ぬのはおれたちでたくさんだ。万里ちゃん、おれも死ぬんだよ。おれのたのみだから、かえってくれ！」

はじめて万里の眼に涙がわきあがった。彼女は、苦悶する武彦を見すえて、なにかたえるように肩で息をつき、それから、歯をくいしばっていった。

「かえりません。……あのひとが、帰れといわない以上は」

武彦は、突然すっくとたちあがった。彼はふかい眼でじっと彼女の瞳をみつめ、ひくい、やさしい声でいった。

「それじゃ、明さんが、帰れといったら帰ってくれるね？」

異様なひかりのこもった瞳孔《どうこう》にみすえられて、万里子は恐怖にあとずさり、それからかすかにこっくりした。

武彦の顔にかなしげな微笑みの翳《かげ》がはしった。それから彼はくるりと背をみせて、つかつかと家をでていった。

靴音がきこえてから、万里子ははねおきた。大声で呼ぼうとでもするように、瞳をあげ、唇をわななかせたが、急に地べたに身をなげつけ、たえいるように泣きはじめた。

嗚咽《おえつ》のとぎれとぎれに、「ゆるして……武彦さん……あたし、東京へかえる」という声がきこえた。二年まえの、可憐な女学生の声であった。

昭和十八年六月八日。

夜明けまえの呉港を、柱島錨地へむかって遠ざかってゆく内火艇に、十数人の海軍士官や水兵にまじって、御厨武彦の姿があった。ふかい乳色の霧で、島々の頂上までたがやされた麦畠はもちろん、海のいろさえさだかでない。一年前、日本海軍の敵として、宇垣参謀長がこの霧を呪詛《じゅそ》した日もやがてめぐってこようとしているが、この季節に、瀬戸内海では凶兆とでもいっていいくらい、めずらしい天象であった。

「ああ……あ」

霧のなかの内火艇で、のんきそうなあくびがきこえた。同乗の石渡大尉の声である。

「やれやれ、おれは昨晩、へんな夢をみたよ。海の上を、白い馬がはしってくる夢なんだがね。……白いはだかの女でもあることなら、まだしもよ」

みんなげらげら笑い出したなかに、武彦だけはその声もきこえない風で、しずんだ顔で、真一文字に唇をかみしめて、うずまきながれる霧の彼方へ眼をすえていた。

柱島錨地というのは、広島湾南方にある、十数の小島にかこまれた泊地《はくち》で、瀬戸内海の一般商船航路からは隔絶されて、防諜上安全であるし、泊地のひろさも連合艦隊の全兵力を収容することができたので、はやくから戦時待機錨地として計画されており、ここから海底電話がしかれ、これを通じて東京とも呉軍港とも、直接作戦補給の連絡ができたので、開戦以来、司令部は戦艦部隊とともにここに安居していることが多かった。それで、前線の若い口のわるい士官たちは、これを「柱島艦隊」といってはがゆがったのである。思うに、この大戦では、戦艦としては、新鋭の巨艦よりもむしろ明治年代に建造された老朽戦艦の方が敢闘したような観がある。人間と正反対である。乗組員将兵の勇怯《ゆうきょう》の差ではなく、まして装備の如何によらず、おそらく、それらが航空兵力伯仲したころに出撃したからであったろう。とっておきの超弩級艦《ちょうどきゅう》をくり出したときは機すでにおそく、制空なく、重油なく、のちに七万トンの「大和」のごときは、ついに一機の掩護すらなく、往って還らぬ片路のみの油をつんで、雲霞《うんか》のごとき敵雷撃機群のなかへ突入し、淡雪のようにきえていったのである。世界最大の巨艦をつくって、それをうごかす重油なし、日本らしい悲劇というべきか、また喜劇というべきか。

内火艇が「陸奥」につりあげられると、すぐに朝食であった。八時、艦尾に軍艦旗があげられると、ただちにその日の猛訓練が開始された。

「戦闘用意――」

「合戦準備――」

「右砲戦――」

砲術長のわめき声をけして、四十糎《センチ》の連装砲はうなりをたてた。出撃をまぢかにひかえて凄絶《せいぜつ》きわまる実弾射撃であった。三十数キロかなたの目的標にぶちこまれる巨弾は、開戦後はじめて使用されたもので、搭載の安定性に一抹の疑懼《ぎく》を蔵してはいるものの、威力強大をきわめる三式弾であった。鳴りわたる艦内ブザーの怒号、ひらめく閃光《せんこう》、とびちがう兵員。霧と潮けむりの底に陸奥は咆哮《ほうこう》した。

武彦は、艦長伝令として艦橋に侍していた。震動と号令と扇のうなりのなかに、茫乎《ぼうこ》としてべつのことをかんがえている表情であった。

昼食になって、彼はガン・ルームにかえったが、ろくに食事もせず、たったり坐ったりしていたが、やがて中甲板居住区の通路に入っていった。せまい通路に、ほそながいテーブルをならべて、ががやがやと飯をくっている。

「第三分隊の真田上水はおるか」

「さあ。食事はさっきすませましたが」

と、三番砲砲員たちがあたりをみまわしていった。

武彦は小ばしりに通路をはしり、梯子段をかけのぼり、三番砲の砲塔の附近にやってきた。砲塔のうすぐらいかげに、ハンマーがひとつおちている。かけすぎてから、武彦はふともどって、うずくまり、ひろいあげ、そのハンマーを手にぶらさげたまま砲塔のなかをのぞいた。

直径九メートルの大砲塔のなかは、巨大な悪魔の脳の内部に似ていた。すでに信管をとりつけてある四十糎《センチ》の巨弾が、揚弾装置によってあげられたままになっている。そのなかで、ふたりの砲員が背をまるくして、金物磨きをやっていた。

「真田上水」

と、武彦はよんだ。

真田上等水兵はふりかえって、びっくりした顔になり、直立して敬礼した。武彦はもうひとりの砲員をちらっと血ばしった眼でみたが、おし殺したような声で、

「きさま、呉に或る女が、きさまを追って、南へゆこうとしているのをしっておるか」

上水は、はっとしたようである。

「……知っております」

「中止させよ！」

「……それが幸福だと、あの女は信じています。他の奴が幸福だと信じていることをさまた

げる権利は、私にはありません」

「中止させよ！」

「……私はとめました。しかし、ききません。だから、勝手にしろと」

「中止させよ！」

武彦のさけびは、絶叫にちかかった。額にあぶら汗がうかんで、嘔吐のようなものが口にあふれてきた。

「きさまがよせといえばよすとあの女はいっとる！」

「中止させる手段がありません」

「上陸して、あの女のところへゆくのだ」

「……上陸の手段がありません」

「故意に負傷すれば、上陸はゆるされる。一本、腕を折ればいい」

上水は、蒼白な顔で武彦を見つめて、にやりと笑った。かすかな息のような声がこうきこえた。

「はは、御厨少尉も、この陸奥の重みにまけないほどの恋が、この世にあることをお知りになりましたね？」

急に明の眼に涙がとびちり、がばと武彦の足もとにひれ伏そうとして、その瞬間、ハンマーをふりあげておどりかかってきた武彦から、反射的に身をのけぞらした。武彦は、明の肩の骨をぶち折ろうとしたのだ。身をかわされて、ハンマーは猛烈な勢いで、砲弾の信管を衝撃した。

一瞬、砲塔内は白熱した。

白熱の数万分の一秒のあいだに、武彦の顔に、驚愕よりも、幼い笑いがきらめいたようにみえた。これで万里は、南の海へゆかなくていい！……

その一刹那《せつな》、「陸奥」は号叫した！

のちに、「陸奥」爆沈の真相をつきとめようとして組織された「M査問会」で百数十人の専門家たちが、ことごとく匙《さじ》をなげた不可能事が、その砲塔のなかにおこったのだ。鋼鉄の敵艦に衝突して炸裂すべき四十糎《センチ》砲弾が、砲塔内で爆発し、火は一瞬に、換気室にある常装薬にとび、弾庫から大火薬庫が天地《てんち》晦冥《かいめい》の轟音をあげた。

ちかくに碇泊していた月型駆逐艦が、敵機の襲撃と直感して濃霧の空へなげた探照燈の、狂ったような光芒のなかへ、ふきあげられた巨大な砲塔の天蓋《てんがい》がきらめきつつ舞いあがった。

だれもしらない霧海の底へ、いまだ曾《かつ》て敵艦に火をふいたことのない四十糎《センチ》の一番砲と二番砲の砲身が、ぬっと瀕死の恐竜のごとくのたうちそびえたのも一瞬、戦艦「陸奥」は、三番砲と四番砲のあいだから艦体両断して、一千六百の生霊《せいれい》をのせたまま、幻のように海面からかききえていった。

あとには、耳を聾《ろう》するばかりの濤音《なみおと》と渦潮《うずしお》、雨のごとくふりそそぐ赤熱《せきねつ》の鉄片。

――そして、二年後に北方の広島市上空にまきあがったものとそっくりの、黒色の、先端を傘のようにひらいた凄惨《せいさん》きわまる爆煙が、霧のうえ、五千メートルの蒼空にひろがって、いつまでも声なき悲歌をかなでているばかりであった。

潜艦呂号99浮上せず

妖風神州に満つ

ただ、みる、満目荒涼《まんもくこうりょう》。

ここにあったのは幻の都だったのであろうか。想い出の石、路《みち》、樹、扉、あらゆるものは煙となり、灰となり、まだちろちろともえつづけつつ、横たわり、投げ出され、ひっくり返って、眼路《めじ》のかぎりつづき、ありしとも気づかなかった丘も坂も、武蔵野以前の広茫《こうぼう》たる姿をむきだしにしていた。電柱はまだ赤い炎の柱となり、樹々は黒い杭《くい》となり、くずれおちた石のあいだからは、ガス管がぽッぽッと青い火をとばし、水道はむなしく水をふきあげ、そして形容もしがたい茫漠感をひろげている風景を、縦に、横に、斜に、上に、下に、まがりくねり、うねり去り、ぶら下がり、みだれ伏している電線が截《た》っていた。

黄色い靄《もや》は、灰か、砂塵か、或いはほんものの煙か、地平線を霞ませて、その果てに巨大な黒煙の竜巻がまだぼんやりとたちのぼっていた。

(こうまでしたか、奴ら！)

海軍中尉、九鬼《くき》雄一郎《ゆういちろう》は、灰燼《かいじん》のなかに切歯《せっし》して立っていた。

昭和二十年三月の中旬である。風はまだ冷たいはずなのに、むうっと息もつまるような熱風がふいてくる。黄色い硫黄のような煙のたちゆらめく空に――碧《あお》い深い空に、まだ火のついた布や紙片がひらひらととんでいる。

路傍に、焦げた手拭《てぬぐい》を頬かぶりした中年の女がふたり、ぼんやりと腰をおろしていた。風が砂塵をふきつけても、うつろな眼はまばたきもしなかった。数十年の生活の結晶を一夜にうしなった女ではなかろうか。愛《いと》し子を炎のなかに落してきた女ではあるまいか？

ふと、その女のひとりの瞳が蒼空にあがると、小さくつぶやく声がきこえた。

「ねえ……また、きっといいこともあるよ……」

あやうく雄一郎は慟哭《どうこく》するところであった。彼はつきとばされたように歩き出しながら、ぎりぎりと鋼鉄の胸板に悲憤の言葉を刻んでいた。

いや！　敵の無差別爆撃を、天人ともに許さざるとか何とか野暮《やぼ》な恨《うらみ》をのべるのはよそう。戦争だ。敵としては、日本人を幾万殺戮《さつりく》しようと、それはきわめて当然だ。さらばわれわれもまた敵を幾十万殺戮しようとこれまた当然以上である。われわれも冷血になろう。眼には眼、歯には歯を以《も》ってしよう。敵よ驕《おご》らば驕れ、きさまらが、人間仲間とはみとめぬ、猿のような黄色い小人の国は、血と涙のむせび泣きを凍らせて、きさまらを、ひとりでも多く殺す研究をしよう……

遠く、近く、サイレンがぶきみな音で鳴りはじめた。

「海軍がんばれ！　海軍がんばれ」

突然前の方から三角の防空頭巾《ずきん》をかぶった女がはしってきて、雄一郎の前に土下座して叫んだ。

「海軍がんばれ――今日は人の身――明日は吾が身――海軍がんばれ――空襲警報！」

頭巾からはみ出した髪の毛のかげに、きらきら光る眼の異常さに、狂人かとさとったのはそのときである。

彼は横須賀から今日、東京へくる電車のなかでひとり気の狂った老人に会った。老人は、乗客のあいだを泳ぎながら手当りしだいに、名刺様の紙片をみなにくばっていた。その紙には、こう書いてあった。

「天血教御神託による確実なる予言。――昭和二十年七月七日大東亜聖戦は完全なる大勝利を以って目出度《めでた》く終了なす可《べ》し。同日午後三時（日本時間）大統領ルーズベルトは国内暴動の為横死をなす。国民よ信じてゆめ疑うなかれ――」

雄一郎が暗然としてちかより、ていねいに女の手をとってひきおこしたとき、廃墟の向うを数人の警防団員がメガホンで絶叫しながらころがるようにはしってゆくのがみえた。

「空襲警報発令！　敵機侵入――」

五分とたたぬうちに西南の空の一角から怒濤《どとう》のような音をたててB29の八機編隊があらわれた。前後左右に高射砲の弾幕が白い花をちらすなかに、銀翼燦爛《ぎんよくさんらん》として北進してゆく。敵ながら堂々といおうか、壮麗といおうか、人もなげなる飛行ぶりであった。突然、蒼空にきらっと匕首《あいくち》のようにきらめいたものがある。わが戦闘機の体あたりだと、はっとして眼をこらした一瞬、最後のB29の胴あたりから、一条の赤い火線が天と地をつないだ。敵編隊はおなじ速度で悠々と北進をつづけている。おちたのは味方機だけであったらしい。まさに鎧袖《がいしゅう》一触《いっしょく》ともいうべき大空の死闘であった。

火燼《かじん》のなかをさまよっていた罹災者《りさい》の群は、みな物蔭や防空壕へとびこんだとみえて影もない。雄一郎だけが、銅像のように仁王立ちになって空を仰いでいる。B29は北へきえてしまった。太田の飛行機工場へ爆撃にいったのであろうか。

曾《かつ》て雄一郎は南方で撃墜したB29の残骸をみて驚嘆したことがある。その巨大さとか堅牢《けんろう》さとか、精密さにではない。装備の単純さに対してであった。それは極端にいえば、飛行機にはじめてのる人間にも操縦ができるのではないかと思われるほどであった。

「日本の敗因はここにある！」

と、彼は痛感した。日本軍の精鋭は、航空隊にしても彼ののっている潜水艦にしてもすべて「名人芸」から成り立っていた。したがって、その人が死ねば、そのあとがつづかないのである。ミッドウェー海戦の悲劇は、四隻の大空母の喪失ではなく、それと同時にうしなわれたかけがえのない二百七十機の航空兵にあったとさえいわれるのだ。

機械力対精神力——ああなんたる痴人のたわごとだ。それは同等に対立すべき言葉ではない。機械力そのものが精神力のもっとも高度なあらわれではないか。そんなことも知らないで、日本精神だのみそぎだのいっているうちに、一億個の精神力は、みるがいい、数百機の天翔《あまか》ける機械の下に、息の根もとめて逼塞《ひっそく》しているではないか……

敵機の去った大空に薄雲が出て日が翳《かげ》り、地上は薄暮のようになった。まだ警報発令中なので、真昼の都は、風の死んだ夕暮の海のようにひっそりと息をとめている。ひとり、雄一郎だけが怒りにもえる陰鬱《いんうつ》な表情で、先夜の劫火《ごうか》にとけて、不透明な緑色の飴《あめ》のようになったガラスや浅草海苔のように焦げた畳が散乱している路上をあるいてゆくが、海軍将校の服装なので、彼をとめる警防団員はひとりもない。

本郷妻恋坂の宮本公園の下にある彼の自邸が、奇蹟的に焼失をまぬかれたという母の知らせは、昨日横須賀でうけとったばかりであったが、それが信じられないような凄惨《せいさん》きわまる焼土をふんでゆくと、思いがけないところから家がみえた。まさに残っているが、周囲が全部なくなっているので、じぶんの家ではないような錯覚におちいった。

ちかづくと、家から妙な歌声がきこえる。歌声というより、御詠歌《ごえいか》或いはお経、いや呪文といった方がよかろうか。

「さーつーきーのーあーめーでーはーなーけーれーどーもー……」

一人ではない合唱で、なんともいえない哀調と妖気をおびた声で、そんな文句がきこえた。

ぎょっとして思わずたちどまり、海軍中尉九鬼雄一郎は苦笑した。

彼の母は神応教の信者だった。この数年のあいだに、陰惨な日本の巷《ちまた》に鬼火のようにふえてきた新宗教の一つである。教祖は、いまは物故したが、雄一郎もいちどみたことがある、上品な、けれどどこか憑《つ》かれたようなところのある、薄気味のわるい白い切下髪《きりさげがみ》の老女だった。

もと宮中の女官だったそうである。教義は、よく知らないけど、祈禱《きとう》して占いめいたことをやるのと、御詠歌調の歌をうたうほかは、他人に親切にするように、とか、毎朝はやく起きて厠《かわや》の掃除をするように、といった風な、別にほかに害をあたえるものとはみえないので、こういう神がかりなもの、占いじみたものを生来きらう雄一郎も、母の趣味として黙認していた。最大の理由は、母ひとり子ひとりの家で、しかも子の自分が必ず死ぬものと予想される戦いの海へ去って、あとにのこされた母が、それで心がやすまるものならば、という思いやりからであった。

魔　恋

雪のように灰をかぶった玄関を入ると同時に、母の叫ぶ声が聞えた。

「ああ、雄一郎がかえってきました」

歌声がはたとやんだ。誰か何かいったらしい。

「いいえ、あの子です、戸をあける音でわかります」

足音がばたばたとはしってきて、母の姿があらわれた。彼がかるく挙手の敬礼をするまもなく、

「雄一郎！」

母はよろめくように彼の腕のなかにとびこんできた。

「よく、まあ、かえっておくれだ！」

まだ五十にもならぬ母なのに、なんとその髪の白く変ったことだろう。なんと肩のあたりの肉のおちたことだろう。雄一郎は、わっとさけび出したいような声をおさえて、とぼけた笑顔で、

「どうも、ひどくやられましたね。よくうちがのこったものだ」

「みんな、神さまのおかげだよ。神応教のおかげですよ」

そのとき奥からしずかにあらわれた人影をみて、雄一郎ははっとした。教祖の孫娘の志摩《しま》水絵《みずえ》であった。松平《まつだいら》宮相の邸へ行儀見習にいっているとかで、彫りのふかい蠟《ろう》人形のように美しい娘である。雄一郎がちょっと緊張したのは、前からいくども、志摩家の方から彼の母へ、水絵と彼を結婚させるようにいってきていたからであった。はじめ、なにを好んで若い未亡人をつくる必要があるととりあわなかった雄一郎も、母の熱望と、それからいつか彼が水交社へ出かけようと玄関までできたとき、ちょうど遊びにきていた水絵が、いきなり土間へとびおりて彼の靴をそろえた態度をみて、ふと思いなおしたこともある。しかし、水絵が神応教の最も高貴な巫女《みこ》的存在で彼女の口からもれる神託がいかに効験あらたかであるか、松平宮相ですら彼女には一目おいているという噂をきくにおよんで、ふッつり思いきった。

「雄一郎、いつまで？」

と、母は祈るようにいう。

「なに、明日までですね。いや帰れんと思っとったら壊れた艦の修繕がのびて、一晩でも戻ることができて、まあ、これでもめっけものといえるでしょうな」

ふかい眼で、じっと仰いでいた水絵がいった。

「雄一郎さん、艦が壊れたのは、敵の飛行機のせいでしょう」

雄一郎はどきっとして水絵をみつめた。まさにそうであったのだ。一カ月ばかり前、パラオ島コスソル水道で、夜間ひそかに浮上した彼の乗艦呂号99潜は、その瞬間、暗夜の空から飆風《ひょうふう》のように襲いかかってくる敵の中型攻撃機に直面したのであった。魔神とも思われるこの攻撃は、敵の恐るべき電探の威力に相違なかった。

「潜航！」

艦長の絶叫をつんざく機銃弾の青白い閃光が、司令塔の塔壁を旋回する。一瞬に舵輪《だりん》をにぎる操舵手と、見張員の二人が声もなく斃《たお》れ伏していた。

「左メインタンクブロー！」

急速に潜航しかかった艦の後甲板に、爆弾が真紅の火柱をふきあげた。おそらく敵は撃沈したと思ったにちがいない。辛《から》くも沈没はまぬかれたものの、横須賀に帰投するまでは、いまはこれまでと観念するほかはない太平洋の水圧との死闘の連続であったのだ。

「……なぜ、それを知っていますか？」

「空からあなたのお艦に火の雨がふったとお告げがありました」

水絵は深沈とした声でこたえる。雄一郎はにがい顔をした。

「お母さん、あれはなんです？」

それはみたこともない総桐の簞笥《たんす》と新しい鏡台であった。母はおろおろと水絵の方をふり

かえり、また雄一郎に笑顔をむけ、

「ああ、それかい？　それは水絵さんのものですよ」

「水絵さんのおうちもやけたのですか？」

「いいえ、それは、そういうわけじゃない。この正月からきているのだけどね。雄一郎、それについてお話があるんだよ。ほんとによいときに帰っておくれだった……」

「なんのことです？」

水絵が音もなく雄一郎のうしろに立った。ふりかえると、この娘の冷たい瞳に、どう燃えるのかふしぎなような媚《こ》びの笑いがいっぱいにみなぎって、

「雄一郎さん、……御神託があったのです。あなたとあたしと結婚するようにって」

「なんだって？」

雄一郎はさすがに愕然《がくぜん》として息をのんだが、やがて吐き出すように、

「ことわる！」

と、大声でいいきった。

正面の襖《ふすま》が、向う側から誰かの手であけられて、いっせいにこちらをふりむいている男女の姿がみえた。

頭にぐるぐる繃帯《ほうたい》をまいた男もいるし、防空頭巾をつけたままの女もいる。みんな垢《あか》と煤《すす》にまっくろな顔をして、そのなかから、狂信者特有のきらきらする眼がひかっていた。その向うに仏壇を改造した祭壇があった。

「九鬼さん……それは、いかんですぞ」

と、ひとりの老人が立ってきていった。神応教のこの地区の支部長格の深沢《ふかざわ》という老人だった。

「せっかく、水絵さまがああおっしゃっているのに、罰《ばち》があたります。あんたはこのあいだの空襲の恐ろしさを知りなさるまいが、この家ののこったのは、神さまのお力ですぞ。水絵さまの花嫁道具がはこびこまれてあったからこそ、神さまがお守り下すったのですぞ……いまもみな話したところじゃった。きょう、あんたがお帰りになったのも、きっと水絵さまと祝言《しゅうげん》をあげられるようにとの御配剤にちがいないと」

「ばかなことを。この家がやけのこったのは公園の樹木のせいですよ」

「公園の木はみんな麻幹《おがら》のように焼けてしもうたわ。神さまのお力です。神さまのお力を信じなさい。御神託にそむいてはなりませんぞ」

「水絵さんとおれと結婚しろということですか。なに、そりゃ御神託なんかじゃありゃしない。こういっちゃなんだが、おそらく水絵さんがおれに惚れとるから、その心がいわせたことですよ」

「もったいないことをいわれる。うむ、ま、そうとしてもよい。では、そのお心をくんであげなされ。御教祖さまのお孫さまが、あんたに対してだけは靴のひもさえむすばれるそうな。ああ、なんちゅうおいじらしいことか……」

「そうおれも思ったこともあるのです。しかし、そうといっておれが押《お》しかけ女房をもらわんけりゃならんという法はない。いまの道具をみて、いよいよいやになりました。迷惑です。おことわりします！」

「まあ、おききなさい。先日の空襲さわぎで、三井銀行の大金庫のダイヤルが狂ってひらかなくなってしまったのじゃ。そこへこの水絵さまがゆきあわされて、金庫の前で御祈禱なさってダイヤルをまわされたら、それがすうっといちどにひらいたじゃありませんか！」

「ふふ、そりゃ、偶然扉がひらくところへダイヤルがまわったのですよ。とにかくおれはそんな邪教は信じんのです。むしろ、日本をほろぼすものはそれだ、その頭だとさえ考えとるんです」

「邪教？　ぶ、ぶれいな！　お、おそれ多くも、ちかごろ、或る宮家からでさえ、水絵さまをお招きあそばして、神のお告げをおききになりたいとかの御内示があったものを……」

雄一郎は沈痛な顔で、うめくようにいった。

「ああいうお方はひまなんです。日本が滅びるのは当然かもしれん……」

「まだある。去年の秋、やはり御神託があって、或る海軍の少尉さんの結婚は凶だと出たのです。それにもかかわらずその人が強引に結婚してしまった神罰は覿面《てきめん》、それから一カ月とたたないうちに、その少尉さんは戦死なすった。神さまのお告げになった凶は、まさにあったのですぞ」

「深沢さん、あなたはその少尉の戦死を凶だ、不幸だとお考えになりますか。おれはそうは思わん。そいつはおそらく満足の微笑をたたえながら海へ沈んでいったものと、おれは信じます」

深沢老人は怒りのために蒼白くなって、手足をぶるぶるふるわせていた。雄一郎は冷静である。冷静の底に、この迷信に狂った老人を――いや、非科学的な日本人たちをぶッた斬ってやりたいような憤怒《ふんぬ》を感じていた。

「いったい、神さま神さまとおっしゃるが、神とはなんです？　神はないとはおれはいいません。おれは二年ほどまえ、乗っていた駆逐艦が沈んで南の蒼い海を一日泳いでいたことがあります。そのとき、おれの頭にうかんでいた神は、断じて或る人間が結婚すれば呪いをかけるとか、結婚せんけりゃ罰をあてるとか、そんな酔狂な、おせッかいな、色情狂みたいな神じゃなかった。よろしい、御神託によって、結婚するとします。子供でもできて、また女房に神さまがのりうつって別れるがいいとお告げがあったら、おれはまた、ぽかんとしてその命に従わんけりゃならんのですか？　いや、こんな愚劣な問答をしとっても際限がない。失礼ですが、おれはこれからちょっと寝ますから、みなさん、どうぞおひきとり下さい」

「罰が……罰が……」

老人は口から白い泡をふいた。

「九鬼さん。あんたは、いまに神罰にあたって、足腰たたなくなりますぞ！」

雄一郎は破顔した。

「そうかもしれませんな。だいぶ芸者とあそびましたからな。したがって将来仰《おお》せのごとく足腰たたなくなるかもしれませんが、そりゃスピロヘータのせいで、神さまとはなんの関係もありますまい」

深沢老人は足ぶみしながら、雄一郎の母の方をにらんだ。

「あんたはだまっていらっしゃるか？　御子息の不敬のことばをなんと思われます？　神さまのお告げにそむいていいのですか？」

母はおそるおそる信者たちの顔を見まわした。全身がわななき、両腕が信者たちへの恐怖と、信仰の苦悶とのためにねじれた。それから彼女は息子の顔をじっとながめた。

「わたしは……神さまにそむいて……地獄におちましょうとも……雄一郎の心にまかせたいと思います」

きえいるような声であった。

そのときまで、蠟のように音もなく立っていた志摩水絵が雄一郎のまえにまわって、その眼に見入った。

哀れとも憎しみともつかぬ深淵のような瞳に、さすがの雄一郎が背すじに冷たいものを感じて、一歩身をひこうとしたとき、

「雄一郎さん……たったいま、お告げがありました。ああ……あなたはきょうから五カ月目に亡くなられます」

雄一郎は身をひくのをやめた。かえって一歩ふみだして、声をたてて笑っていた。

「ほう！　まだそんなに生きられますか？　これは長生きできる！　五カ月めですと？　すると、いま三月の半ばだから、四、五、六、七、八と八月半ばになりますな。はははははは

「はは、おぼえておきましょう」

八幡大菩薩

「ワレ出撃ス」

伊号13潜の艦橋の檣頭《しょうとう》に信号旗がひるがえっていた。

これにつづくもの伊号44、伊号361、呂号96、呂号56、呂号99の五隻。開戦以来すでに喪《うしな》われること百二十隻にちかく、桜花ほころびんとする三月の下旬、秋風星落《しゅうふうせいらく》の日本潜水艦隊はいま呉《くれ》軍港を出てゆこうとしている。

各艦のマストには「八幡大菩薩」「非理法権天《ひりほうけんてん》」の旗が烈風にはためいている。「非理法権天」とは、「非は理に勝たず、理は法に勝たず、法は権に勝たず、権は天に勝たず」という意味で、大楠公《だいなんこう》が千早城にひるがえした旗がこれであった。

「帽をふれっ」

桟橋《さんばし》に群がって見送る水兵たちのあいだから、軍艦マーチの歌がおこった。出撃する潜艦の甲板にも、白鉢巻をした兵たちが歌っている。

「トラック照る照るガ島はくもる

間のラバウル灰がふる……

「ソロモン嵐はよしすさぶとも

骨を拾いにゃきっとくる……

「やがてガ島にゃ旭の御旗
仇討《かたき》たずにゃおきはせぬ……」

しかし、このわずか二年前にうたわれた歌は、いまは遠くすぎ去った青春のなげきに似ていた。ガダルカナル、ソロモンはおろか、マリアナ、フィリッピンまでうしなって、ついに敵の大機動部隊は三月の末から沖縄に襲来し、いまやわが守備隊とのあいだに、阿鼻叫喚《あびきょうかん》の血闘の幕をきっておとしつつある。

「前は、出撃するときも、こう騒々《そうぞう》しくはなかった……」

と、呂号99潜の艦橋に立っていた九鬼雄一郎はにがにがしく呟《つぶや》いた。

「瓶《びん》の水はすくないほど、そそぐと大きな音をたてるのとおなじ理窟ですかな」

と、傍の小羽《おばね》軍医中尉が憮然《ぶぜん》としていう。

「軍医さん、おれはあの旗が気にくわんのですがね」

「どの旗が」

「非理法権天の文句がですよ。天をいちばん下にもってくるところがね。理はすべてに勝つと考えるべきです。天――天佑《てんゆう》だの神機だの天壌無窮《てんじょうむきゅう》だのいっているうちにこの始末だ。日本語の字引からこういう文字を抹殺せんけりゃ、いつまでたっても日本は戦争に敗《ま》けるですよ。半月ほど前、横須賀で一日ひまをもらって東京へ出て、迷信的といおうか非科学的といおうか、愚劣きわまる馬鹿どもがあんまり多いので腹をたててきたものですが、海軍もあんまり大きな面《つら》はできんです。海軍はじまって以来八十年間、夜でも眼のみえる猫の訓練ばかりやって、夜戦なら世界無比だとうぬぼれたとたん、敵サンの方じゃ電探ができてこのざまだ」

「電波探信儀の着想は日本だというじゃありませんか？　それが、どうしてこんなことになってしまったのか……」

「金がない、それは事実だが、また逃げ口上です。日本人にゃ科学の根が育たんのかもしれん。徳川三百年、これほど長い太平時代をもった国は世界にないというのに、その間日本人は何を発明したのか。汽車とまでゆかなくっても、げんに平安朝時代にゃ牛車《ぎっしゃ》があったのだから、牛を馬にかえて、せめて馬車くらい考えつきそうなもんだ！　ところが日本人は身体を労せずして効果をあげることを悪事のように考える。勉強だって暖かくしてうまいものくってやれば能率があがるにきまってるのに、腹をへらして寒いめをして、それが模範のようにいう。いたずらに身心を虐待《ぎゃくたい》してそれを猛訓練だと考えていい気になる。ごらんなさい。ドイツの潜水艦など二《ふ》タ月《つき》くらい、大西洋から印度《インド》洋をまわってきて、シンガポールに上陸すれば、乗組員はへいきな顔でテニスなどやっとるじゃありませんか！　われわれは一《ひ》ト月《つき》も出撃して、帰投すれば半病人です。肉体力や日本のいわゆる精神力には限度があるが、科学的配慮にはかぎりがない。日本人に発明できたのはせいぜい駕籠《かご》か人力車です。そして六尺棒のふりかたと脛《すね》のふりかたのうまい奴をつくって名人と称する。……ああ、なんとあわれな頭だ！」

雄一郎は痛烈な涙のうかんできた眼で、いつしか薄暮にしずんでゆく春たけなわの瀬戸の島山をながめやった。

「いちど敗けんと眼がさめんのかもしれん。いや……敗けてもまださめんかもしれん。……」

ぶつぶつと彼はうわごとのようにつぶやいた。

「しかし敗けてはならぬ。どんなことがあっても、日本は敗けてはならぬ。敗けりゃ、千年、再起の芽は敵につみとられてしまうだろう。……」

「砲術長、大丈夫、日本は勝ちますよ」

突然あかるい声がかかった。ふりかえると志賀という初陣《ういじん》の少年特別水測兵である。年はまだ十八ぐらいだろう。まるい頬をまっかにして、つぶらな眼は空のように澄んでいた。

「ははははは、そうかね。そうでなくってはこまるがなぜだい？」

「艦長がそう申されましたから！」

可憐なばかりに信じきった瞳であった。それから少年らしい無邪気な笑い声をたてて、

「なにしろ、日本にゃ忍術があるんですからね。ヒュードロドロときえちまった忍術使いには、レーダーもきかんと思うんです」

「ふふん、それはそうと、おまえのさげている鳥籠はそりゃなんだい？」

「文鳥です」

「ばか、艦の中にいれたらすぐ死ぬぞ。大の男でさえのびかねないのに……」

「だから、いまのうちに十日分くらいいい空気をすわせておくんです」

水煙をあげ、艫《とも》に白く航跡の尾をひきつつ、潜水艦隊は機雷原《きらいげん》や防潜網のあいだをくぐりぬけ豊後《ぶんご》水道から太平洋へ出てゆく。兵たちは名残《なご》りおしげに艦橋をおりた。

艦は大角度のジグザグをやりながら、夜の太平洋を一路南下してゆく。夜が明けかかると潜航だ。兵員はもはや呉に帰る日まで、まったく太陽をみることはできない。呂号潜水艦は小型で耐波力も良好でなく、居住性はとくに苦しかったが、そのくせ最も酷使され、消耗もいちじるしかった艦型だった。

いま制空権制海権を敵にうばわれているので、二日めからはもう夜の浮上時間も極度にちぢめなければならない。暗夜といえども、敵哨戒《しょうかい》機の電探に捕捉されるおそれがあるからだ。黒潮から鮮麗な南海特有の緑にそまった波濤の下を、六隻の潜艦はしずかに南へ南へとすすむ。

艦内の空気はすでに三十度にのぼっていた。海は表面いかなる荒天怒濤《こうてんどとう》の日でもちょっと底にもぐれば太古のごとくしずかだ。が、潜水艦がそれに応じて静謐《せいひつ》をたもち得るのは、潜《せん》舵《だ》、横舵、メイン・タンク、調整タンク、釣合ポンプ、その他の鋼鉄製内臓の微妙な新陳代謝による。時々刻々に減ってゆく重油、食糧の重量の変化だけでも、それに応じて釣合を調整せねばならぬ。

一方で、浮上のときは艦橋の哨戒員が、潜航のときは司令塔の潜望鏡をのぞく艦長が、一瞬一刻の休みもなく空と海の敵影をさがしもとめている。それでも水面にちょっとあらわれた潜望鏡だけで敵の電探に捕捉されて、突如としてうなりをたてて弾丸がとんでくることがある。三直潜航で、乗組員を三組にわけて、各組が交替で二時間配置についていては四時間休むということをつづけていても、失われた太陽と、濁った空気と、泥のような暑熱と、偏った食事と、運動不足と、そして針のようにとぎすました緊張の連続のため、日ならずして疲労困憊《こんぱい》して、死をすらおそれないようになる。闘志を喪失して、死んだ方がらくだという危険な弛緩《しかん》がおとずれるのだ。

「……嗚呼《ああ》人さかえ国亡《ほろ》ぶ
盲《めし》いたる民世におどる
治乱興亡夢に似て
世は一局の碁なりけり……」

士官室の革ソファの上にねころんで、雄一郎は蛍光燈《けいこうとう》に青白い天井をじっとみつめながら、小声で口ずさんでいた。

うしろには書類を入れた鉄製の棚があり、前のリノリュームをしいた通路には包装紙に赤印や黒印のレッテルをはり、数字を記した無数の罐詰《かんづめ》がつみあげられてあった。たとえば無印の1は餅で、2は赤飯、青印の202は鰯《いわし》の罐詰で、黒印の307はグリーンピースといった具合である。それに板をわたして、細長いテーブルはその板の上にあった。反対側は二段のベッドで、赤いカーテンの向うでは、いまも混沌《こんとん》たる眠りにおちいっている連中がいるはずである。

「九鬼中尉、休まれないんですか?」

兵員室につづくハッチから、細長い顔をした小羽軍医中尉が入ってきた。雄一郎は頭をもたげて、

「おや、誰か病気の兵がありますか？」

「文鳥がね。呼吸困難だからと志賀水測兵からの往診依頼で……」

軍医は苦笑して、しかし腹の底からうめくように、

「いやあ、これだけ狭いところで、ひとり無為でいるということは辛いもんですなあ！」

「あんたが忙しかったら大変だよ。ひとりふたりが負傷するなんてことは、まあめったにないんだから。ほかの艦とちがって、やられるときは艦ごとドンピシャリだ。むろん、あんたもいっしょだよ。はははは」

軍医はきょときょとと不安な眼を天井になげて、

「南無《なむ》八幡大菩薩《はちまんだいぼさつ》」

と、いった。

帝国忍術部隊

艦内には冷却通風の音と電気モーターのうなりばかりだった。

「砲術長、こんどはいかんと思いますか？」

と、軍医長はおそるおそるいう。雄一郎はこの軍医が、医者らしくものの考えかたが合理

的で、こだわりがなくて、ほかの肩肘《かたひじ》いからした、神がかりの将校たちより親愛感をいだいていた。彼がぬけぬけと、

「しかし、砲術長、日本の天皇制がなくならんかぎり、日本人の神がかり癖はぬけませんな」

などというのにも腹がたたなかったが、さすがに戦闘度胸の点だけは、あぶないと思っている。尤《もっと》も、それも軍人ではないから、むりもない。

「いや、大丈夫ですよ。この艦は沈まんですよ」

「どうしてです？」

「はは、東京でね、或る巫女の占いに、八月なかばまでは大丈夫だと出たそうで。……ははは」

「なんだ。砲術長までがそんなことといっちゃしようがないね。尤も、任務が忍術部隊の輸送だから恐れ入った」

ふたりは苦笑した。苦笑というより悲惨な笑いだった。

この呂号99潜と相前後《あい》して海面下を南へむかって進んでいる六隻の潜水艦のうち、護衛にあたっている三隻の呂号潜艦をのぞいては、あとの三隻の伊号潜艦は、海軍のあいだでひそかに「忍術部隊」とよばれている特別攻撃隊を満載しているのであった。

制空権をまったくうばわれて、もはや当分使えるみこみのない落下傘部隊の精鋭に、千葉県の館山《たてやま》で特別訓練をほどこしたもので、またの名を「山岡部隊」という。これに敵の捕虜

から得た情報をもとにした知識をあたえ、潜水艦ではこび、大発からひそかに敵の基地に侵入させて、飛行場や火薬庫や港湾設備を爆砕《ばくさい》せしめ、敵の後方を攪乱《かくらん》するというわけであるが、その行動をさらに神出鬼没たらしめんがために、民間の甲賀流十何世かの先生をまねいて、なんと忍術を教えこんだということであった。

もとより忍術の正確な本体は合理的な体術ではあろうが、それにしても二十世紀の近代戦に、忍術とはあまりにも時代錯誤であった。しかし、これも、すでに肉弾雷撃隊ともいうべき神風特攻隊、人間魚雷ともいうべき回天特攻隊を採用した海軍の、惨たる苦悶のあがきのひとつであったろう。当時、陸軍では、大まじめに弓や竹槍の訓練まではじめていた。

呉出港以来十三日目、六隻の潜水艦は、ついに目的地たる中部太平洋における敵の大根拠地グアム島をへだたること十浬《かいり》の暗夜の海に忽然《こつぜん》と浮上した。

一艦、また一艦、魔法のようにあらわれるわが潜艦群を、敵は何も気づかないらしい。大型双眼鏡にくいいった見張員は、前方にくろぐろと横たわるグアム島の影をみて、「八幡大菩薩」とおもわずうめいた。

その瞬間、背後から頭上へ、すさまじい火の箭《や》がとんだ。

「敵っ」

絶叫しつつ、愕然としてふりかえる。疾風のごとく殺到してきたのは二隻の米駆潜艇と三隻の魚雷艇だった。みつかる相手もあろうに、機銃、魚雷、爆雷と三段がまえの潜艦殺しの恐るべき敵である。

「潜航いそげ！」

「ダウン、三十度――」

水煙一颯《すいえんいっそう》、狂気のように艦首をななめに海中につっこんでゆく呂号99潜の前後を、夜目にも白く三本の魚雷の航跡がつっぱしって、伊号44潜と、伊号361潜が一塊の火炎と化した。

飛鳥のごとく艦橋から艦内へとびおりる一瞬、雄一郎はいま海面に旋回した火と水の光芒のなかに、蠟のように凝然《ぎょうぜん》とじぶんをみていた志摩水絵の幻影をみとめたように思った。一秒が十分にも感じられる恐怖の一刻である。

「水絵……八月半ばまでといったなッ」

われしらずそううめいて、彼は愕然とした。

「なにくそ！」

頭上でつんざくような爆雷の音がとどろきはじめた。艦は必死に深度三十メートルから四十メートルにかかる。その刹那《せつな》、艦全部が裂けたかと思われる大音響とともに、艦内が暗黒になった。配電盤の主スイッチがとんで全モーターがとまった。艦は四十五度の急角度で、石のごとく海底へ落下してゆく。

雪崩《なだれ》のように艦内すべての積荷が艦首の方角へころがりおちる。誰か雄一郎にしがみついて、発狂しそうなふるえ声でいった。

「だ、大丈夫ですか？」

小羽軍医だった。

深度五〇……六〇……七〇メートル……。

「大丈夫。本艦の安全潜航深度は百二十メートルだから！」

と、雄一郎はいった。しかし呂号99潜の安全潜航深度は、実際は八十五メートルだった。しかも艦の深度計の針は目盛いっぱい百五十メートルにちかづきつつある。……高圧空気のパイプがさけて、気圧が上昇酸素不足のために暗中に兵員の顔は土気いろに変っていた。骨までつらぬく艦体のぶきみなきしみがはしった。静寂の恐怖の底に、全頭髪がさかだったとき、

「ゆきあしとまりました！」

と、いう歓喜の叫びがながれた。手提《てさげ》電燈のひかりで深度計を凝視していた潜舵手の声である。

「八幡大菩薩」

軍医がふるえ声でつぶやいたとき、彼はいきなりひっくりかえった。また雪崩のようにくずれもどりはじめた罐詰に足をとられたのである。

艦は反対にしだいに浮きあがりだした。

どこへ？　――敵の駆潜艇の待っている海上へ？　死だ！

執拗《しつよう》な敵の海面をはしりまわる音が水中聴音器にひびいている。「キーン」「シャーシャーシャー……」という特有の推進音から判断すると、どうやら数隻の駆逐艦もあつまってきた。

一難去ってまた一難、パイプがこわれて、必死の破口修理作業のうちに高圧空気がのこり

六十kg／㎠になってきた。ぶきみな殺気が、どんよりと艦内にみちわたってゆく。

「艦長、浮上決戦させて下さい！」

ほがらかな、うたうような声がわきあがった。まがうかたなき志賀少年水測兵の声である。浮上したら放してやるつもりか、籠から出された文鳥が、ぱっとまッしろな羽をひろげて、苦しげに艦内をとびめぐった。

炯々《けいけい》たる眼を宙にそそいでいた艦長が大きくうなずいた。

「ようし！　浮上用意——」

みないっせいに白鉢巻をしめなおし、日本刀をひッつかんだ。無数の砲火と雷撃のまちかまえる海面へ、わずか八糎《センチ》砲一門と数挺の機銃をもったのみの呂号99潜は、いま徐々に浮上してゆく。

獅子のあぎとのなかへ、幼児の腕に似た潜望鏡が浮かびあがった。

何事もなかった。

なんたる僥倖《ぎょうこう》、たったいま死の戦いの展開された海面は、竜巻のような夜のスコールにつつまれていたのである。

いったんちょっぴり出た潜望鏡はすぐひっこめられた。霧のごとく海上にけぶり、雪のごとく波に飛沫を泡立てつつ、スコールは北へ移動してゆく。

突如として、なおあたりの海面を警戒していた米駆逐艦の胴に、轟音《ごうおん》と火柱があがった。どこからともなく、航跡をたてない独特の日本魚雷がはしってきて命中したのである。

誰もが、それがすでに四、五千メートルも遠ざかったスコールの下から発射されたとはわからなかった。

スコールにまぎれて遁走《とんそう》しつつある呂号99潜のなかで、砲術長九鬼中尉が、にやりと笑った。

「一ッちょうあがり、……これぞ、まったく水遁《すいとん》の術か。軍医さん、神応教もばかにならんねえ！」

しかし、これはうれしさのはずみで、志摩水絵の予言があたったのだとは、もとより雄一郎はかけらほどにも考えていない。

が、水遁の術をつかったのは呂号99潜ただ一隻であった。二十世紀の忍術部隊は、驟雨《しゅうう》去って南十字のまたたきはじめたグアム島沖の潮のなかに、惨たる全滅のかばねをただよわせていた。

海底爆撃隊

昭和二十年八月十五日。

潜艦呂号99はまだ生きていた。満身創痍《そうい》をあびつつ、太平洋の底を地獄の虫のようにはいまわっていた。

沖縄を失い、戦艦大和《やまと》を失い、ソヴィエットは怒濤《どとう》の如く満州に侵入し、広島と長崎に原爆おち、日本全土は間断なくB29の猛襲のために焼土と化した。滅失の奈落におちる日が、その日であると呂号99は知らぬ。ただ、夜明けにまだ遠い、暗い海の底を亡霊のごとく黙々とうごいている。

「ああ。……必勝の信念を堅持することの難《かた》きかな」

と、髭《ひげ》と垢《あか》にまみれた顔で、九鬼雄一郎がいった。いったとたんに前歯の一本がぽろりとおちた。長期にわたって潜水艦に乗組んでいると、太陽と新しい空気に不足するためか、みな一様に歯がもろくなってくる。

「信ずるものは、馬鹿と神がかりの奴ばかりだ」

「やっぱり、だめですかな」

と、トランプ占いをしていた小羽軍医がぼんやりした声でいう。雄一郎の歯がおちたのをみても、それをといただす気力もうせはてた顔だ。軍医自身の顔にも、へんな汚ない皮膚病のかさぶたがひろがっている。

「敵サンとおなじ兵器と物量がありゃ、必ず勝つんですがねえ。どっちもおなじ損害をうけりゃ、あちらさんがおさきにのびるんですがねえ」

「そいつだ。その考えかたがいかん」

「なにがです?」

「おそらく日本人はぜんぶそんなことを考えてるでしょう。将来も、敗《ま》けたのは敵の兵器と物量に敗けたので、気力で敗けたんじゃない、など考えてのほほんとすることでしょう。その敵の兵力と物量は敵の頭脳から生み出されたとはちっとも考えないで、……ばかな！　その理窟でゆきゃ、おなじ兵器をもたせりゃ、日本人だってニューギニアの土人に敗けますよ」

雄一郎の激烈な語気に、軍医はちょっと気をのまれた顔になって沈黙したが、やがてその眼がふと曙光《しょこう》をみたようにはればれとひかって、

「しかし、こんどは敵サンも胆っ玉をでんぐりかえすでしょうな。いつもこっちばかりなぐられっぱなしじゃあんまり不公平だ」

「そりゃおどろくでしょう。しかし……ただ、それだけです」

雄一郎の顔は、その絶望的な語調と反対に、不屈の意志力にあふれた強靭《きょうじん》きわまる炎のような血の色をみなぎらせた。

「それでも、やるんですな。後世の日本人に、この戦争にわれわれがかく戦ったということを知ってもらうために！」

呂号99潜の左右には、いま海底空母ともいうべき伊号400潜と、伊号401潜と、おなじく伊号14潜が潜航してゆきつつあるはずであった。

昭和十七年六月、伊号25潜と伊号26潜が、米本土西岸を砲撃するまえに、おのおの搭載の偵察機で目標を偵察したことがあったが、これをはるかに大規模にした海底空母の着想は、開戦当時からあって、そのための大潜艦十八隻を建造する計画が決定したのは、十七年の一月であった。各艦に雷撃機三機を搭載するはずであったから、合計五十四機。このための特

別潜水艦は航続距離実に四万浬《かいり》というから、パナマ運河へ往復してあまりあるのみか、全地球上いずこの海でも馳駆《ちく》して悠々たるはずである。ニューヨーク或いはロンドンの空に突如として、日本の爆撃機五十四機が出現して火の雨をふらせはじめたら、全世界は驚倒どころのさわぎではおさまらないであろう。しかし、これに使用する「晴嵐《せいらん》」と称する爆撃機の製作が意外におくれ、きょうまでにわずかその半数の二十八機しか出来ず、また伊号特別潜水艦もたった伊号400、伊号401、伊号402の三隻しか完成しなかった。

あとは、呉及び佐世保がようやく敵機の跳梁《ちょうりょう》にゆだねられはじめたので中途で或いは爆砕され、或いは建造を放擲《ほうてき》するのやむなきにいたったのである。そこで甲型潜水艦伊13潜、伊14潜をも改造しておなじ目的に使用することになったが、瀬戸内海はすでに空襲激化のためおちおち訓練もできないし、万一敵機によって、潜艦に攻撃機を搭載するという着想が看破されては万事水泡に帰するので、ひそかに富山県の穴水湾にうつしもと伊号8潜の艦長有泉達之輔《ありいずみたつのすけ》大佐を司令官として、八月末パナマ運河を奇襲する計画のもとに、精密な運河の閘門《こうもん》模型によって猛訓練を行っていたが、とりあえず、日本侵攻めざして猛威をふるうハルゼー提督麾下《きか》の58機動部隊の大根拠地パラオ群島のウルシー軍港をたたいて、しかるのちパナマへ遠征しようと、七月十四日、舞鶴を出撃、大湊《おおみなと》をへて、トラックへ進出してきたが、そのうち伊402潜は未整備のため参加不能となり、伊13潜はトラックまでに米艦載機に撃沈されてしまったので、いまようやくウルシーめざしてすすんでいる海底空母は、ただ前記の三隻のみであった。

すぐさきにパナマ爆砕の任務をもつ海底空母は、晴嵐特別攻撃隊をウルシーへ発進させたのちは、いつまでも危険な海面にうろうろしていることはゆるされず、ただちに避退するが、万一ぶじ帰艦してくる飛行機があれば飛行機そのものはもとより捨てるとしても、特別訓練をほどこした飛行員の生命は、あたうかぎり再使用したいのはむろんのことであるから、海中に不時着した彼らをひろいあげる艦が別に要る。

呂号99の与えられた任務はそれであった。

「やれやれ、どうもわれわれは貧乏くじをひいたものだ」

と、小羽軍医は、ぶつぶつと愚痴をこぼした。

「後世の日本人と砲術長はおっしゃるが、まだ嫁さんももらわん私なんかにゃ、正直なところ子孫の受けなんぞはどうでもええですなあ。私の一生は、永劫未来《えいごうみらい》を通じて、ここにあるものたッたひとつなんですからな。将軍さんや提督さんはええですよ。ありゃあれでじぶんの生涯をかけた花火をうちあげているわけですからな。こっちはつまらんですわ。私なんぞ、きれいな嫁さんもらって、病院でしずかに顕微鏡でものぞいていたかったんですがなあ。とくに潜水艦はいかん。なんにもせんうちに、こっちが病人になっちまいそうだ。むしろ、じぶんの生命を燃焼させるという点では、私なんかよりゃ、あの晴嵐、それから神風や回天の連中の方がしあわせかもしれませんて」

情けない、という言葉を絵にかいたら、こうもあろうかといった顔で軍医は憮然として、

「万物の生命はすべて一つしかない。ひとたび失われれば、永久にかえらない。……いった

い人間の世界にゃ、じぶんの生命までささげて他につくす義務があるかしらん、どんな人間にも、どんな物にも、どんな対象にも、それほどのねうちはありそうにもないと思うんだが」

「軍医さん、まあ、こぼすのはよそうよ。もはやわれわれにのこされた武器は不撓不屈《ふとうふくつ》の戦意しかないんだから」

九鬼雄一郎のくぼんだ眼に、燐火《りんか》のように炎がもえあがって、

「それじゃ、子孫のためはよそう。われわれのために、あと三年がんばろう。血と涙をしぼってあと……たった三十六カ月、殺し合いをやろうじゃないですか、かならずそれまでに敵サンの方が音《ね》をあげますよ」

そのとき兵員室のハッチから、志賀少年水測兵が入ってきた。蒼い顔にあぶら汗がひかっている。軍医がふりむいて、

「どうした？　また文鳥一水が戦病かね？」

「いいえ軍医さん、こんどは私の腹がいたいんです。右の下腹が……」

「なに、右の下腹が？　どれどれそっちへゆこう」

軍医は少年水測兵をつれて向うへいってしまった。

――夜明け前だ。まだ星屑《ほしくず》をちりばめた巨大な空の下、広茫《こうぼう》たるうねりをあげる海の上に、三隻の海底空母が浮かびあがった。

新しくとりつけられたシュノーケルと巨大な格納庫の姿が異様である。その格納庫の扉が

左右にひらくと、すべり出した低翼単発の「晴嵐」がおりたたまれていた両翼をひらいた。全部で八機。八機の晴嵐は音もなくカタパルトで射ち出された。はるかの海上でふたつずつの浮舟をみずから海中へなげおとしたのがみえたが、すぐに四七〇キロの速力で、ウルシーの方角の雲の果てへ機影を没し去った。

八月十五日十三時

八月十五日十二時。

潜艦呂号99はしずかに浮上した。四辺渺茫《びょうぼう》の水平線に敵影をみずと潜望鏡でたしかめてはあるものの、不敵なふるまいではある。

が、それは不敵というより決死の行動だったというべきであろう。呂号99潜は、未だ一機も帰投しない「晴嵐」をさがしもとめていたのであった。彼らはウルシーの奇襲に成功したのだろうか、戦果はあがったのであろうか。それとも中途で万斛《ばんこく》のうらみをのんで撃墜されてしまったのであろうか。……いずれにせよ、万死に一生を得てこの指定の海域に不時着したものが一機でもあれば、その搭乗員の生命は、いまやこのオンボロの呂号99潜などよりはるかに貴重なものといわねばならぬ。爛々たる南海の太陽の下に、その貴重品をもとめて未練げにさまよう潜艦呂号99の姿は、たった一枚の金貨を探してうろつく貧者の影に似ていた。

九鬼雄一郎は双眼鏡を眼にあてたまま艦橋にたっていた。前後左右に哨戒員たちが必死に大型双眼鏡で波と雲をながめている。

ふと、後甲板のハッチからあらわれた老兵の手もとをみて、雄一郎はたずねた。彼は砂のなかからひろい出された金魚のように、空気をぱくぱく吸ってから、手の鳥籠をひらこうとしている。

「掌砲！　何をしているか？」

非番の掌砲術長、佐藤曹長は人のよさそうな顔でみあげて、

「はっ。志賀水測兵が、なんかいまのうちに文鳥を空ににがしてくれと申してききませんので、これからはなしてやります」

「志賀水測兵はどうしとる？」

「盲腸だそうで、日下《もっか》軍医長が手術をやっておられます」

籠からはなたれた文鳥はチチという歓喜の鳴声をあげて、いったん空たかくまいあがり、白い羽が雪のように日にきらめいたが、すぐ途方にくれたようにおりてきて短波8マストの上にとまった。

ふたたびこの艦が潜航したとき、どこへとんでゆくつもりであろうか。おろかしくも人間獣どもが修羅《しゅら》の図をかかるところにももちこんできた南海にも、どこかに美しい、小さな、白い珊瑚礁《さんごしょう》が待っていてくれることであろう。……それでも少年兵の文鳥は、まだ艦のマストからはなれようともせぬ。

十二時三十分。

ふっ——と雄一郎は異様な殺気を感じた。どこに敵がみえるというわけではないが、幾度かの死闘のあいだに得た本能的な感覚であった。

「艦長、もぐってくれませんか」

艦長は爛とした眼でふりかえり、また蒼い海面をみわたして、

「もう五分ぐらい——」

「どうも面妖《おか》しい感じがします。潜航して下さい」

「では、そうしようか」

艦長は伝令に命じた。

「潜航用意——」

伝令が伝声管にさけぶ。

「潜航用意——」

数秒のうちに哨戒員たちはハッチから艦内へとびおりて魔法のようにその姿はきえてゆく。

「両舷停止——」

「電動機減速——」

そのときである。雄一郎は白い炎のもえたつような海面に、またも志摩水絵の幻影をみた。幻影はのけぞりかえって笑ったようであった。はっとして眼をこらす。その下の蒼い濤《なみ》からつつッとひとすじの白い航跡がのびてきた。

「あっ、魚雷だっ」

敵影はなかった。潜望鏡もみえなかった。敵潜による電探雷撃だ。一瞬にそう悟って愕然として、

「潜航急げ！　深度三十——ダウン三十度！」

絶叫する艦長の声をのんで、ダダーンとすさまじい水音をくだきつつ、潜艦呂号99は急速潜航にうつって、頭上に魚雷をやりすごそうとする。このときはやくかのときおそく、轟然《ごうぜん》と艦橋がふっとばされて、司令塔まで奔入《ほんにゅう》してきた水が、一瞬間に、艦長、航海長、哨戒《しょうかい》長、信号長と伝令の姿をのんだ。

艦内は暗黒となった。発令所までころがりおちた九鬼雄一郎は、艦が無限に沈下してゆくのを感じた。だめか？　だめか？　ついにだめか？

潜水艦にして敵の潜水艦に撃沈されるほど痛恨のきわみはない。しかし、この戦争では、日本の潜艦が米潜艦にしとめられるものが意外に多かった。居住性に於《お》いてこれほど苦痛にみちた潜艦にアメリカ人が熟練するわけはない。精神力で世界無比の日本人こそ最も適していると自負していた潜水艦が。——すべて、電探の有無。それは智者と愚者の戦いのゆえであったろう。

呂号99潜は深度七十でとまった。まもなく油タンクが破壊されたことを誰か知らせた。海面にひろがる重油にしてやったりと舌なめずりしたのであろう、敵が悠々と近づいてくる音響が頭上にきこえ出したが、まもなく、たしか数隻の駆逐艦と思われる推進音がかけずりはじめ、無数に投下する爆雷の炸裂が、呂号99潜をぎりぎりともみはじめた。

チャポーン、チャポーン！　という投下音。

ダダーン、ダダーン！　というくだける水が何かの破片を艦体にたたきつける音。名状すべからざる恐怖にみちた七色の交響音。

反対に艦内には暗黒の静寂が凝固した。ジャイロもとまった。扇《ファン》もとまった。——無抵抗の恐怖。沈黙の恐怖。

「あはははは、あはははははは」

突然、雄一郎は闇のなかに凄《すさま》じい哄笑《こうしょう》をきいた。上ずった女のような声に、彼の頭に笑いくずれる志摩水絵の幻をみたように思った。

つぎに、その笑い声が兵員室の方からきこえてきたと知って、あれは小羽軍医が発狂したのではないかと直感した。

しかしそれはちがっていた。狂笑のあとから、軍医のひくい、ささやくような声がきこえたからである。

「だれか——手提電燈をもっていないか？　手術をつづける」

その声は、空をとぶ鳥、水をおよぐ魚のように、生命力にあふれる歌声のようであった。声をあげて軍医を抱きしめたい衝動につらぬかれ、闇のなかに雄一郎が這い出そうとしたとき、通信室の方から掌電信長の島田兵曹が、手さぐりでよろめいてきた。

「砲術長。先刻東通のＤ放送が入りました」

「なんだ？」

「本日十二時、帝国は無条件降伏をした旨、大詔《たいしょう》が渙発《かんぱつ》されました」

艦体が号泣するような軋《きし》みをたてた。艦はふたたび沈下をはじめていた。暗黒のなかの死への沈下。凝然とたちすくんだまま、九鬼雄一郎は全身がうつろになるのを感じた。やがてひくくいった。

「なにくそ！」

そして、頭の一隅に、いまはいずこかへ飛び去った白い小鳥の翼をえがいていた。鳥よ！　日本まで飛んでゆけ。そして、わが魂のさけびを日本につたえよ！

「日本人よ！　この戦は科学の敗北であったことを銘記せよ！　頭脳の敗北であったことを胸に刻印せよ！　ねがわくば、鋼鉄のごとき子孫を生め、肉体、精神とも鋼鉄の強靭さと柔軟さをもった子孫を生め、そして鋼鉄のごとき教育をしろ！　そして……そして……そして……」

潜艦呂号99は二百メートルの深海でこのとき、雄一郎の夜光時計とともに一片の鉄片と化した。

昭和二十年八月十五日十三時。

最後の晩餐《ばんさん》

梟《ふくろう》館の「脂肪の塊《ブール・ド・スユイフ》」

警視庁特高課の小代《こしろ》刑事は、夜のしらじら明けとともに『梟の家』の縁の下にもぐりこんでいた。

『梟の家』とは、この家の主で、犬のかわりに一匹の梟を飼っているので、近所の人がそう呼んでいるからで、夜の暗いうちは、あやしいものがちかづくと、竹筒を吹くような声で、この梟が鳴く。日本人ばなれのした趣味だが、主人はまさに独逸人《ドイツ》で、フランクフルター・ツァイトゥング紙の東京特派員だときいている。もっとも家は洋風ではあるが、木造の小さな二階建であった。小代刑事が張りこんでいるのは、しかしその西洋人ではなく、昨夜から泊まりこんでいる日本人の女である。

さいわい、梟は眠りに入ったとみえて、その難はのがれたものの、さて首尾よく床下にもぐりこんでから、小代刑事はひどい目にあった。まず、恐ろしい蚊の襲撃で、それをたたくことができないところから、彼はその後三日ばかりのあいだ、同僚から、なにかたちの恐い病気にかかったのじゃないかとからかわれたほど惨澹《さんたん》たる形相にかわってしまった。が、こういう苦行は、過去のはりこみでまったく経験のないことでもない。しかしそれよりもっと辛かったのは、床の上からきこえてくる声の拷問であった。

「オオ！　アグネス！」

「ああ、眼がくらむわ。……頭がしびれて……気がちがいそうだわ！　ねえ、ねえ！　後生《ごしよう》だから！」

なんの声かは、女のすさまじい喘《あえ》ぎからでもわかる。喘ぎばかりではない。間断ないベッドの軋《きし》みにまじって、キリリ、キリリという、えぐられるような歯ぎしりの音もきこえる。ちょっとしずかになったかと思うと、たちまち、はぎれのいい、精力的な男の笑い声がきこえ、女の悲鳴のようなうめきがながく尾をひいたかと思うと、

「ぐっと！　ぐっと！……まだよ！　まだよ！」

と、いうさけびに変る。

なんという男と女だろう。それを小代刑事はたっぷり三時間はきかされたわけだが、それ以前にも何時間つづいていたかしれたものではない。そして刑事が或いはと期待していたような種類の会話は、ついに一語としてきくことができなかった。刑事は恐ろしく腹をたて、へとへとになり、眼もげっそりおちくぼんでしまった。

魔睡にしずんだように、虚脱して、ぼんやりしていた刑事は、突然、はっと夢からさめたように顔をあげた。いつのまにか、上の騒ぎがおさまっていると思ったら、さやさやと女が衣服をつけているらしい音がきこえ、やっと彼女がこの家を出かけてゆく気配である。

接吻《せつぷん》の音をあとに、小代刑事は蜘蛛《くも》のように手足をつかって床下を這い出した。音もなく、

門の外にはしり出すと、十メートルばかりはなれた電柱のかげに立った。

時計をみると七時半である。蒼い空に日はもうめくらめくばかり照りつけていた。きょうもまた暑くなるらしい。

「畜生！　たわけた野郎どもだ！」

刑事は舌打をうって唾《つば》をはこうとしたが、唾もでない。ひっこんだ眼で電柱をみると、貼紙がやぶれてはためいている。

「買物行列は銃後の敵だ。商業報国会中央本部」とある。

九分ばかりして、『梟の家』の門の外へ、外人と女が出てきた。その独逸人の新聞記者は、四十四、五歳で、やや額ははげあがっていたが、見あげるように背がたかく、満身に動物的な精気がみなぎっている。そして女は、『アグネス』と呼ばれていたけれど、むろん日本の女で、これはまた男の半分くらい小さく、しかし、まるまるとふとっている。

ふたりはちょっとあたりを見まわしたが、あくまであかるい麻布の永坂町の往来に人影もみえないのをたしかめると、また抱きあって長い接吻をした。濃い藍紫地に緑、赤、白、黄と色とりどりな花模様の明石の単衣《ひとえ》からあふれた女の腕が魚のように真っ白にひかった。

しばらくして、男はひっこみ、女は何くわぬ顔をして飯倉片町の方へあるき出した。手に白いバスケットをさげている。

何くわぬ顔といっても、女はすこし弛緩《しかん》したような笑顔をつづけていた。それは、うしろからそっと尾《つ》けはじめた小代刑事にはみえなかったけれど、彼女のからだじゅうから、洄れることをしらぬ液体がまだぽたぽたとたれそうな錯覚を感じる、年はたしか二十九のはずだ。その年に似ず、ぽてぽてして、小柄なからだはどこもかもまるく、ふっくりして指はふしぶしだけくくれて、小さな腸詰を珠数つなぎにしたようだった。全身痴呆じみたエロチシズムのかたまりのようで、殺伐な小代刑事にも、どうも課長があの女にかけている大それた疑いは途方もない見当ちがいのように思われる。

女は飯倉片町で、市電にのった。小代刑事はずっとはなれて席に坐ると、誰か乗客がよみすてていった朝刊をひろって顔をかくすように大きくひろげた。朝刊には『河馬《かば》クンも野戦料理』という見出しで、上野動物園の河馬が、いままでの常食のふすまやおからや人参をとりあげられて、草ばかり食わされることになったという記事がのっていた。

それで気がついてみると、腹がぺこぺこである。が、刑事のくぼんだ眼は、たちまち執拗《しつよう》な疑惑にひかりはじめた。この電車が、女のかえるべき店のある新橋とは反対に、六本木から霞町の方向にはしっていることを知ったからである。

「はてな、どこへゆくのかな?」

女は、麻布広尾町におりた。

彼女がたずねたのは、やはり木造の洋館であった。女が門の中へ入ってゆくのをみすまして、門標札をみると、横文字の標札とならんで『マックス・クラウゼン』と日本字でかいた名刺が貼ってある。肩書には、『陸海軍御用・青写真転写機感光紙販売・M・クラウゼン株式会社・東京市芝区新橋烏森ビル』とある。名前からして、やはり独逸人にちがいない。

二十分ほどたつと、女がでてきた。送って出てきたのは、案の定、四十歳ばかりの外人である。さっきの永坂町の独逸人ほど粗野でない上品な紳士だが、小代刑事が物陰からうかがっていると、この上品な紳士が、いきなり女に抱きついてはげしい接吻をした。すると、いよいよおどろいたことに、女は急にぐったりとなってはげしい接吻をかえしている。

「――マックス！」

突然門の奥で、妙なアクセントの呼び声がした。紳士はおどろいて女をはなした。どうやら呼んだのは、彼の妻らしい。

「オオ、アンナ！」

と、彼はふりかえって答えてから、未練がましい眼を女にもどして、

「デハ、アグネス、アシタノ晩ネ」

といって、あわてて奥へかけこんでいった。

女は牡丹の蕾《つぼみ》のような笑顔で、またしゃなりしゃなりとあるき出す。白いバスケットが、ちょっと重くなったような気配である。

また電車にのった。まったく、みればみるほど、男という男がふるいつきたくなるような色っぽさだった。真っ白な肌はつやつやとして、おっぱいは着物をつきぬけそうである。

ちょうどその日は日曜日なので、電車は空いていた。尾行にはかえって都合がわるい。あまりな刺戟《しげき》と緊張の連続に小代刑事はへとへとになって、電車がもとの方向へもどる新橋行なのを知って、かえってほっとした。これであの女は銀座の店へもどるにちがいない。自分

の任務はひとまず終了だ。

　と、思っていると、女は新橋、銀座を通りぬけて、尾張町におりた。ここから歩いて、たずねていったのはA新聞社である。受付で何か問答していたが、すぐに出てきた。そして省線電車のガードの方を見あげたまま、ちょっと思案にくれていた。

　すれちがいに小代刑事は受付にとびこんだ。

「おい、いまきたのは銀座の酒場《バー》、ラインゴルドの、花房百代《はなぶさももよ》という女給だろう？」

「ええっと、そうでしたわね」

　と、受付の女の子はにやにや笑っている。

「誰をたずねたんだ？」

「政治部の飯室《いいむろ》さんでしたわ。でも、きょうはまだ出ていらっしゃいません」

「ちょうど月末だが、勘定とりかね？」

「いいえ、あすの晩、ラインゴルドでグルマンの会がありますから、お忘れにならないようにって御伝言で――」

「グルマンの会？　なんだそれは！」

「あの、どちらさまでいらっしゃいましょう？」

　小代刑事はあわてて新聞社をとび出した。女の姿がみえなくなったからである。

　かけ出してみると、女は日比谷の方へあるいてゆくところだった。ガードの下の壁にはいたるところ『米国の野望粉砕』『今ぞ一億国民団結せよ』などかきちらしたビラがはりつけてあった。女は新宿行の電車にのった。小代刑事は息たえだえに追いついた。

警視庁の横を通過するとき、女は膝のバスケットをひらいた、刑事がはっとして見つめると、なかからとり出したのはふっくらとしたサンドウィッチである。それは、そのころ水パンと呼ばれるほど質の低下した東京のパンとは雲泥の差のある、まばらな乗客がいっせいにふりむいたくらい美味そうなパンであった。女は環視の瞳にも恬然《てんぜん》として、痴呆的なほど美しい口にそのサンドウィッチをはこびはじめた。

あかい、なまめかしい唇と、きれいな玩具のような歯の中へそのサンドウィッチの一片一片がきえてゆくのを、小代刑事はいまにも失神しそうな空腹の眼で、うらめしそうに見送っていた。

餌をあつめる七面鳥

女が、四谷三丁目で電車をのりかえて、左門町停留所におりたとき、小代刑事の眼はぴかりとひかった。さてこそと思ったのである。案の定、彼女の訪れていったさきは二十二番地のブランコ・ド・ヴーケリッチという外人の家であった。フランスのアヴァス通信社の東京特派員である。

そもそも、その女に課長が眼をつけた発端が、彼女がこのヴーケリッチという外人と関係があるらしいということであったのだ。ヴーケリッチはフランスの一通信社の記者ではあったが、生まれはセルビアで、いまの国籍はユーゴスラヴィアである。ノモンハン事変にもアヴァス特派員として関東軍に従軍しているが、どうも確証はないものの、行動に不審な点がある。その男との関係のある女が、たとえ外人専門の酒場の女給とはいえ、フランスにとっては戦争中の独逸人と往来していることは、どうにもいぶかしいことであった。

しかし、その女は、ヴーケリッチの家から二、三分で出てきた。が手にさげたバスケットは、急に重量を加えた感じである。

（いったい、あの女は何をあつめてまわっているのだろう？……まさか、サンドウィッチばかり入っているのではあるまい）

小代刑事は、そのバスケットの中がみたくてたまらなかった。しかし、まだいけない。もっとあの女を自由に遊ばさせる必要がある。

次に女がいったのは麴町《こうじまち》五番町にすむ政治家三船氏の家であった。大政翼賛会の代議士である。刑事は門の前を通りすぎながら、遠い玄関で、三船代議士がしたしく女に何やら白い紙づつみを手わたしつつ、ぎゅっと彼女の手をにぎったのを目撃した。ふしぎなことに刑事はその紙づつみを何だろうと考えるよりも、サンドウィッチをつまんでいた女の、くぼみくぼみにうすいあぶらがねっとりたまっているような白い手を思い出した。

もえあがるような日盛りの路を、女はふとった七面鳥のようにしゃなりしゃなりとあるく。なにかのはずみで、うしろ一間《けん》ばかりにちかづいた刑事の鼻に、熱風にまじって熟れきった果物のように甘酸っぱい香がながれてきた。きっと女の汗の匂いにちがいない。

六番めの訪問先は、小石川の黒坂陸軍大佐の家だった。ここへは、入っていったきり、女がなかなかでてこないので、小代刑事は、そっと門の中から横の庭の方へしのびこんでみた。おかしいことに、この参謀本部の逸材の自宅が、いちばん警戒手薄であった。

植込みのかげにかがんで、家の方をのぞきこんで、小代刑事はおどろいた。黒坂大佐殿は縁側の籐椅子《とういす》にもたれて、ウイスキーか何かのんでいるが、その膝に抱かれているのは、あの女である。大佐殿だけが在宅して、家人がみな留守らしいのは、日曜日でどこか行楽に出かけたせいかもしれないがこの暑い盛りに、さて濃厚な色模様である。

「こら、百代、きさまは、その実に、つきたての餅のようじゃのう。いや、女の尻もあんまり大きく引臼みたいに平たいやつは、抱き具合がいかん。きさまは、ぽてぽてふとっとるくせに、胴がくびれとるから、実に、その、何ともいえんわい」

「いや……くすぐったい」

とからだをくねらせた上に、大佐がのしかかって、口うつしにウイスキーをのませている。女はたちまち大佐の首にしがみついた。大佐の顔が脳溢血でもおこしそうに真っ赤にいきむと、女は眼をつむったまま、ときどき眉のあいだに皺《しわ》をよせて、もどかしげに腰をうごかし、唇をあけてあはあはと息をはずませている。

二時間ほどたって、黒坂大佐の家を出た女を尾けながら、小代刑事はぶっ倒れそうであった。あまりにも淫《みだ》らすぎる女のふるまいに、あきれるよりも恐ろしくなったし、課長の命令に腹もたってきた。

（こいつはまったく色情狂だ。そして色情狂以外のなんでもない女かもしれんぞ。そうでもなくちゃ、とてもあれほどの感じは……）

次は、お茶の水の文化アパートにすむ男である。女のノックにひょいとドアから顔を出したのは、三十七、八の蒼白い顔をした品のいい日本人の男で、女が入ってから標札をみると、『宮城与徳《みやぎよとく》』とある。ドアがしまってからは、女がなかで何をしているかわからない。階段のところで監視しながら、そこを通りかかった掃除婦らしい婆さんにたずねると、宮城は戦争画家ということであった。

二十分ばかりで女がでてきた。バスケットはだんだん重くなってきたようである。もうおひるをだいぶまわっていた。

八番めは上野の池《いけ》の端《はた》だった。彼女が入っていった邸《やしき》の名を知って、小代刑事は課長の疑いがばかばかしくなってきた。それは、近衛首相の秘書として新聞にもよくでる政界の麒麟《きりん》児《じ》風間男爵の邸宅だったからである。

しかし命令を自己の意志で途中から放棄するわけにはゆかない。刑事は炎天の下に、砂塵をまぶした干物のように立っていた。女はなかなかでてこない。まさか男爵が、さっきの大佐のような行為をしているとは思えないので、きっとつめかけた来客の順を待っているのであろうが、その客の往来がはげしいので、いっそう眼を門からはなすことができない。

女が出てきた。二時すぎである。通行人はことごとく酷熱のためにひからびたような顔をしている。そのなかにその女だけ、依然として水々しく、黒い鈴をはったような眼は、いよいよつやっぽくうるんでいた。九番めは……いや、こんなことを、いつまでかいていてもきりがない。要するに、小代刑事が、たまりかねて女の袖をつかまえたのは、彼女が浅草日本堤の高田という医院を出てからまもない、吉原の大門前だった。もう七時過であった。

「おいこら。……」

呼びかけられて、女はけげんな顔でふりかえる。

「僕は警察のものだが、ちょっとききたいことがある」

「あら？　おまわりさん？　ああ私服ね」

女は艶然《えんぜん》と笑った。

「あんたの名と住所は？」

「あたし？　あたしは、あの銀座のラインゴルドってバーにつとめてるんですの。名は花房百代」

「これからどこへ？」

「お店へかえります」

「いままで、どこに？」

「あの、ほんのそこに、高田医院ってあるでしょ、そこよ」

答は尋常であるが、笑顔が恐ろしく魅惑的だった。ふっくりした中央のくぼみにうすく唾のひかる、やや厚目の唇をみていると、刑事はだんだん妙な気持になってきた。男という男が、蜜のように吸いついていったのももむりはない妖しい魔力のようなものがある。

「ちょっと、そのバスケットのなかを拝見」

「あら、それこまるわ」

「なに」

小代刑事はかみつくような声を出した。さては、と思ったし、空腹と疲労のために癇癪《かんしゃく》をおこしてもいたが、そればかりではなく、閻魔《えんま》顔でもつくらなければ対抗できないような原始的な魅惑がこの相手にあった。

シャトー・マルゴーの乾杯

女はからだをくねらせた。

「だって、これ、お客さまのあずかりものですもの――」

「何もとりあげようとはいわん。見せろというんだ」

「それでも、こわいわ。このごろ、うるさいんでしょ？　でも、泥棒したんじゃないけれど、お名前がでるとこまるの」

なんだか、話がへんてこなようでもあったが、そうきけばいっそうバスケットの中を見ずにはいられない。

ふたりがいい争っていると、そのとき、すこしまえにふたりのちかくで停《とま》った高級車から、どやどやと一団の人々があふれ出して、こっちへやって来た。

「オオ、アグネス！」

酔った声だった。ふりかえって小代刑事は、はっとした。けさみたばかりの、麻布永坂町のあの独逸人である。それにしたがっているのは、やはり酔ってはいるが身なりのきちんとした日本の紳士ばかりであった。

「あら。……こんなところへ何しにきたの？」

と、女は眼をまるくして、吉原大門と相手を見くらべた。

「オマエコソ、何シテル？」

「何してるじゃないわよ。明日の会の準備よ。ずうっとまわってきたら、この時間になっちゃったの。そしたらこのひと……刑事さんなんだって……このバスケットの中を見せろっておっしゃるの」

「ハッハッハッハッハッハッ」

天地もくずれるような声で独逸人は笑った。

「見セテアゲレバ、イイジャナイカ。オマワリサン、ゴクロウサンデスネ。アサ早クカラ、蚊ニササレテ、キノドクデスネ」

小代刑事は手を顔にやってから、突然気がついて、愕然として相手を見つめたが、独逸人は他意のない表情で、子供のような大声で哄笑《こうしょう》しつづけている。

呆然として、ただにらみつけている刑事の傍へ、一団のなかからひとりの日本人がよってきた。

「刑事か。名刺か身分証明書があったら見せろ。われわれは独逸大使館のものだ」

横柄な調子であった。みんな相当酔っぱらっている。

「この独逸人の方も、決してあやしい方じゃない。リヒアルト・ゾルゲ博士といって、フランクフルター・ツァイトゥング新聞の東京特派員だが、同時に独逸大使館の新聞補佐官だ」

そのことは小代刑事も知っている。それどころか、ゾルゲ博士がオットー大使の親友で、去年締結された日独伊三国同盟のかげの立案者だったということさえも。――しかし、けさのあの狂態を思い、いまこうしてまざまざと恐ろしい酒の匂いと、田舎じみた、野蛮な体臭を発散している姿をみるととうていそんなことは信じられないくらいだった。

「いや、そうだとすると、この女がいっそう危険なので――実はきょう、この女はいろいろと日本の高官の自宅をまわったらしいのですが、そのなかにヴーケリッチという仏蘭西《フランス》の通信員もまじっており、いったい何をあつめたのかと……」

「ハッハッハッハッハッ！」

と、ゾルゲ博士は笑い出した。大使館員たちもどっと笑った。小代刑事はきょとんとしている。

「スパイ？　スパイ？」

身をおりまげて笑いくずれるゾルゲの声のなかにそんな言葉がきこえた。

「ワタシ、オットー大使ノトモダチ。イヤ、先生デス。スパイノ手ナド、ナカナカノリマセン。ソレニ、コノ女ノカオ見ナサイ。コノ顔、コノ美シク愚カナ顔、スパイデキル顔デハアリマセン」
　苦しそうに笑いながら、ゾルゲは女を指さした。そういわれても、女はにこにこ笑ってい
る。たしかにどこか一本ぬけている美しい笑顔だった。
「ワタシ、コノ女ヨク知ッテマス。銀座ノバアノ女給サン、ソシテ、日本一スケベエデス、
ハッハハッハッハッハッハッ」
「グルマンの会って何ですか？」
　と、小代刑事は悲鳴のようにきりこんだ。すると、大使館員たちは、また腹をかかえて、
どっと笑い出した。『ああ、そうか。アグネスはその用で歩いたのか』ひとりがやっと事情
をのみこんだ様子ですすみ出して、
「君、グルマンとは、仏蘭西語で、食通ということなんだよ。食道楽かね。つまり、ほら日
本はこのごろひどく美味《うま》いものがなくなってきたろう？　それでそういう会をつくって、そ
れぞれ秘蔵の食物とか酒をもちよって、いっしょに食べあうチャンスを持とうという会さ。
むろん、世間に大きな顔で発表できる会じゃないが、ま、盗んできたり、法律にそむいてあ
つめたものではないから、大目に見てもらいたいね。僕たちもたびたび仲間にいれてもらっ
たことがある」
「ニッポン、ヒジョージ、ケレド、ウマイモノクッテ、コーゼンノ気ヤシナワナケレバ、国
民ノ意気シズミマス。ドイツデモ、ミナ肉、チーズ、タラフクタベテ戦争シテマスヨ。ヒッ
トラー総統ノ方針デス……アグネス、ソノカゴアケナサイ。ヴーケリッチサンノクレタモノ

ドレ?」

と、ゾルゲ博士がいった。女給はそくざにバスケットのなかから一本の美しい瓶をひきずりだした。

「オオ、シャトー・マルゴー」

と、ゾルゲはその瓶のラベルをみながら叫んだ。そして無造作にぽんと栓をぬいて、ぐっとひといきのんで、

「コレ、フランス、有名ナ葡萄酒。ウマイ! ウマイ!」

小代刑事は、ひらかれたままのバスケットの中に、ぎっしりりつまっているのは、たしかに洋酒の瓶や、チーズや、その他食糧ばかりらしいと見てとった。芳香があふれて、彼の腹がぐっと鳴った。

「あす、その会があるのよ、だから、どんなものもってきてくださるか、それ一応きいてまわらなくっちゃ、お店の方でも料理の準備の都合があるでしょう? だから、それをうかがってまわるついでに、きょう戴《いただ》いてゆけそうなもの、戴いてきたんだわ」

と、女給はあどけなく笑いながらいった。

「オマワリサン、ゴクローサマ。アナタ、コノゴロウマイモノ食ベテマスカ? 明日、グルマンノ会ニキマセンカ?」

と、ゾルゲ博士は人なつこく小代刑事の腕をとると、

「ソシテ、コンヤモ、ワタシタチトオ酒ノミナサイ!」

そういったかと思うと、いきなり赤葡萄酒の瓶を刑事の口におしこんで、ぐっと瓶の尻をさかさにした。あっと刑事はむせかえったが、罠《わな》におちた兎のようである。恐ろしい怪力であった。

「ニッポン、ドイツ、兄弟ノ国！　手ニ手ヲトッテ、世界新秩序ツクリマショウ、バンザイ！　バンザイ！」

哄笑するゾルゲの声がきえたとき、大門の向うにひびく女たちの嬌声がはたとやんだ。

「……臨時ニュースを申しあげます。臨時ニュースを申しあげます」そういうラジオの声がきこえた。

あたり一帯、急にしーんとしたようであった。ラジオは重々しい声でつづけている。

「大本営発表。七月二十九日午後八時。――帝国と仏国との間に今般成立せし仏領印度支那《インドシナ》に関する共同防衛の取極《とりきめ》に基《もと》づき、七月二十九日我陸海軍部隊を仏印に増派せられたり」

ゾルゲ博士が両手をうちならしてとびあがった。

「ニッポン、前進ヲ開始シタ！」

悲しき料理人

「グルマンの会」のはじまる午後七時、一時間まえに、小代刑事は、銀座裏の酒場ラインゴルドにいってみた。

昨夜ゾルゲ博士にからかわれたように一介の刑事にすぎない彼は、なるほど最近これはという御馳走にありついたことはないが、それかといって決して美食につられてやってきたわけではない。むしろ、国民あげて試練の嵐にとびこもうとしている現在、特別の珍味を賞味する会が存在するとは何たるふとどき千万なと、外人はともかく、それに加わる上層階級や特別階級の日本人たちに腹をたてていた。しかし、その会に出席してみよとは、彼から報告をうけた課長の命令であった。

「ラインゴルド」は、第一次欧洲大戦で、青島で捕虜になった独逸人ケッペルの経営する酒場で、客も外人を主として、たまたまくる日本人客も知名人や外人との関係筋が多く、まるで横浜の高級バーのように国際色ゆたかな酒場であった。

店に入ってみると、もうテーブルをよせあつめて、まわりに二、三十人くらいは坐れそうな大きな食卓をつくり、真っ白なクロースをかけたまんなかに花氷をたて、そのほか三つばかりおいた花瓶に、ひとりの女給がしきりに花をさしているところであった。

「こんばんは」

と、小代刑事が挨拶すると、ふりむいた女給は、昨夜の花房百代である。ちょっと刑事の顔をみたが、思い出せなかったらしい。

「あのすみません。今夜は、一般のお客さまはおことわり申しあげているんですけど」

「グルマンの会とやらに僕もまねかれてきたのさ」

百代は、やっと思い出したらしい。ぱっと花がひらいたように、

「ああ、きのうのおまわりさん？」

と、無邪気な、はずんだ声をあげた。べつに怖れている風でもなければ、悪い感情をもっている様子でもない。しごく天真爛漫なものである。

「おや、君だけ？」

「ええ、お客さまはまだおひとりだけ」

「ほかに女給さんはいないのかね？」

「いいえ、ほかにもドロテアさんとウズラさんとヘルマさんてひとが——もちろん日本人よ——いるんですけど、もうくるでしょう。住みこみは、あたしと主人だけなの。留守番もかねてね？」

「留守番？」

「ええ、ケッペルさんのおうちはべつにありますもの」

「なんだ主人とはここの経営者じゃないのか」

百代はげらげらと笑った。

「じゃ、あたしの亭主。——コックよ。むかし帝国ホテルのコックやってたころあたしと結婚したんですの」

小代刑事はあきれた。亭主持ちで昨日の行状とは恐れ入った。百代は白痴の天使のごとく笑っている。

「いま料理場で大車輪よ、ちょいとお手並をみてやってちょうだいよ。宮城先生もいらっしゃいますわ」

宮城先生とは、たしかあのお茶の水の文化アパートの宮城与徳という人物だろう。と小代刑事は思った。彼はカウンターの横から調理場にぶらりと入っていった。

厨房《ちゅうぼう》は、そうひろくないけれど、独逸人が経営する外人相手のレストラント・バーらしく、四面の壁も床も白いタイル張りに電燈が反射し、たくさんのガスコンロ、天火、戸棚がならび、料理台もきわめて大きなもので、立派な電気冷蔵庫もそなえつけてあった。

部屋いっぱいに胃袋が息づきそうなほど美味い匂いを充満させている大きなスープの鍋の傍にふたりの男がたって何かはなしこんでいる。真白いエプロンに白い帽子をつけた鞠《まり》のようにまるいからだつきのコックだが、刑事の跫音《あしおと》にふりむいたもうひとりは、たしかにきのう文化アパートでみた蒼白い顔の画家だった。

「君はだれ？」

「いや、私は警視庁のものなんですがね。ゾルゲ博士の御紹介で今夜の会にお仲間にいれていただいたわけで」

「ああ、そう。ドクトル・ゾルゲの紹介でね」

ちょっと顔色が変った宮城画伯は、急に愛想のよい笑顔になって、

「まさか、御馳走食うだけでしばるとはおっしゃらんだろう。陸軍の参謀や、内閣の高官でさえこられる会だからね。このまえは、オットー大使もおいでになった」

そうはいったものの、あまり居心地がよくないとみえて、すぐぶらりと店の方へ出ていっ

てしまった。

「いや、たすかりました。どうもあのひとはうるさくってねえ」

と、コックが舌を出して笑った。四十ぐらいのお盆のようにまるい男だった。小さな眼にも、たれさがった眉にも、好人物と気の弱さがまざまざとあらわれている顔をしていた。

「なにがうるさいんだね？」

「へへ、今夜のお客さまはみんな食物の味にかけちゃうるさい方ばかりなんですがねえ。……なかでもいまの画家さんは、なんでも昭和のはじめから七、八年ばかりロスアンゼルスの日本街で、料理屋をひらいてた方だそうで、つくる方にもなかなかうるさいそうござんす。……が、アメリカ仕込じゃ話になりませんや。ま、あたしのつくるものが気にいらなけりゃ、グルマンの会にこなけりゃいいんだ。……これでもねえ、あたしゃ女でしくじって帝国ホテルを馘《くび》にゃなったが、あたしの料理にゃ、……仏蘭西の大使さまでさえ感服なすったんだからねえ。……」

そうまのびした調子でいいながら傍の料理台で若鶏の内臓をぬいてゆく庖丁のさばきはまるで神技のようだった。たしかに名人にちがいない。

「そうだろうね。それで、親方のしくじった女というのは、いまのおかみさんかい？」

と小代刑事は笑いながらいった。コックは顔に似合わず、少年のように頬をあからめた。

「まったく、あの百代さんは、ふるいつきたいような美人だねえ」

「へっへっへっへっ」

「親方は心配になりゃしないかね」

だらしのないコックの顔が、急に夢からさめたように、すうっとかたくなって、蒼ざめた。小さな眼におびえたようなひかりが凝固した。

「こんばんは！　おくれちゃって！」

と、ふたりの女給がばたばたとかけこんできた。百代ではない、やっと出勤してきた、ヘルマとかドロテアとか呼ばれる女たちであろう。コックはふりかえりもせず、刑事の顔をぼんやりと見つめたまま、

「旦那は……御存知ですかい？」

と、かすれた声でいった。小代刑事は、昨日一日のことをほのめかして、このコックから何をつり出すべきかと思案にくれて、だまったまま煙草《タバコ》に火をつけた。

料理場のなかは、一大活動を開始した。バタと肉のやける蒸気、かぐわしい香辛料の匂い、皿や金属食器の鳴るひびき。――そして店の方にも、ぽつぽつとグルマンの会の人々があつまりはじめたらしい。れいの、とけるようなアグネスの笑い声がながれてくる。

「あいつはねえ、旦那……あたしの料理とおんなじで、こてえられねえほど美味《うめ》えや。……みんなが涎《よだれ》をたらすのもむりはねえ。……」

女たちが店へ出ていったちょっとのあいだに、コックはふりむいてにやにや笑った。へらへらとした馬鹿のような笑い顔だった。

「あたしが怒ったってはじまらねえ。……あいつの心がけが悪いんじゃなくって、あいつの

肉が……ぷりぷりした美味え肉が、男という男へ吸いついてゆくんでさあね。……かんがえてみりゃ、あたしひとりで味わうにはもってえねえかもしれねえね。あたしの料理とそっくりおんなじでさ。万人賞味すべき珍味というやつだねえ。……まったく、あいつの肉は脂がのって、とろとろして、ちょっと、あれほど美味え肉は世のなかにゃないからねえ。……」

うっとりした声であった。小代刑事はうすきみわるくなった。女房の話をしているのか、料理の話をしているのかわからない。

しかし、刑事は、コックがそのとき、しずかに涙を頰にながしているのをみた。哀れな亭主は、ぼんやりした声でつぶやいた。

「ただ、それだけに……食いごろの雛鶏《ひなどり》とおんなじで……そのうち、男どもにくいころされなきゃいいがと思ってますがねえ。……」

小代刑事は、この好人物の亭主が、この世のものならずあの女房に惚れていることを知った。どうみても、あまり利口な顔ではないが、それがいっそう恥も外聞もないほど、あの女への愛慾にはまりこんでいるらしい。が、滑稽な顔に涙をながしているのをみると、刑事はどうしても昨日のことを口にする勇気がなくなった。

小代刑事が店にひらかれているグルマンの会に出ていったのは、一同がオードヴルでカクテルをのんで、本式のコースに入ってからであった。本格的コースといっても、この会は、へんに気どることをさけて、うまい酒をたらふくのみ、みんなからもちよりのこの世の珍味を鼓腹《こふく》して食べることを主眼とする無礼講のものらしく、れいの黒坂大佐殿のごときは、もうゆでだこのような顔色であった。

「うまい！　ここの料理人は何ちゅう奴か、こんな店においておくのがもったいないぐらいじゃ」

「いや、このチーズでスイスのフォンデュを思い出しましたよ」

と、話しているのは高田という医学博士である。

「フォンデュとはどんなものですかな？」

「スイスの名物料理でね。土鍋のなかでグルュイエール・チーズとかそのほかいろいろの種類にとりあわせたチーズを白葡萄酒でときましてな、水飴のようにトロトロにしたやつをガス火にかけるのです。そして一寸角くらいにきったパンをフォークでつきさし、黄金色のあぶくがぷつぷつと煮立っているチーズをくるんで食べるので……舌をやくように熱くって、その風雅でうまい味ときたら！　同時に桜桃からとったキルシュという透明な火酒をのむのですな。いや、だいぶ以前にスイスからとりよせた箱詰のフォンデュと壜詰のキルシュを少々とってあるんですが、このつぎには是非もってきましょう」

「ほほう！　それはいちど御相伴《ごしょうばん》にあずかりたいものですなあ」

と、大佐はよだれをたらしながら皿のロースト・チキンにかぶりついて口をもぐもぐさせた。

「しかし、モーレもまたたまらんですぞ！」

「ほう、モーレとはまたどこの料理ですか？」

「わたしがメキシコの駐在武官をやっていたころ食ったものです。こいつはねえ、唐辛子やら南京豆やら胡桃《くるみ》やらアルモンドやらをすりつぶしたやつに、七面鳥の肉をぶっきりにしたものをたっぷり半日くらい煮ますとですな、七面鳥の肉がつやつやと飴色にひかってきて、その匂いといったら、一町四方の犬どもが大さわぎしてかけまわるくらいです。こいつをメキシコのプルケという酒をのみつつ食うんですが、いや、あれは忘れられんですなあ。……」

いたるところ、そんな話ばかりだった。まさに食道楽のつどいにちがいなかった。

そのなかに、刑事はあのヴーケリッチという眼鏡をかけた外人をひそかに注目している。彼はにこにこして、しきりにとなりの三船代議士と話していた。話題はしかし英国のウイスキーのことらしかった。

突然猛虎《もうこ》のごとき叫びがあがった。れいのゾルゲ博士である。今夜もまた恐ろしく酔っぱらっている。

「否《ナイン》。否《ナイン》――否《ナイン》」

「ソヴィエートハ、断ジテドイツニ敗レナイ！」

血ばしった爛々たる眼、額にきざまれたみみずのような皺をみて、小代刑事はぞっとした。昨夜の吉原でのゾルゲの精力を思い出したのである。

刑事はたしかに昨日の朝、ゾルゲがアグネスとはてしない肉慾をほしいままにしたことを知っていた。が、その同じ夜に、彼は吉原で五人まであいかたの女をかえたのである。小代刑事が別室で日本人館員と酒をのんでいると、三十分おきくらいにゾルゲがあいの襖《ふすま》をあけて『この女はだめになったからお代りを』と笑いながら出てきたのである。腕に抱かれた女郎はことごとくぐったりとして、息もたえだえであった。……

相手になっていたA新聞の政治部記者は、ゾルゲ博士のけんまくに胆をつぶした。

——と、ゾルゲも急にきょとんとした表情になって、

「ザンネンナガラ」

と、つけ加えた。そして、

「ショウカイセキ、ソヴィエート、ソノウシロニアメリカイマス。コレヲタタカナケレバ、ドイツモ、ニッポンモ、カゲムシャトセンソウスルヨウナモノデス。ニッポン、ダンジテ、アメリカヲウツベキデス！」

そうどなると、ゾルゲ博士は突然傍のアグネスを抱きあげて、傍若無人に接吻の音をひびかせた。舌をひどく吸いこまれたために、百代の白いむっちりしたのどの肉が苦しげに波うつのが、幻のように小代刑事の眼にうつった。

ゾルゲの哄笑はつづいている。

「イヤ、ソンナムズカシイハナシ、コンヤハヤメマショウ。サア、ウントタベテ下サイ。ワタシコノヒトノ唇タベマス。ハッハッハッハッ」

肉と肝臓と脳髄と舌

夏から秋へ——昭和十六年は運命の歩みをいそがせていった。

海軍航空隊は連日連夜重慶の爆撃をつづけ、独軍はレニングラードで死闘をつづけていた。が、重慶もレニングラードも、まるで不死鳥のようだった。重っ苦しいいらだたしさが日本にもながれていた。その焦燥のながれは、べつの巨大な滝津瀬にむかって、かんばしったしぶきをあげた。

「米国との国交事実上断絶状態」「対日包囲陣強化——帝国に確信あり」「在外同胞〝最後の時〟の決意かたし」

そんな文字が毎日の新聞にかきたてられ、東都の広場という広場では黒紋付《くろもんつき》の壮士が「米国撃つべし」と狂った、陰惨な咆哮をあげていた。

暗黙裡にスパイの検挙にうごいていた警視庁特高課では、十月のはじめ、銀座のバー・ラインゴルドの女給花房百代の拘引《こういん》を決し、その日のひるごろから、ラインゴルドから四方の街へ出る通路には、私服の刑事がそれとなく見張っていた。

さて、この日は夕方から、この店に入ってゆく客の数がいやに多かった。出てゆくものは誰もない。——例の『グルマンの会』の夜だったのである。

そのことは特高課でもわかっていたのである。吐き出すように課長はいった。

「日本の指導階級にある名士のくせに、この時節に美味いものをたらふくくってたのしもうなんて、けしからん奴らだ。その席で百代をひっぱって一座の連中の胆をひやしてやれ」

『グルマンの会』は定刻の午後七時にひらかれた。

さて、その日は、会のはじめのころにいつもとはちがった、ちょっとした事件があった。

宮城画伯が立って、憂わしげな表情でこんなことを報告したのである。

「ちょっと、御挨拶申しあげます。実は私ども美味礼讃の使徒にとりまして、世にもかなしむべきことが起こりました——いやいや、どうぞそのままお召しあがりになって下さい——と申しますのは、ほかでもない。過去に於て、私どもの芸術的な舌を、かくもいかんなく愉しませてくれましたこのラインゴルド料理人山名安吉君が、一身上の都合により、ちかく田舎に引退されるということでございます」

オードヴルに出ている、青味がかった黒色の粒々がぷりぷりとかがやいているキャビアをたべていた高田博士が、

「ほう！　そりゃ——そりゃ惜しい！」

と、絶叫した。みんなどっと失望とおどろきのどよめきをあげて、宮城画伯の傍に、ベソをかいたような顔で立っているコックをながめた。

「実は先刻ここへ参ってはじめて山名君からそのことをききまして驚愕したようなわけでございまして、その理由をといますと、最近食糧事情の悪化にしたがい、材料も調味料も劣悪をきわめて、とうていコックとして良心的な仕事ができないからと、こう申すのでございま

す。その心理は、これでも芸術家のはしくれである私などにも充分納得できることであり、それだけに、この世にも珍重すべき名人肌の料理人を失うのは、残念このうえなく……長嘆これを久しうするほかはございません」

「……そして、百代も田舎へゆくっちゅうのかね？」

と、黒坂大佐がもつれた舌でつぶやいて、きょろきょろと臆病そうに一座を見まわしたが、ドロテアもヘルマもウズラもいたけれど、アグネスのぽってりした姿は、そのときまだ見えないようであった。

宮城画伯は、長髪をかきあげつつ、憮然としてつづける。

「ところで、山名コックが、みなさまへのおわかれの御挨拶と申しますか、いままでの御ひいきの御礼、御奉仕と申しますか、きょうは特別念入りの御馳走を出してくれるそうでございます。これは数日前から、北海道、飛騨《ひだ》、四国、九州、ほとんど全国にわたる、山名君の旧友——各地のホテルのコックさんとか、或いは同好の食通の方々から、送ってこられた山海の鳥獣を材料にいたしまして、山名君が一世一代の秘術をかたむけて調理したものだそうでありまして、さいわいみなさまの豊饒なる美味学のおめがねにかないますれば友人としての私のよろこび、これにまさるものはございません。……なにとぞ、御愉快に御賞味ねがいあげる次第でございます」

まんまるい、お盆のような滑稽な顔に、へらへらした愛嬌笑いをいっぱいにたたえた山名コックは、うやうやしく頭をさげた。

「へ、へ、へ、どうぞみなさま、たっぷり召しあがって下さいませ」

やがて調理場から、つぎつぎと大きな陶品のディッシュに盛られた料理がはこび出されはじめた。たちまち部屋いっぱいに胃液がわきたつように美味そうな匂いが充満した。

それから二カ月ばかりしてあの惨澹たる大戦争に突入した、日本にとっては、それは『帝国』時代における最後の豪華なる大饗宴であったかもしれない。

「おおうまい！　これはすばらしい！」

とA新聞の政治部記者の飯室氏が大きな肉片をひとくちくわえて嘆声をあげた。

「これは胸肉かな？　それとも腿肉かな？　こんなにうまいビフテキを食べたことないねえ！」

「コレ、腎臓《キドニー》の串刺焼ラシイデスガ、牛デモ豚デモナイヨウデスネ。羊デショウカ？　実ニオイシイデスネ」

と、ベーコンと葱《ねぎ》にはさんで串にさしたものをくいながら、マックス・クラウゼンがいった。

「あれはトリップらしいね。三船さん、ちょっとそいつをこっちへまわしていただきましょうか。いや、仏蘭西ではよく食べたものだが」

と、浮き腰になって腕をのばしているのは近衛首相の秘書の風間男爵である。

「ほほう、トリップとはなんですか？」

「仏蘭西料理のひとつでねえ、胃や腸をこまかくきざんで、ほら、茸といっしょに葡萄酒でぐつぐつ煮たものですよ」

「胃や腸もたべられますか?」

「たべられるどころじゃない。アフリカの野獣などは、敵をたおすとまず腹をやぶって、争って胃腸にくらいつくくらいでね。本能的にいちばんうまい栄養料理を知ってるわけでしょう。これは豚かな? 牛かな? うまい! まあたべてごらんなさい。明日朝は顔じゅうべっとり脂がにじみ出ているほどの料理ですよ」

すすりあげる唇の音、もみくだく歯の音、唾液でまぶしこねまわす舌の音、ぐっとのみこむ喉の音。——きいただけでもうれしくなるような美食家たちの旺盛な食欲の騒音であった。

三船代議士は、ちかくの料理をひきよせて、

「や、これはみごとだ。うむ、うまいねえ! ちょっとトロの刺身に似ておりますな」

「三船さん、三船さん、そいつはそのこってりしたソースをかけなくっちゃ。そいつはおそらく牛の舌でしょう。やっぱり葡萄酒で煮つめたものですがね」

「コノ肝臓《レバ》ノトマト煮、コンナニオイシイヤツ、国デモタベタコトナイデスネ。ココノコックサンホントニ天才デス」

と、ヴーケリッチがスプーンを口にはこびながら、すっとんきょうな叫びをあげた。テーブルのうしろに侍立してながめている山名コックは好人物らしい顔いっぱいに、うれしそうな得意の笑いをへらへらとうかべている。

「大佐、大佐、これが、仏蘭西料理のセルボというやつですよ!」

と、高田博士がけたたましく叫んで、黒坂大佐の腕をつついた。

「セルボ。……なんか豆腐のようじゃねえ！」

「牛の大脳なんです。豆腐のようにあっさりしていますが、どこか刺身に似てこってりしたところもあるでしょう。こりゃいい席についた。とにかく、大きな牛一匹でも、大脳はこれだけなんですからね。ほらそこの酢をかけて、襞《ひだ》ぞいにナイフでうすくきってたべるんです。――」

「おっ、こりゃたまらん！　柔らかくって、ねっとりして……こりゃいったいどこの肉かな？」

と黒坂大佐殿は、別の一皿から一口ぱくりとくわえて、もりもりと顎をうごかせはじめてから、ふと口のはしにひとすじの黒い毛がたれているのに気がついて、

「ぷっ、こりゃけしからん！」

と毛をひきぬいたが、あまりの美味さに肉はそのまま、がぶりとのみこんでしまった。

湯気のむこうから、そのとき内閣嘱託の大崎氏が笑いながら声をかけた。

「大佐殿。あなたはいいものを食べられましたねえ！」

「ほう、いまくったものですか。何ですな？」

「いま、コック君にきいたのだが、それは、飛騨から送ってきた牝猿の……大陰唇だそうです。猟師が争ってたべるのでなかなか手に入らんものだということで。はっはっはっはっ」

黒坂大佐はおどろいていいのか、怒っていいのかわからないような顔つきになったが急に大きく舌なめずりして、豪傑らしく呵々《かか》大笑した。

「はっはっはっ、わっはっはっはっはっはっ」

と、牛の舌らしいフライでスコッチ・ウイスキーをぐっとあおりながら、爆発するように笑い出したのはゾルゲ博士である。酔眼をかがやかせて、山名コックの方をふりむいて、

「コックサン、コックサン。アナタノ美シイ妻《フラウ》、ドコニユキマシタ？」

といった。

帝国最後の大饗宴

扉がひらかれたのはその瞬間である。四、五人の屈強な男たちであったが、私服にまじって、佩剣《はいけん》をがちゃつかせた制服の警官もまじっているのをみて、『グルマンの会』の人々は愕然としてたちあがった。

「なんだ、お前たちは？」

と黒坂大佐が眼をむいてどなりつけた。

「失礼します。警視庁のものですが。――」

と、小代刑事はじゅんじゅんに列席の人々の顔をみまわしながら、しずかにいった。風間男爵がつかつかとすすみ出て、

「警視庁？　警視庁がなんの用だ？　ぼくは風間男爵だ。無礼だろう」

「いや、みなさまのお名前はぜんぶ存じあげております」

と小代刑事はにやりと笑って、

「ちょっと調べたい人間がありまして参上しました。いえ、みなさま方ではありません。この店の女給花房百代という女であります」

みな、ほっとしたと同時に、さっきまでちらちらふしぎに思っていたことが、やっとそのとき一同の胸によみがえったらしい。あの『脂肪の塊《ブール・ド・スュイフ》』に似たアグネスは、その夜まだいちども姿をみせなかったのである。

「おい、百代はどこにいる？」

と、小代刑事は山名コックをねめすえながら顎をしゃくった。

山名安吉は、春の霞のかかったような表情で、ぼんやり立っているだけである。すこしたりないらしいということはわかっているが、場合が場合だけに、小代刑事はいらいらとせきこんだ。

「百代は、けさ十時ごろ、ここへ帰ってきたろう？　それはちゃんとこっちでわかっているんだ。それっきり、どこへも出てゆかなかったことも見きわめている。どこにいる？

いや、百代を縛るというわけではない。すこし調べたいことがあるだけだ。おい、はやくここへ女房をよんでこい」

「あいつは……けさ、戻ってきましたよ」

と、コックは空気のような声でいった。そのお盆みたいにまんまるい顔に天性の愛嬌笑いがへらへらと浮かびあがってきた。

「それは知っとる。いまどこにいるんだ？」

「あいつはねえ、旦那。……あたしだけのものじゃねえんで……みなさまのものなんで……その方が、あいつの性分にも、神さまのおこころにも合ってるんで……」

「何をのんきなことをいってるんだ、百代はどこにいる？」

「みなさまのおからだのなかで」

なんのことをいっているのか、小代刑事にはわからなかったが、山名コックのへらへら笑いのなかに、なんともいえないぶきみな鬼気のようなものを感じて、刑事はぞうっと背筋に一脈の冷気がはしるのをおぼえた。

まるまっちいコックは、満面涙だらけになりながら、世にもうれしそうな笑い声をたてた。

「旦那……女房はねえ、昨日の晩から出ていって、けさ戻ってきてから、急に血を吐いて死にましたよ。……どこかうろつきまわって、どなたかに毒を一服盛られたんじゃねえかと思うんですがねえ。……そんなことになるんじゃないかとまえから案じていたとおりだ。へ、へ。……どこで一服盛られたのか、いまさらしらべてみたって死んだものはもうかえらねえ。……せめて仏のこころをくんでやって、可愛がって下すった御ひいきの旦那がたのおからだの肉にでもとけこむように……」

「なに？」

「女房を料理して、いまみなさまに食べていただきましたよ。……へ、へ、へ。つまり女房はねえ、いま旦那さま方の胃袋のなかにいるわけで。……へっへっへっへっへっ」

『グルマンの会』のひとびとはいっせいにぴょこんととびあがった。一様にのどに手をやり、一様に舌をたれて、げえっと恐ろしい嘔吐の声をあげた。

そのなかに、ただひとり、すくっと立ったきり、きゅっと三日月がたに口をつりあげてげらげら笑いつづけている山名コックをにらみつけたまま、リヒアルト・ゾルゲ博士の顔がしだいに鉛色にかわっていった。

人も知るように、ゾルゲ・スパイ団は、赤軍第四部の下に属する、世界スパイ史上、空前の大スパイ団であった。

ノモンハンの戦闘で、関東軍の計画をソヴィエートに通報したのはブランコ・ド・ヴーケリッチである。独逸のソヴィエート攻撃をいちはやく事前に報告し、また北進か南進か迷いに迷う日本首脳部の首を、たくみに南方へむけさせて、ついに太平洋戦争の大ばくちに突入させるにいたったのは、独逸大使館内にふかくくいこんでいたゾルゲ博士である。開戦前日本軍の大動員状況をしらべあげたのは米国共産党員宮城与徳であり、それらの情報をいちいち秘密電信によってソヴィエートに送信していたのは無電技師マックス・クラウゼンであった。

ゾルゲ・スパイ団こそ、日本と独逸を破壊させた有力な因子の一つであったといってもいいすぎではない。この一味が女給アグネスをほんとうに何かにつかっていたのか、どうかいま以て不明である。が、彼女が毒殺されたのがほんとうなら、やはり女から危険の水が洩れるとみて、そのうちの誰かが一服盛ったものにちがいない。しかし、それも事実かどうかわからない。酒場のラインゴルドのコック山名安吉は発狂していることがわかったので、そのことの真相はついに明らかにされなかった。

さはあれ、国外逃亡の寸前、ついにゾルゲ・スパイ団の一味が警視庁特高課に検挙されたのはその不吉なる、恐ろしき美食家の集いの夜から十日ばかりのち、近衛内閣が、運命の東条内閣へうつる号外の鈴の音の、東京の巷に騒然と鳴りわたっている前後のことであった。

裸の島

海ゆかば水漬《みづ》く屍《かばね》

あの、最初はロマンチックなくらい勇ましかった戦争が、やっと滑稽なほど悲惨な終局にちかづいたころ、南太平洋の或る小さな島に、十人の日本兵が蛙《かえる》のように泳ぎついた。その十人目に、泳ぎついた——というより、流れついたのが、おれである。

赤紙《あかがみ》をもらうまえ、これでも詩人のはしくれだったおれは最後の面会にきた女房に、「国難来いま国難来、起《た》たん哉《かな》時こそ到れ、眉わかき久米の末裔《まつえい》、数こぞり太刀とり佩《は》きて、ひたばしり群がり集い、軍船《いくさぶね》鳴りどよもして、征《ゆ》かんとす、南ゆ北ゆ……」

などいう途方もなく勇ましい長歌をのこしてきたものだが、その軍船の鳴りどよみ方といったら、メリメリ、ギシギシといういとも心ぼそい三十トン足らずの木造船で、目的のS島へゆきつかぬうちに、たちまち四機編隊のB24の銃爆撃をくらって沈没してしまったのだが、そのときの阿鼻叫喚《あびきようかん》の地獄図絵はなんともはや悠長なおれの詩どころのさわぎではなかった。

「——いざや寄せ眼にもの見せむ、微笑めば太刀鞘《さや》ばしり、百万のあめりか軍の、血はまさに洋を色染む……」

こういう景気のいい一節もその長歌のなかにあったはずだが、豈《あに》はからんや、海を血に染めたのは当方であった。重油と黒煙のなかに臓腑《ぞうふ》や四肢のはじけとんだ無数の屍体《したい》が漂っていた。まだ獣のようにさけび蟲《むし》のようにのたうちまわる兵隊の頭上に、執拗な機銃掃射がかみつき、血の海に小石をなげつけるような赤いさざ波がつっぱしり、うずまき、こねくりかえした。

敵に対する恐怖と怒りは、敵機が去って、轟音《ごうおん》が絶えるとともにきえてしまった。おれは無我夢中に水をかきむしっていた。助かったのは運命だが、助かったという自覚はまだなかった。ただ、眼をつりあげ、歯をむき出し、半狂乱になって、水平線にかすむ青い島影をめがけてもがいていたのである。

「おういっ、助けてくれエ！」

ふいにこんな叫びをきいて、はっとわれにかえると、二、三十メートル右後方に、白い、ぶざまな水けむりがみえた。

水けむりのなかに、チラとこっちをむいた鉛色の顔に、おれは心臓がのどぼとけからとび出してきそうな歓喜をかんじた。おなじ蚕棚《かいこだな》にねていた戦友の吉田上等兵だ。おお、あいつも生命があったのか！

「助けてくれ！　助けてくれえ！」

胸もはりさけるような苦悶のさけびだった。その頭が波に沈んだ。半分浮かびあがったかと思うと、またきえて、代りに軍靴の足が重々しく宙から水をたたくのがみえた。

おれは何かさけぼうとしたが、のどが潮にやけひからびたようで、声がでなかった。身体をそっちへまわそうとして、はじめて右の膝あたりに衝撃的な激痛を感じ、じぶんが負傷していることに気がついた。

輸送船が沈んでから何時間くらいたっていたのか、見当もつかない。どれだけ泳いだのかもわからなかった。が、いまから思うと、あの金槌《かなづち》の吉田上等兵が、よくそれまで浮かんでいたものである。途方もなくくそまじめな男で、途中撃沈でもされたら、そのままお陀仏《だぶつ》だから天皇陛下に申し訳がない、というのが彼の心底からの口ぐせだったが、その一念で浮いてきたのかも知れない。

「助けてくれえ！」

また、その息もたえだえな叫びがきこえた。巨大な波にゆりあげられたおれは、ずっと前をいくつかの頭が島へおよいでゆくのをみた。それらの頭は、ふりかえりもしなかった。島は依然として、最初とおなじようにかすんでいた。

おれはまた右足がねじきられるような痛みを感じた。全身が鉄のかたまりみたいに疲れはててていた。

「おれは死ぬ……おれは死ぬう……」

息もつまりそうな吉田上等兵の悲鳴だった。またおれは大きな波にゆりあげられた。そのときおれは吉田のうしろに、歯をむき出した蒼い顔がひとつちかづいてゆくのをみた。

「おれは死ぬ……天皇陛下……万歳……」

死んじゃいけない！　がんばれ、がんばるんだ！　と早鐘《はやがね》のような心臓でそう叫びながら、そっちへひきもどしかけたおれは、そのとき、吉田が、傍に泳いできた蒼い顔にすがりつくのをみた。久保田少尉である。

凄《すさま》じい波を頭からかぶって、おれは潮にむせかえった。飛沫がちったとき、ほとんど一瞬だが、おれは恐ろしい光景をみてしまった。水のうえを廻転した吉田上等兵の身体から赤い霧のようなものがとびちり、必死になって身体をもぎはなそうとする久保田少尉の手から、きらっとひかるものがはなれて海にきえたのだ。たしかに軍刀だった。

また巨大な波がおれの全身をたたきのばした。次にたかくゆりあげられたとき、吉田上等兵の姿はもう水面にみえず、久保田少尉の頭は、三間も前へ泳いでいた。

おれの背後には、もはや目路《めじ》のかぎり碧《あお》い太平洋の寂寥《せきりょう》がひろがっていた。その恐怖につきうごかされて、ひとりぼッちになるのが、むしょうに怖くって、おれは必死に水をかいた。たったいま目撃した殺人も、いや、先刻の炎と轟音にみちた地獄図も、遠いむかしの悪夢の記憶のような気がした。

しだいに血と気力のながれ出てゆく頭のなかに、哀しいばかりの碧空がひろがって、おれは白い妻の顔の幻影をみた。

将軍と参謀と兵

「しっかりして、しっかりして……」

白い妻の顔がぐうっとちかづいて、狂気のように呼びかける声におれは気がついた。むろんどこまでが幻影で、どこまでが現実かはっきりしないが、おれを呼んでいたのは、顴骨《かんこつ》の張った女房などであるわけがない。のぞきこんでいる顔は、妻とは似ても似つかぬ、唇の厚い小麦色の顔だった。女のようだが、その額に白い鉢巻をしめている。

足もとの方からたちあがったのは、あきらかに軍装ではない、汚れた開襟《かいきん》シャツに半ズボンの、若い、おとなしそうな男だった。

「やあ、気がついた。よかった、よかった！」

――これが、その島にのこっていた南海興発の社員長谷川良平《りょうへい》氏で、女はその奥さんの環《たまき》さんだった。

右膝の激痛に、ひきつるように半身をおこすと、そこは白い石ばかりのせまい海岸で、まだ、三、四人の兵隊が、仰むけになって鮪《まぐろ》のようにころがっている。が、みんなぽかんと眼をひらき、ゆるやかに腹を起伏させているところをみると、屍体ではない。磯のむこうは覆いかぶさるようなジャングルで、その蔭に五、六人の兵隊が、立ったり、坐ったりして、何か果物のようなものをガツガツとたべていた。

きいてみると、おれが最後にこの島へながれついたのである。いや、流れついたというのは正確ではない。相当遠いところに浮かんでいたのを、長谷川氏が泳ぎ出していってひきあげてくれたそうだった。

「傷は、薬品もないのですまんですが、ともかくしばって置きましたよ。なあにたいした傷じゃありませんが……」

と、長谷川氏がいった。奥さんも手伝ったとみえて、その指さきに血がついて、ブルブルとふるえている。のちにおれは、膝の前からうしろへかけて、一銭銅貨のような孔《あな》が通っていることを知ったが、しかしそのときの激痛から、傷が大したものではないというのは、おれを元気づけるためのうそであることがわかっていた。

「畜生！　やりやがったなあ……」

「いまに仇はとってやるぞ！」

兵隊たちはぞろぞろと水際に出てきて、悲憤の眼を海になげた。私をいれて、たった十人が生き残ったばかりだった。六隻の輸送船と何千かの戦友を一瞬の火炎とともにのんだ太平洋は、すでに蒼茫《そうぼう》とくれかかり、ただ遠い珊瑚礁《さんごしょう》が、夢のように白い波頭をあげているだけだった。

「おい、こんなことでシュンとするな！　みんな戦陣訓《せんじんくん》でもとなえて、元気出せ！」

地面からかみつくような声がとびあがった。

みると、おれのほかに、ひとりだけ横たわった秦《はた》軍曹だ。輸送船のなかでも、兵隊をぶんなぐり、たたきのめし、鬼と呼ばれていた男だが、腹部が真っ赤だ。ぬれた服はもうカサカサにかわいているのに、まだジクジクと溢《あふ》れている血潮であった。それが、眼は依然として精悍《せいかん》にひかり、凄じい威力のある声で、

「信は力なり、自ら信じ、毅然《きぜん》として戦うもの常に克《よ》く勝者たり……」

と吼《ほ》えるようにどなり出した。

兵たちは直立不動の姿勢になって、戦陣訓を朗唱しはじめた。兵ばかりではない。ひどく打ちのめされたようになっていた久保田少尉も唇をうごかしている。その腰に吊った軍刀は果して鞘《さや》ばかりだった。刀身は、しがみついた吉田上等兵の血もすでに洗われて、幾百尋《ひろ》の海の底にしずんでいるだろう。

しかしおれはそんなことを思い出すより、ただ剽悍《ひょうかん》不屈な日本兵の姿に感動した。

「戦友の道義は、大義の下死生相《あい》結び、互いに信頼の至情を致し、常に切磋《せっさ》琢磨《たくま》し、緩急相救い……」

りりしい鉢巻をしめて、夫の傍につつましやかに立っていた若い妻は海の果てに手をあわせて黙禱《もくとう》しながら、しずかにすすり泣きはじめた。日本の妻の、神々《こうごう》しいほど悲壮に美しい影絵《シルエット》だった。……

太平洋の蒼い潮は、悲愴な交響楽を巻いてくる。おれは涙をながしながら、あの自製の長歌を思い出していた。

「刀折れ弾つきはてて、いやはての一兵までも、大君の御名呼びまつり、散りゆきしわがますらおの、魂魄《こんぱく》をいかに祭らむ。……」

この儀式のあとで、長谷川氏にきいたのだが、この島は方三里足らずの小島で、しかもまんなかにまだ白い煙をあげている火山があるので、それをとりまくジャングルに野生のバナナやマンゴーや椰子《やし》やパンの樹があるにしても、ほかに出来るものといえば、砂糖黍《さとうきび》か豚芋くらい、十数人の土人以外にのこっているのは長谷川夫妻だけで、ちょっとした手ちがいでS島にひきあげそこねたというのである。

しかし、長谷川夫妻もおれたち十人もむろん、まさかその後七年間それッきりこの孤島にとじこめられたままになろうとは——ましてそのうちの大半がここに生を終えようとは、神ならぬ身の思いもかけなかったのだ。

その夜、おれたちは、ちかくの森のなかの長谷川氏の小屋で、無事な武運を祝う宴会につらなった。もう数羽しかのこっていなかった鶏がしめられ、強烈な椰子酒がミルクの空罐でくばられた。

「沖を通る輸送船に合図しよう」

「山の上にでも見張員を交替でたてるか」

「なあに、二、三日のことだよ」

「そうなるとやな、なんや惜しいな。S島なんかにゆくよりこの島にいて、この奥さんみてた方がええかもしれへんで」

そういったのは、少しにやけているが男っぷりのいい瀬沼《せぬま》伍長だった。どっと哄笑《こうしょう》がわきあがった。みんな南海の浪曼的な満月に、テラテラと顔がひかっていた。

そのとき隅の方で、なにか獣のようなうめきがきこえた。横たわったままの秦軍曹である。どなりつけようとして、腹部の傷が、激痛を脈打ったらしい。環さんがかけよっていった。

「いたみますか。この鶏のスープでも。……」

「ば、ばか野郎、のんきなことをいいやがって、明日にでもこの島に敵が上陸してきたらどうするんだ?」

みんな、しんとしてしまった。機銃一挺もない、あるのはただ牛蒡剣《ごぼう》だけだった。この闘魂の権化《ごんげ》のような軍曹は、眼をギラギラさせながらうめいた。

「おいっ、そ、そのときは……蔦見《つたみ》上等兵! おれを殺してから死んでくれよ、たのむぞ!」

「あたし、あたし、あたし……」

と、環さんも夫の方をむいて泣き声でさけんだ。

「あたしも殺してね、敵がきたら、みんなでいっしょに死にましょうよ……」

「待て!」

と、そのとき久保田少尉が、下がり気味の眉をぴくっとさせた。夜空を轟音がつたわってきたのだ。爆音だった。しかも、恐ろしく大きい。

みんな総立ちになったほど超低空で、その飛行機は小屋の上をとびすぎたかと思うと、遠く、まるで嵐のようにジャングルの葉を鳴らしていって、たちまち凄じい大音響がした。

「墜ちた! 墜ちた!」

みんなあるだけの牛蒡剣をつかんでとび出した。

山の麓《ふもと》のあたりに、火炎はみえなかったが、火山の煙とはちがう白い砂ぼこりのようなものが、夜空にたちのぼっていた。

みんな駈け出した。敵機か味方かわからなかった。

秦軍曹とおれは負傷のためにうごけなかったが、これが現場にいったひとり、篠宮《しのみや》一等兵からきいた話である。

——岩と茨《いばら》の山路をヘトヘトになって、恐怖と殺気にみちみちて現場にいってみると、墜落していたのは敵機ではなかった。あとでわかったのだが、それはT島の海軍基地から、S島へゆく途中の海軍機だった。

樹々の枝をめちゃめちゃにした名状しがたい狼藉《ろうぜき》状態のなかに、その飛行機は翼を折って、惨憺《さんたん》たるものであったが、ジャングルの海を蹴たてるようにして墜ちたため、尾部がはなれてしまったのが、かえって命びろいとなったのであろうか、機胴のあたりはほとんど原形をとどめていた。

そのなかから、苦しそうなうなり声がきこえた。よくきくと、「天皇陛下……天皇陛下……万歳……」と、うめいているのだ。

胴をうち砕くようにして、入ってみると、月光の縞《しま》に、床上に散乱している身体がみえた。みんな海軍の良い将官服ばかりである。そのなかに、ただひとり、座席にきちんと坐って、両膝のあいだに軍刀をついている影をみとめて、みんなさけび声をあげた。

それでも、その影は、厳然と身うごきもしない。鬚《ひげ》をピンと生やしたその顔は、神々しいまでに厳《おごそ》かだった。

「誰か……誰か……」

と、床の上で、ひとりがのたうちながらうめいた。参謀肩章が肩から床に、蛇のように這っている。

「日本軍であります」

と、久保田少尉がさけんでかけよった。抱きあげられた参謀は、ひとり厳然と坐っている提督をみると、眼をかっとむき出して身をもがいた。

「どうか、長官は……長官は……」

小南《こみなみ》二等兵が、こわごわと寄って、長官の肩をゆさぶったが、なんの反応もなかった。

「ああ……そうか……前の山本大将とおなじだ。精神力だ。死すとも威儀をくずさない神人の姿だ。……」

と、半面を血にそめながら、参謀は泣声で這いよっていった。

みんな恐ろしいばかりの畏怖と感動に、石のように立ちすくんで見つめている眼の前で、その長官の唇がかすかにうごいていった。

「飯がくいたい喃《のう》。……」

女は朕《ちん》がものなりと心得よ

その海軍機で生きのこったのは五十嵐《いがらし》金吾《きんご》中将と鏑木《かぶらぎ》参謀のふたりだけで、あとは墜落の衝撃で全員戦死であった。

鏑木参謀の方は顔をいろどっていた血潮のわりに奇蹟的に軽傷であったが、憂慮《ゆうりょ》すべきは五十嵐提督であって、その衝撃で後頭部かどこかを強打されたとみえて、どうも変てこであった。

「飯がくいたい喃《のう》。……」

おごそかな鬚の下からもれる命令はただこれだけなのである。

兵たちは、むろんその夜、鶏料理のほとんどを中将に捧げたし、爾来《じらい》死物狂いになってジャングルからマンゴーやバナナをとってきたが、そのバナナを一貫目もくって二、三時間もたたないうちに、また、

「飯がくいたい喃。……」

と沈痛荘重な述懐をもらされるのであった。

T島基地の食糧状態がどのようなものか、おれたちは知らなかったが、なんにしても閣下の食欲はただごとではなかった。が、ただごとでないことに気がついたのは数日後のことで、当初のあいだ兵たちは、ひたすらに鏑木参謀の命令にしたがって、半狂乱にバナナやパインアップルの蒐集《しゅうしゅう》にかけずりまわっていたのである。

長谷川氏の小屋はその夜っきり閣下と参謀の司令塔となって、おれたちはみんな追い出されてしまっていた。のこされたのは、看護婦の役目を仰せつかった環さんだけで、おれたちはてんでに遠くの森蔭や山のなかに、椰子とイチビの枝で猩々《しょうじょう》の巣のようなものをつくることを余儀なくされたのだった。

おれと秦軍曹はもとの小屋から三百メートルばかりはなれた崖の裾にぽっかりと自然にあ

いた洞窟のなかにはこばれた。

奥ゆきは一間《けん》もないし、風通しもわるく、ほんの傍に長谷川氏と篠宮一等兵の小屋があるのだが、ときどき敵機が銃撃にくるというので、そのときを考えて、身体不自由なふたりの負傷者だけ、この洞窟に横たえられたのである。

しかし、日本の船は、三日たっても七日たっても発見されなかった。いらだって、鏑木参謀は毎日山頂にのぼっているということだったが、味方の船は通らなかった。……十日たっても、一ト月《ひとつき》たっても、いや、七年間！

この絶海の孤島に十三人の男と一人の女が、七年のあいだとじこめられてしまったのだ。

しかし、それを誰が予想したろうか。明日こそは、兵たちは、ひたすらに明日こそは、と思うままに、馬鹿のように遠い祖国と過去の道徳と軍律をまもりつづけていたのだった。

が、灼熱《しゃくねつ》の空の下にすぎてゆく空しい日々とともに、その道徳は皮膚のようにやけひからびていった。最初に、膿《うみ》のようにくずれたのは、健康な連中より病人だった。当初のうち、動けるものは、日々の食糧とスコールをふせぐ小屋を調達するのに追いまくられていたからだろう。

洞窟の傍の椰子の樹に、ロビンソン・クルーソー式に、篠宮一等兵が毎日目じるしをつけ、月がまるくなるたびに一本長く線をいれていたから、おれはおぼえている。——ちょうど、上陸してから二タ月《ふつき》目の夕方だった。

「ちくしょう、いやに長えな、いいかげんにしやがれ」

と横たわっていた秦軍曹が、にくにくしそうにうめいた。薄暗いなかに、髑髏《どくろ》みたいにくぼんだ眼窩《がんか》の奥で眼がギラギラひかっていた。

「まったくであります。篠宮一等兵は実にかなわんであります」

と、入口あたりで、両膝をかかえて、ボンヤリと黄昏《たそがれ》の太平洋をみていた篠宮一等兵がいった。

五十嵐提督は不眠不休で食事されているが、また一方で、時をかまわず垂れながしをなさるということで、ずっと環さんが世話しているのであったが、鏑木参謀が山にのぼった留守、三日おきくらいに、ひるすぎ長谷川氏が小屋にもどってくる。そのあいだ、人のいい篠宮一等兵はいつも気をきかして、この洞窟に転進してくるのがつねだった。

「しかし、あれは長谷川さんの女房でありますから、第三者はやむを得んであります」

「篠宮、きさまには女房あんのか？」

「あったであります」

「恋しいだろう？　女房のからだが」

「いえ、篠宮一等兵の女房は、十八貫目もありまして……やきもちやきで、執念ぶかくって……戦争に出てじぶんは命びろいしたような気がするであります」

まじめくさっているのがいっそう可笑《おか》しくって、おれは思わずふき出したが、秦軍曹は笑いもしなかった。

おれの膝の傷は、一時蛆《うじ》さえも湧いたが、ふしぎなことにそのころ肉がもりあがりかけていたけれど、秦軍曹の腹部はもう腐ったようになっていた。悪臭が洞窟内にみちていた。笑うと激痛が全身をゆさぶるのだ。そのくせ彼はいつもおれや篠宮一等兵を相手に、しょっちゅう女の話ばかりはなしかけるのだ。それだけが彼の苦痛をいくぶんかでもしびれさせるのだろうか、その話は異常に陰惨で猥褻《わいせつ》だった。

「おれにゃ女房はねえが……情婦はいいからだしてたな。抱いただけで、なんだか、こう、下腹から背の方まで女の肌身がトロトロ飴《あめ》みていにながれかかるような気持がしてよ。……痛う」

「船がきたら、班長殿は後送でありますな。そうしたら、そのトロトロを存分に味わえるわけでありますな」

「船がきたら？　……船が、こなかったら……」

大きな息をついたのがこたえたとみえて、秦軍曹は虫のように身をねじって苦鳴をあげた。篠宮一等兵はあわてて介抱しながら、

「船がこないなんて、そんなことはあり得ませんですな。第一……このあいだ長谷川さんがいっていたでありますが、もう一ト月も船がこなかったら、この島じゅうのバナナはぜんぶ五十嵐閣下に食いつくされてしまう。……」

痛みのややうすらいだ秦軍曹は、またイライラと眼を洞窟の入口の方になげて、

「長えな。いくら夫婦だって、すこしは遠慮しろってんだ」

と、うめいた。いつも、すぐに長谷川夫妻が照れたような赤い笑顔で篠宮一等兵を迎えに

くるのだ。そのついでに環さんがおれたちにしばらく見舞とも介抱ともつかぬ言葉やしぐさをのこしてゆくのが常だった。そのあいだ、重傷の秦軍曹が、獣のように精悍な眼で環さんのからだをなめまわしているのにおれは気づいていた。そして彼女が去ったあとで、必ず淫《いん》蕩《とう》きわまる批評をした。実際、暗い洞窟のなかで、こちらが弱りはてたせいか、環夫人は、最初みたときの、ただ身体の丈夫そうな、平凡な女の印象がうすれて、しだいになまなましい蠱《こ》惑《わく》をそなえてくるようだった。

「いったい、いつ船がくるのか、五十嵐閣下にゃわかんねえのか」

「閣下はいよいよ変だそうでありますが、鏑木参謀殿は日夜何か図をひろげて、作戦計画をねっとられるっちゅうことであります」

そのとき、突然、入口のあたりがさっと暗くなったかと思うと、沛《はい》然《ぜん》とスコールが襲ってきた。

その驟《しゅう》雨《う》の紗《しゃ》をつきやぶって、誰か駈けてきたと思ったらそれは長谷川夫妻だった。

「こまったことになりました。環は、もう閣下のところへはもどらんというんです」

と、長谷川氏は顔色をかえていた。唇がふるえている。

「どうしたんです」

「閣下が、家内のお尻をなでたり、妙なことをなさるというんです」

「そりゃたいへんだ。そりゃたいへんだ」

と、篠宮一等兵も顔色をかえて、肩で息をした。

「鏑木参謀殿は、閣下は帝国海軍の至宝ともいうべき大切なおからだだから、お気のすむように身を殺してお仕えしろ、それが女の忠義だとおっしゃるんだそうですが……私も、そうかもしれんとは思うんですが……」

「あたしはイヤ、あたしはイヤです。いくら閣下だって……」

環さんは身もだえして叫んだ。いままで泣いて争っていたとみえて、眼が赤く腫《は》れている。悲痛な姿だった。

「それで、いろいろ相談したんですが」

と、長谷川氏はブルブルふるえながら、

「ともかく私は環をつれて山の向うへ逃げようと思うんですが、どうでしょうか。閣下へはあとでお詫び申しあげることとして……」

「それがいい。そうしなさいよ。いくら、国宝でも……」

と、篠宮一等兵があわてていったとき、雨の向うで、カン高い、性急な連呼がきこえた。

「長谷川！　長谷川看護婦はいないか！」

鏑木参謀の声である。小屋まで呼びにきたらしい。

好人物の篠宮一等兵は、てんてこまいをして、長谷川夫妻を反対側の雨のなかへ押しやると、鏑木参謀の声のする方へかけ出していった。

大地をたたく雨音の向うで、参謀と篠宮一等兵のなにかいいあう声がして、二、三分もたたないうちに、参謀のひッ裂くような怒号がきこえた。

「なにっ？　あの女はひとの私物だと？　馬鹿っ、いまの日本にわたくしのものが何ひとつあるか、すべてこれ、大元帥陛下のものだ。財産も生命も女も！　そんな米英精神で、この聖戦に勝てると思うか。なに、きさま、上官に反抗するかっ」

そして、銃声がひびきわたった。拳銃の音である。おれははね起きようとしたが、足の痛みにまたころがった。

さすがに鏑木参謀は、それっきり環さんをさがしにこちらへはやってこなかった。そして篠宮一等兵も——永遠にもどってはこなかったのである。

土下座狂い

おれがその洞窟から外へあるき出すことができるようになったのは、それから半月ものちのことだった。むろん、ひどく足が悪くなっていた。

その間の世話は、一千メートルばかりはなれた山麓《さんろく》の密林のなかに小屋をつくっていた菱《ひし》沼《ぬま》二等兵と小南二等兵がやってくれた。

もっとも、これは環さんたちが逃げていってしまったのでさすがにそれ以上追いかけかねた鏑木参謀が、提督に手をやいて、むりに彼らに従卒を命じたので、そのついでに私たちの方へも食物をもってきてくれるようになったのである。

とはいうものの、商人あがりだけあって、狡猾《こうかつ》なところもある小南二等兵は、それほどひんぱんにきてはくれなかったが、農夫出身菱沼二等兵の方は、毎日、黙々と牛のような顔を出した。

菱沼二等兵は巨人だった。六尺ちかくはあったろう。色あくまでも黒く、唇は夜着の袖のように厚く、眼は河馬《かば》のように小さかった。が、二ケタの足し算となると、もうおぼつかないほど魯鈍《ろどん》だった。息はもう死臭をまじえながら、おれでさえかっとするような理不尽な怒《ど》罵《ば》をなげる秦軍曹の膿《うみ》や汚物や蛆虫《うじむし》を、彼は田圃《たんぼ》の草むしりでもやるような、鈍い、善良な顔で、のそのそと掃除しにくるのだった。

「た、た、痛いっ、こ、この野郎、ひとさまの身体だと思いやがって！」

「…………」

「身体が癒《なお》ったら、たたきのめしてやるぞ。おぼえてろ、このうすのろ！　た、た、痛いっ」

「…………」

「き、きさまは駄目だ。やっぱり、あの環じゃあねえと！」

れいによって、罵詈《ばり》というより、悪鬼のような苦鳴に、こちらの方がたまらなくなって、おれが足を引きずりながら、軍曹と菱沼二等兵をのこして出て行こうとすると、

「群司《ぐんじ》伍長！」

と、秦軍曹が呼んだ。しゃがれ声で、

「環を呼んできてくれ」

といった。

毎日、排泄《はいせつ》作用のように環夫人に関する淫《みだ》らな話ばかりくりかえしているうちに、まるでじぶんの情婦のような錯覚をおこしてきたのだろうか、いつしか秦軍曹は彼女の名前を呼びすてにしていた。

「はっ、しかし何処《どこ》に住んどるのか、じぶんはまだ知らんでありますが……」

「さがしてこい」

と軍曹はだだっ子のようにいった。その眼は単なるわがままとはいえない。熱病やみのようなひかりを放っていた。

おれはちかくに五十嵐提督と鏑木参謀がいるのに、はたして環さんがくるかどうか疑問だと思ったが、上官の命令もだしがたく、またおれ自身も彼女をみたいという気もあったので、足を引きずりながら山をのぼっていった。

小さな島だが、凄じい原始の力の象徴のような樹々なので、むろん炊《すい》さんのけむりがあげられるわけもないし、みんなどこにいるのかわからない。

頂上ちかくになって見わたすと、広袤《こうぼう》一億八千二十一万平方キロの太平洋は、まん円《まる》にふくれあがってみえた。おれは緑にむせびながら、その渺茫《びょうぼう》の果てで、鉄と火と血に染まって戦っているあの艨艟《もうどう》の幻影が、ふと古代神話のように遠く、ひどくばかばかしいもののような、変な気がした。

詩が頭をながれはじめた。が、じぶんの姿に気がついてみると、服はボロボロ、皮膚は垢《あか》と泥と凝血に黒ずんで、いやはや見られたものではない。おれはニタニタ笑い出した。……しかし、おれを救ったのは、実にこのものを他の兵にくらべて客観的にみるという能力であった。

「環はん。……」

ふと、遠くでそんな声がしたので、おれははっと足をとめた。

「じぶんは、あんたみたいにきれいなひと見たことおへん。……もうもうほんとに日本一の肉体美人や。……あんたの足の裏でもじぶんはなめさせてもろたら、本望やで、……」

駝鳥《だちょう》の羽根をたばねて大きくしたようなサゴ椰子の下に、瀬沼伍長と環さんがいた。

「じぶんは、あんたのためなら、何でもやりまっせ。アメリカがきても人喰人種がきても、死んでも守ってあげるつもりや。あんたは女神や。世界一の女神や。……」

大阪言葉だし、こうかくと、いまではばかばかしいくらい滑稽なせりふにきこえるが、そのときいた声は、笑うどころではなかった。それは、しぼり出すような、死物狂いのあえぎだった。

いや、瀬沼伍長はほんとうに土下座しているのだ。ふだんから色男ぶって、ヘドが出るくらいきざな奴だったが、それが、額を地面にこすりつけ、環さんのたくましい両足にすがりついているのだった。

環さんのワンピースも、肩のへんから脇腹にかけて裂けて腋毛と小麦色の肉が日にひかってあらわれている。彼女は途方にくれた顔で、ボンヤリ足もとの男を見おろしていた。

「こまる。……こまる。……あたし長谷川の妻ですもの。……」

「じぶんは人間やあれしめへん。犬や。あんたの飼犬や。犬に肉くれてやるつもりならかめしまへんやろ。ワンとでもいいます。キャンとでも鳴きます。チンチンもします。……」

それはたんに、文明社会の世のつねの、女たらしの技巧ではなかった。彼は土下座したまま、尻をたかくもちあげて、米搗《こめつ》きバッタのようにお辞儀していた。おれが笑い出すどころか、顔まで蒼くなるほどの怒りをかんじたのは、その生命がけ必死の姿に対する、どよめくような嫉妬だったかもしれない。

「ゆるしとくなはれ。いッぺん……死んでも本望や。……じぶんを可哀想や思っとくなはれ。……」

環さんの顔にいつのまにか何か身ぶるいするような恍惚《こうこつ》感が浮かんでいた。彼女は酔っぱらったようだった。

瀬沼伍長の両腕が、環さんのふくら脛《はぎ》からふと腿へはいあがってゆくにつれて、その重みで、彼女のからだがズルズルと崩《くず》折《お》れようとしたとき、おれはわれを忘れてとび出した。

ふたりはとびはなれた。

「環さん、ちょっと……お話があるんですが」

と、おれはいった。

コソコソ小屋にかくれてゆく、瀬沼伍長の姿を見送りもせず、おれは長谷川氏の小屋の方へ、環さんをうながした。

ジャングルの奥の、日光が、怪奇な、濡れた、蒼醒《あおざ》めた色で、ところどころ水母《くらげ》みたいにただよっているなかに、かくれるように長谷川の小屋があった。

ギッシリつまった蔓草《つるくさ》や羊歯《しだ》をかきわけながら、おれは環さんの汗の匂いに息がつまりそうだった。病後のせいだったかもしれない。しかし……この女がだんだん美しくみえてくるのは、どうしたわけであろう?

ふたりの跫音《あしおと》がまだきこえるはずもないのに、その小屋からとび出してきた、長谷川氏の顔をみて、おれはびッくりした。ゲッソリとやせて、くぼんだ眼がキョトキョトひかっている。

「環っ、なにしてたんだっ」

かみつくような声だった。おれが誰だかもよく見わけられないらしい。

「瀬沼さんのところよウ。……網借りに」

「いつごろ」

環さんはじっと夫の顔をみていたが、その恐怖にみちた眼に、急に冷笑の色が浮かんだ。

――と、突然、長谷川さんはとびかかってきた。いきなりその髪をひッつかむと、地上にひき倒し、何か号泣するような叫びをあげながら、めちゃめちゃになぐりつけるのだった。環さんは泣き叫んだ。

「あたし……何もしやしない！　あたし、何もしやしない！」

あっけにとられるより、おれは一瞬間のあいだ、妖《あや》しいばかりに美しいエメラルド色の苔《こけ》の上にのたうち、はねまわる環さんのムチムチしたはだかの足に、眼を吸いつけられていた。

「な、なにするんだ、長谷川さん！　気が狂ったのか！」

やっと、あわてておれは環さんのうえに馬のりになっている長谷川氏を抱きとめた。長谷川氏は肩で息をしながら、おれを見上げて、

「あっ、あなたは、群司伍長……」

「じぶんです。やっと歩けるようになったから、きてみたんですよ。瀬沼伍長の小屋のまえであったんだが……奥さんがどうしたというんです？」

「群司さん！」

発作からさめたようにキョトンとおれを見ていた長谷川氏は、急にヨロヨロとうしろの鳳《アナ》梨《ナス》の樹にもたれかかると、

「みんな……環を狙ってる！」

と、恐怖の叫びをあげた。頭髪をかきむしりながら、

「閣下ばかりじゃない。こっちへきても、みんな……どいつもこいつも環の尻を犬みたいにかぎまわっている。……たいへんなことになる。いまに、たいへんなことになる！」

――がさっと、密林の奥で、異様な音が鳴った。おれはみた。暗い茂みのあいだからこちらをのぞいているふたつのひかる眼を。

気づかれたと知っても、彼は逃げもしなかった。蔦見上等兵だ。それはほとんど殺気にちかい肉慾そのものの顔だった。が、ふりかえった環さんと眼があうと、頭を地面に二、三度

すりつけ、それからフラフラと立ちあがると、酔っぱらいのように走っていった。

「あ……あたしが悪いんじゃない！　あたしは何もしやしない！　みんなが、あんなことするんです！」

急に環さんは身もだえして泣き出した。

長谷川氏は放心したようにそれを眺めていたが、ふっとわれにかえって、不安と猜疑《さいぎ》にうすびかる眼をこちらになげて、

「群司さん……それで、あなたもこっちへ移動されたんですか？」

「いや」

と、おれはあわてて手をふって、

「班長の命令で。……是非環さんにいちどお目にかかりたいということで……」

顔を見合わせる夫妻の姿に、おれはいっそう、ヘドモドした。

「じぶんのみるところでは、班長はもう十日ももちません。ご――護国の鬼、となられる方の、願いを、な、なんとかかなえてやっていただけないでしょうか？　いや、すぐにじぶんがつれて戻ります」

「護国の、お、鬼か。……」

と、長谷川氏はがっくり首をたれた。まるで罪人のような姿だった。それから、ふるえるながい息とともにいった。

「私もいっしょにお見舞しましょう」

その夜洞窟にやってきた環さんをみて、しかしふしぎなことに秦軍曹は、子供のようにおとなしかった。

ほとんどひとことも口をきかなかった。からだの衰弱のせいばかりとは思えない。もえたぎるようなその眼は、陰火のように彼女を追いまわしていたからだ。

あまりの歓喜に舌ものども麻痺して、彼はただ窒息しそうなうめきをもらし、その眼じりから、いままでみたこともない涙が、こめかみの方へつたわっていった。

プロレタリヤ団結せよ

味方の船はこなかった。くるのは、敵機だけだった。ときどき、B29の大編隊が、轟々《ごうごう》と北へ飛んでいった。或る夜、どうして逃げたのか、すこしばかり残っていた土人たちの姿が島から忽然《こつぜん》ときえてしまった。

鏑木参謀は毎日山へのぼっている様子であったが、おれたちはいつしか、明日こそは、と思う心を、さすがにすてていた。しかし、まさか日本が負けるとは思わなかった。それは必勝の信念などいうものではなく、精神の固着妄想にちかいものだった。おれたちは百年戦争の準備をととのえた。

百年戦争の準備といったって、武器はひとつもない。ただ十本足らずの牛蒡剣と、そして鏑木参謀の拳銃だけだった。

墜ちた海軍機から、金属片やワイヤやパラシュートなどをとってきて分配したが、拳銃の弾だけは、あるかぎり鏑木参謀がとりあげてしまった。しかし参謀は、ほとんど全員が山の反対側に逃げてしまって食糧の上納が思うようにゆかなくなってから、その拳銃でポンポンと大とかげなどを射って、てりやきにしてくっているらしかった。しかもいちばん忠実に面倒をみてくれる菱沼二等兵には、ひときれもくれてやらなかったそうである。

菱沼二等兵といえば、最初から長期戦の準備をしていたのは、この愚鈍な兵隊ただひとりであったかもしれない。土人がのこした種をまいて、いちはやく豚芋や砂糖黍の栽培にとりかかったのも彼だったし、墜落機から得た針金を石でさきをとがらせ、釣針をつくって魚などを釣ったり、岩のかけらで剃刀《かみそり》をつくったり、蝙蝠《こうもり》をつかまえる網を編んだり、さらにコケビという柔い木片を台にして、堅い木で錐《きり》をつくり、これをもみあわせて熱を出し、いぶるところを椰子の皮に移すという大発明をしたのも、この牛のような兵隊だったのだ。

彼はむしろこの島の生活がたのしそうだった。鏑木参謀の怒罵と秦軍曹の罵詈《ばり》とのあいだを、のんびりとねごとみたいな軍歌をうたいながら毎日往復していた。

おれは足の不自由さに馴れるにしたがって、山の反対側によく遊びにいっているうち、いつのまにかそちらへ住みついてしまった。秦軍曹の世話は菱沼二等兵にまかせても大丈夫だと思ったのと、それより、垂死《すいし》の軍曹のひどいわがままと悪罵に参ってしまったのだ。実におどろくべき精神力の持主だった。

長期戦の準備については、おれたちは実際問題として無為無能だったが、その心がまえが、異様な方面へ——或いは、当然な方向へなだれおちていった。肉慾である。山の向う側にながれている冷たいエゴイスチックな軍律の寒風と異って、こちら側には、熱風のような原始の慾望が、長谷川夫妻に吹きつけていた。

恐怖しているのは、環さんよりも長谷川氏の方だった。ときどき、夜気をつン裂いて、凄じい環さんの悲鳴が、その小屋のあたりからきこえてきた。いまから思うと、長谷川氏が環さんを虐待《ぎやくたい》したのは、兵隊たちに対する、恐怖の反射だったにちがいない。しかも、長谷川氏は、兵隊の暴力的襲撃よりももっと内部的な、変てこな心のおびえにおののいていたらしい。簡単にいうと、貧乏人ばかりのなかにすむ金持の劣等感である。

最初、その経済的不均衡を口にしたものは、やはり、インテリの久保田少尉殿だった。

その日、おれたち六人の兵隊は、戦況や食物や日本の話などしゃべりくたびれて、草いきれのなかに横たわって、真っ蒼な燃える大空を見つめていた。おれはその碧空に、妻の白いムチムチしたからだの幻影をえがいて、あえぐような吐息をもらした。

「不公平だ。……」

と、誰か、ぽつんといった。久保田少尉の声である。

「不公平だよ。……食物はみんな平等にわけているが……」

「何が不公平なんでありますか」

と、傍の須田伍長がたずねた。名を須田行円《すだぎようえん》というとおり、出征までは僧侶だった男である。

「女だ」

がばとはねおきたのは蔦見上等兵だった。少尉はまたいった。

「あの環さんだよ」

こんどは瀬沼伍長がむくりと身体を起した。

「女は……食物とおなじだ。ここに食物が山ほどある。が、それはひとのものだ。おれたちにはひとつもない。一年辛抱すれば、じぶんたちの食物のあるところへもどれるとしてもそのあいだ生命がもつだろうか？　性欲も食欲とおなじことだ。たえられる限度というものがある。限度がすぎたら、おれたちは餓死するか、狂い死《じに》してしまう。……それまでに、分配を要求するのは不道徳だろうか？」

「正義であります！　だ、断じて、正義であります」

と、ひッ裂くように蔦見三八上等兵が叫んだ。陰湿な肉欲が、論理的な吐口《はけぐち》をあたえられて、あふれだす歓喜の絶叫だった。マルクス、エンゲルスの共産党宣言をきいた労働者の革命の咆哮《ほうこう》のようだった。しかし彼は、社会的正義を道破したインテリ少尉が、この島へおよぎつく途中、じぶんにすがりついた兵隊を、潮のなかで斬りすてたことは知らない。

蔦見上等兵はおどりあがった。

「では、じぶんが、早速、長谷川夫妻に談判してくるであります」

土けむりをたてて駈け出してゆく蔦見上等兵を、おれたちは茫然として見おくった。

急に須田伍長は立ちあがった。

「いかん、いかん、そりゃいかん……そりゃ地獄だ。畜生道だ。仏罰があたる。じぶんは反対です！」

苦行者風の蒼黒い唇が、恐怖にみみずのようにねじくれている。

私は卒然としてわれにかえった。須田伍長の顔をみていると、ほんとにこの島が地獄よりもっと恐るべき運命にふきおとされるような予感がした。

「第一、そんなことを、あの奥さんが承知するか……」

「へいきや。大したことないで」

と、ねころんだまま、瀬沼伍長がいった。好色そうな眼と真っ赤な唇が、ニヤニヤ厚かましく笑っている。おれはその弛緩《しかん》した笑い顔にはっとしていた。いつかのあの彼の土下座を思い出したのだ。

「きっ、きさまは――もう……」

と、須田伍長はかっとその顔をにらみつけ、拳《こぶし》をふるってとびかかろうとしたが、久保田少尉の制止の声に、口から泡をふいて地団駄をふんだ。

「須田伍長、夫以外の誰かひとりにゆるしたら、あとはおんなじだ。食わん者損だぞ」

久保田少尉の顔は蒼醒めていたが、その唇はヒクヒク卑《いや》しげに笑っていた。

密林の向うから蔦見上等兵が、長谷川夫妻をひっぱってきた。そして唾をとばし、かみつくように、いまの共産党宣言をたたきつけた。

ふたりは真っ蒼になった。環さんは長谷川氏にすがりついた。が、長谷川氏は死人のようによろめいただけだった。いままでの苦悩に、疲労困憊《こんぱい》しつくした顔だった。

「やむを得ません。……私も、不当のような気がしていたのです。……」

ガックリと垂れた首をあげたとき、長谷川氏の表情にはむしろほっとしたような安堵感すらみえたのだ。あらゆる道徳を飴《あめ》のようにゆがめ溶かす灼熱の太陽の下だった。

「あなた……あなた……」

環さんは半狂乱に夫をゆさぶり、反応のないのに身もだえし、それから瀬沼伍長の傍にかけよった。

「ほい、きた、早速やな」

と、瀬沼伍長は、両腕をひろげて抱きとめて、みんなの眼の前で平気でその唇に吸いついた。

環さんはのたうちまわるようにして、からだをひきはなすと、とびさがって、真っ赤な顔で皆をみまわし、それからいきなりケラケラと天に顔をあげて笑い出した。おれは発狂したのかと思った。実際に彼女はその一瞬気が狂ったのかもしれない。

「けだもの！　けだもの！　けだもの」

そして彼女はのけぞり返って笑った。胸に花ひらいたように半円球の乳房がもりあがった。汗と体臭が、麝香《じゃこう》のように日の光のなかに舞い散った。

それから、彼女は草をけって、ころがるように、逃げ出した。蔦見上等兵と瀬沼伍長と押《おし》鐘《かね》・等兵がなにかわめきながら追いかけようとしたとき、

「待て！　押鐘！」

と、久保田少尉が叫んだ。押鐘一等兵はキョロッととび出すような眼を少尉にむけた。

「きさまはいかん。きさま、黴毒《ばいどく》をやっとるだろ？　きさまは員数外だぞ。きさまは遠慮しとれ！」

押鐘一等兵は石のように立ちすくみ、犬のように逃げた女の行方と少尉をキョロキョロと見くらべた。わあっと泣きわめき出しそうなみじめな顔つきだった。

遠く白い幹の椰子《やし》や檳榔樹《びんろうじゅ》をぬって、女をおいかけまわす瀬沼伍長と蔦見上等兵の姿がみえた。風にのって、三人の獣のようなさけび声がながれてきた。

「地獄だ、地獄だ、地獄だ！」

と須田伍長が叫んだ。

「いまに、かならず仏罰があたるぞ！」

皇軍精神異状なし

それから七年のあいだに、この島の真昼と深夜にくりひろげられた事実を、おれは手をおののかせずして書くことはできない。まず、三日目の夜に押鐘一等兵が殺された。

誰が押鐘一等兵を殺したのか、おれにはいまでもわからない。やはり、彼の黴毒を最もおそれるものが、伝播の危険性をおもんぱかって、あっさり抹殺したのだろう。彼は黄色い小花の房をたれたマンゴーの樹の下で、蝙蝠《こうもり》をとらえる網をねじって綱にしたもので、頸《くび》をくびられて死んでいた。その額には、環状丘疹性黴毒疹が、まだてらてらと赤銅色にひかっていた。それは、共産主義の社会に不適なものの恐るべき運命を象徴しているようだった。

しかし、須田行円坊は、最初の日からお経をとなえながらひとり島の北側の方へ去ってしまっていたから、すくなくとも彼は犯人ではない。

とまれ、いかにも地獄の幕はあがったのだ。おれは必死に詩をつくろうと思った。海浜をひそやかにはしりまわる蟹《かに》の足音、遠くの珊瑚礁に砕ける波のひびき、花の香りにむせぶようにかおる夜の空気、また濃紺青《のうこんじょう》の海が日没になると葡萄《ぶどう》色にかわり、そして落日とともに魔法のように黄金色にもえあがる姿を詩に描こうとつとめた。それだけが眼前の畜生道から心をひきちぎる唯一の血路だった。

けれど、いまにして思えば、その地獄図絵は、なんという眩《まぶ》しいばかりの饗宴であったろう。それは欲望の狩猟であり肉の祭典だった。

うすむらさきの花の咲いた鳳梨《アナナス》の下で、ふかい大空にきらめく南十字星の下で、いたるところ環のやぶれるような叫びと、炎の虹のような息の音があがり、火照《ほて》った、汗の匂いがうずをまいた。

彼女を追うものは、久保田少尉、瀬沼伍長、蔦見上等兵の三人、それに山の向う側から、小南二等兵がこの黄金郷にもぐりこんできた。提督に奉仕するより、このコンクールに参加した方が、賞品が大きいと見きわめをつけたのだろう。彼は、菱沼二等兵が貯蓄した食糧や手道具をほとんどかっぱらってきて、環にささげた。

環の日々刻々の変貌こそみものだった。奴隷的な娼婦は、男たちに君臨する女王となった。顴骨の張った、唇の厚い、小麦色の顔と肉体は、ひかりと肉情にもえたって、すばらしい野性美にむせかえっていた。

男っぷりのいい瀬沼伍長から、権威と理智の久保田少尉へ、或いは、彼女のためには四ツン這いにでもなりそうな小南二等兵へ――

しかし、数カ月のうちに、ほぼ勝負は、きまったようだった。

「おほほほほ、ばか！　けだもの！　あんたなんかきらいだよ！」

紺碧《こんぺき》の空にのびあがるような真紅の紅焔花《こうえんか》と、その羞恥《しゅうち》を知らぬ欲情のはげしさを競うように、男たちを嘲笑《あざわら》う環の姿をみるたびに、おれはヘボ詩魂が雲外へとび去って、まるで大洋のうねりのなかへでも沈んでゆくような欲望の恐怖につつまれた。

おれは逃げ出した。また山の反対側へ――まだ生きている秦軍曹の洞窟へ。

実に、秦軍曹はまだ生きていた。気力だけで生きていたのだ。肉体はもう腐ったぼろきれのようだった。彼はおれをつかまえて、生きかえったように眼をひからせて環のことをきいた。

おれはいまでも断言する。孤島にとじこめられた男たちのうち、だれがもっとも環を愛していたかというと、この秦軍曹であったことを。そしてそれは、おそらく彼の肉体が人間の形をとどめないまでに壊れていたからだということを。

おれの話をきいて、彼は笑った。

「それで、どいつがいちばん環の心をつかんでいるんだ?」

「それは、蔦見上等兵でしょうな」

「どうして?」

「ありゃ、肉欲の権化《ごんげ》ですからな。狂った野獣ですよ」

秦軍曹はちょっと考えこんでいたが、

「きさま、すまんが蔦見上等兵を呼んできてくれんか」

「なんにするんです?」

「おれは身体がだめだから、せめてあいつからあの女の味をきいてたのしむんだ」

秦軍曹らしい陰惨な娯楽の思いつきだった。おれは軍曹の気力にゲンナリするよりむしろ悲哀をかんじて黙っていた。

「命令だ。ゆけ」

おれが、不平たらたらの蔦見上等兵を、山をこえてその洞窟にひっぱってきたのはその日の夕ぐれちかくだった。

それでもさすが挙手の礼をして、

「班長殿、蔦見上等兵参りました。御負傷はどうでありますか」

「うん、入れ」

「蔦見上等兵、入りますっ」

彼は悪臭にしかめっ面をしながら入ってきた。秦軍曹は上機嫌だった。しゃべる声はまるで奇蹟のように元気で快活だったが、果して話の内容は、さすがのおれも面をそむけたいほど露骨で淫猥《いんわい》なものだった。環の肉体的特徴についてである。

おれはしかし、秦軍曹がときどき話のきれめにふっと耳をかしげて、眼を異様にひからせるのに気がついた。何かを待っているのだ。そういう感じがしたが、何を待っているのかむろんわからなかった。おれはふたりの会話と腐敗臭に頭が泥みたいに濁ってきたのと、異様な運命の跫音が外からちかづいてくるようなふしぎな切迫感をかんじて、ひとり洞窟から出た。

白い石だらけの海浜には、海鳥一羽もとんでいない。海は寂莫《せきばく》として、万象すべてが休息をたのしんでいるような夕暮だった。

洞窟のなかから、ときどき笑い声があふれてくる。悪臭に麻痺してしまったのか、蔦見上等兵も調子にのってしゃべっているのだ。まるで野獣のような哄笑《こうしょう》だった。その哄笑に、なにか怒号の声がまじったようだ。——と思うと、急にふたりがいい争うわめき声に変った。

何をきっかけに雲ゆきがかわったのか、おれはいまでも知らない。とにかくただごとではないと感じて、おれが洞窟のなかへ入ってゆこうとしたとき、遠い天の一角で沖鳴りのような音がきこえた。

「上官に反抗するか、出ろ！」

という秦軍曹の叱咤《しった》の声とともに、蔦見上等兵がころがり出した。

「気をつけえ——っ！」

洞窟の奥から、腸もちぎれるような絶叫がひびいてきた。空の一方から恐るべきとどろきはちかづいてくる。蔦見上等兵の耳にはその音も入らなかったらしい。何かわめき返そうとしたが、また洞窟の怒号に、直立不動の姿勢になった。

「きさま！　すこしヤキを入れてやる。そこで勅諭《ちよくゆ》をとなえてみろ！」

熱鉄のような咆哮である。軍の伝統が雪崩《なだれ》のごとくのしかかった命令だった。

「一ツ、軍人は礼儀を正しくすべし。凡《およ》そ軍人には上元帥より下一卒に至るまでその間に官職の階級ありて統属するのみならず……」

蔦見上等兵は唇を痙攣《けいれん》させはじめた。

「同列同級とても停年に新旧あれば、新任の者は旧任のものに、服従すべきものぞ。下級のものは上官の命を承《うけたまわ》ること、実は直に朕が命を承る義なりと心得よ。……」

爆音はちかづいてきた。おれはふりあおぎ、ころがるように洞窟へとびこんだ。P51だ。三機だった。このごろ三日おきくらいに銃撃にやってくる定期便だ。

「敵機来襲——」

おれがそうさけぶよりはやく、秦軍曹はまた絶叫した。

「動くな、つづけろ！」

身うごきもできないはずの彼が、いますっくと半身をおこしていた。眼が闇中に爛々《らんらん》と火のようにひかって外を見すえている。ああ、なんたることだ。これは凶暴強靭《きようじん》きわまる意志力と肉欲の塊との凄惨《せいさん》な死闘であった。そしていまや鬼軍曹の精神は、上等兵の肉体をむんずとふんまえていた。

——呪文のような外の声はつづく。

「一ツ、軍人は武勇を尚《たつと》ぶべし。……それ武勇は我国にては古《いにしえ》よりいとも貴《たつと》べるところなれば、我国の臣民たらんもの武勇なくては叶うまじ。……」

大気をツン裂くようにたばしる金属音がきこえた。機銃掃射だ。爆音は飆風《ひょうふう》のようなうなりをたててとびすぎたが、外の声は、それっきりきこえなかった。……

発狂しそうな頭で、おれがはい出してみると、蔦見上等兵は蜂の巣のようになって、砂の上にたたきつけられていた。

「軍曹殿！　軍曹殿？」

洞窟のなかにも、声はなかった。はいもどってみると、秦軍曹も一塊の膿《うみ》のようになって息絶えていた。その片頬にすさまじい死微笑をみとめて、おれは全身の毛穴がそそけ立つ思いでたちすくんだ。……

秦軍曹の最後のやきもちだった。

山ゆかば草蒸す屍

絶海の孤島に『名誉の戦死』の墓標が四ツ立った。

日本の船はこなかった。アメリカの飛行機もとばなくなった。いったい戦争はどうなってしまったのか、わけがわからなかった。

ただ燃える太陽の下に、一切の文明の仮面をはぎとられ、なにか暗澹《あんたん》たる、強烈な、悲愴な、原始的な力が、つむじ風となって、ひとりの女の肉体をふきめぐっていた。

そしてそのつむじ風のなかから、また二人の兵隊が吹き倒された。瀬沼伍長と須田伍長が死んだのは、三年目の或る颱風《たいふう》の夜である。

須田伍長は、たったひとり島の北側の絶壁の上に小屋をつくってくらしていた。ときどき密林のなかで、蝙蝠を追っている彼の姿を見かけたが、彼はおれたちにひとことも口をきかなかった。蒼黒く、木乃伊《ミイラ》のように痩せて、眼ばかり妖しいひかりをはなっていた。

そこへ、或る日瀬沼伍長と環が出かけていって、嵐で帰れなくなって椰子酒をねだったあげく、これみよがしに眼前で交歓しはじめたというのだ。強烈な酔いのはての痴戯にしても、オッチョコチョイの瀬沼伍長のいやがらせか、或いは――いまやあらゆる男に君臨しなければ気のすまない残忍性をしめし出した環の挑発であったのか、おれは知らない。

全身にざっとふりかかる熱い液体に、環がはねおきたときからだの上の瀬沼伍長が、芋虫みたいにまるくなってふりおとされた。その背に牛蒡剣がつき刺さっていた。

蘇芳《すおう》のような返り血をあびて、須田伍長は、陰々たる眼で環を見すえた。それから――とびかかってきた！

「あたし――あたしも殺されるかと思ったわ。でも、そうじゃなかったの。あのひと、あたしを抱いて、のたうちまわって、……急に、あ、あア！　と腹の底からしぼり出したようなかなしそうな叫びをあげて、傍に崩折《くずお》れてしまったのよ。……あのひと、あンまりがまんがすぎて……ダメ、ダメになっちゃっていたの！　ほほ、可笑《おか》しい、可笑しいわねえ！　ははははは！」

これはずっとのち、おれをも挑発しようとして、おれの耳にふきつけた不敵な環じしんの息吹のなかの告白だった。

——それから須田伍長はゲラゲラ笑い出し、よろめきながら嵐のなかへ出ていった。大洋のなかの孤島の夜は、雨と風のなかにも銀粉をまいたような蒼白い微光にゆれている。

「……もみあってる、もみあってる……もみあってる股だ！」

と、行円坊は暴風にざわめく幹や枝をゆびさして、そんなことをつぶやいた。

それから急にカン高い声で、『南無妙法蓮華経《なむみようほうれんげきよう》！　南無妙法蓮華経！』ととなえはじめると、もののけみたいに踊りながら、絶壁から轟々《ごうごう》と鳴りどよむ闇夜の海へ、石のように消えてしまったというのだ。

鏑木参謀が死んだのはその翌年だった。

この島で死んでいった兵たちの末路は、いずれもこれ以上は、かんがえられないような悲劇性をおびていたが、なかんずくこの参謀の死のごとき、その最大なるものであったといえる。

そのころ、島にある野生の食料は、いかに雨と日光にめぐまれた熱帯であるとはいえ、ほとんど喰い荒らされてしまって、みんな菱沼二等兵の恩寵《おんちょう》を蒙《こうむ》ること、はなはだしかった。

この愚鈍な百姓こそ、最も熱心にしてたくみな生産者だったからである。環をめぐる欲望の嵐も、彼にはとんと馬の耳に東風のようだった。そして、黙々と大地とたたかい、その汗の結晶を、うれしくもかなしくもない顔——ときによっては、それゆえに神秘的にさえみえる表情でみんなに分配するのだった。

「神様のような資本家だね」

と、或るとき、久保田少尉が卑屈と嘲笑のまじった批評をくわえたことがある。

その神のような資本家に、悪魔がとりついたのだ。彼は環の誘惑に堕ちたのだった。誘惑、などいうより、もっと強烈な、恥しらずな挑発を環がこころみたのかもしれないし、或いはこの巨人の、それまで痴呆《ちほう》的に眠っていた器官は存外容易に爆発的活動をはじめたのかもしれない。

とにかく、彼はおそろしくけちんぼになった。いや、彼の『農園』の事実上の支配者は環となって、彼はその最も頑固な番人となってしまったのだった。

おれたちは参ってしまった。鏑木参謀の厳命も、久保田少尉の説得も小南二等兵の死物狂いのおべんちゃらも、おれの涙ながらの哀願も、なんのききめもないことがしばしばだった。

そこでこの番人の眼をくぐって、風のごとく、幻のごとくしのびこみ、豚芋を盗んでゆく怪盗があらわれた。その神出鬼没ぶりにはホトホト菱沼二等兵も手をやいたものらしく、ときどき彼が天をあおいで、野象のごとく嘆きと怒りのさけびをあげているのを目撃したものである。

それはむろんおれではないが、或る月夜、おれも彼の農園にしのびこんだことがある。長谷川氏が熱病をやんで、のどの乾きをうったえてやまないので、パイン・アップルを盗みにいったのだった。

「誰かっ」

農園の向うから、巨大な影が颶風《ぐふう》のようにはしってきた。おれはびッくり仰天して、厚い剣のような鳳梨《アナナス》の葉かげにかくれたが、その影はおれの前を疾駆して、豚芋の畠のなかからもうひとりの黒影をつまみあげた。誰か泥棒の先客があったらしい。

「おめだなわしの畠を荒らしくさるのは」

満面の苦渋をよんだその顔をみて、おれはおどろいた。怪盗はなんとあの鏑木参謀だったのだ。

「馬鹿ッ、はなせ、こいつ」

参謀は激怒して身をもがいた。が、六尺ちかい菱沼二等兵の腕は、万力《まんりき》のようだった。

「閣下にさしあげるのだ。お前も掘れ！」

「おら誰にもやんねえ」

と、もう兵隊言葉もわすれてしまったらしい二等兵が答えた。参謀の怒りよりも、もっと純粋な憤怒《ふんぬ》が嵐のような息となってきこえた。

「おら、みんな、あのひとにやるだよ」

「馬鹿っ、上官に反抗するか。この芋は、お前の私物ではない。すべてこれ、大元帥陛下のものだ。そんな米英精神の兵は、ここで射殺するぞ！」

参謀の手に拳銃がきらめくのをみて、おれは恐怖の叫びをあげようとした。が、その撃鉄《げきてつ》は、カチリと鳴っただけだった。彼は全弾とかげ退治に射ちつくしてしまっていたのである。

「そんなら、やるだ」

と、菱沼二等兵はうなって、手をはなすと、いきなり畠の上の豚芋を八ツ手のような掌につかんで、鏑木参謀の口におしこんだ。参謀は軍鶏《シヤモ》のようにばたばた騒いだ。その苦鳴がのどのおくへねじこまれ、両手両足がだらんとたれると、二等兵は相手をなげ出し、またぶつぶつ怒りながら、小屋の方へもどっていった。

おそるおそるいってみると、南海の満月の下に、鏑木参謀は口から豚芋をかみ出したまま絶息していた。

おれは、いまでも、曾《かつ》て真珠湾作戦に参画《さんかく》したとかいわれる鏑木参謀が、この孤島で、心血をしぼって豚芋を奇襲する秘策をねっていたのかと思うと、その悲壮な姿を想像して、ひとり泣かざるを得ない。——

そして十日ばかりのち、参謀の小屋で、垂れながしの糞汁にうずまって、やせおとろえた五十嵐提督が、ついで護国の鬼となられたのだった。

「豚芋がくいたい喃《のう》。……豚芋がくいたい喃。……」

と最後までつぶやきながら。……

島の墓標が八ツになった。生きのこっているのは久保田少尉と、おれと、小南二等兵と、菱沼二等兵と、長谷川氏とそして環の六人だけだった。

日はすぎていった。一日も一年のような気がするし、一年も一日のような気のする時のながれだった。それは太平洋のようにむなしく、茫漠《ぼうばく》とした歳月だった。

そして、洞穴の傍の椰子の暦は、すでに七年目の筋をきざみこんでいた。

世界にただ一人

菱沼二等兵は別として、あとのおれたち四人はその七年のあいだに、ヘトヘトにひからびてしまった。燃える太陽と食糧不足と、そして愛欲のたたかいにのたうちまわった疲労のせいである。久保田少尉と小南二等兵は、あきらかに肉体的な枯渇《こかつ》によるものであったけれど、おれと長谷川氏の場合はちがう。それは精神的肉欲の責木《せめぎ》にもだえぬいたせいだった。

というのは、その七年間、生きのこったもののうち、環と肉体的交渉をもたなかったのは、このふたりだけだったからだ。

あらゆる男を挑発し、肉の奴隷にしてしまうことを、唯一の生存意義にしているのではないかと思われるほど変貌した環がついにいちどもちかづかず、ちかよらせなかったのは、曾ての夫、長谷川良平氏だけだった。——それは爛《ただ》れた肉の奥にひそむ、痛い冷たい良心のかけらの作用だったのか、それともその反対に、じぶんを野獣に売りわたした夫への惨忍な復讐であったのだろうか。

　哀れな夫は、その七年間、影のようによろめいていた。いつも熱を病んだり、下痢をしたり、皮膚病をわずらったりしていた。おれが、辛《かろ》うじて環の誘惑におちなかったのは、実にこの哀れな夫への死物狂いの友情と、信義立《だて》のためであったのだ。長谷川良平氏こそは、この島の沖で永遠に沈んで消えようとする、おれの生命を、すくってくれた恩人だったから。


——


　女王蜂は怒った。笑った。そして面白そうにおれの傍にきて、熱い息とともに、雄蜂どもとの恋の百物語をはなしてきかせるのだった。この欲望の波濤《はとう》は、おれの心がつかれ、戦いも祖国も忘れるほどおれの頭が鈍麻《どんま》してくるにつれて、しだいに哀れな夫の影をかきけしていった。……

　そして、七年目のあの運命の日がきたのだ。

　その日のまひる、太平洋を背に、環は立っていた。パラシュートの布でつくった服もいまはすりきれはてて、彼女はほとんどまるはだかであった。髪のみがふきみだれ、乳房はかがやき、唇はぬれてひかっている。全身からふきつけてくる肉慾の花粉に、おれは、燃える太陽の下の犬のように舌を出した。

　環がからからと笑ってこちらへ歩みよってこようとしたとき、彼女はふと足をとめた。眼がおれの背後にそそがれている。ふりかえったおれは、岩のかげから、長谷川氏があらわれてくるのを見とめた。

彼はその二、三日前から、ひどい熱を出して寝ているはずだった。その足はよろめいている。うなだれたその姿は、風にふかれる幽霊のようだった。長谷川氏はおれの姿など眼に入らないように通りすぎていって、環の前にベタリと座った。

「環、ぼくは死ぬ。……」

ほそぼそと彼はいった。しずかにあげた顔の、くぼんだ眼窩《がんか》のおくに涙をとおして眼が赤くひかっていた。

「ゆるしてくれ、ぼくはもう死ぬんだ。だから……ゆるしてくれ、もう一度！」

おれは、ぎょっとして眼をみひらいた。長谷川氏は妻の前に土下座して、額に砂をこすりつけた。そして、犬のようにすすり泣きながら、その足にすがりつくのだった。

「ぼくをいじめないでくれ。これ以上……いや、お前の夫だからなどいいはしない。ほかの連中とおなじでいいんだ。……だから、ぼくにも、もう一度お恵みをたれておくれ。……」

おれははじめて長谷川氏に凄じい怒りと蔑《さげす》みをかんじた。虫ケラのようにふみにじってやりたいような憎悪がわきあがった。おれは環をみた。環は日光の金粉につつまれて、傲然《ごうぜん》と仁王立ちになったままだった。おれは、これこそ世界でただ一人の女だという熱情にもえあがった。わたせるものか、誰にわたせるものか、おれと彼女のあいだに執念ぶかくうずくまる不吉な影よ、永遠に呪いあれ！

環は眼をあげて、おれの顔をみて、ひくい声でいった。

「あのひとを、殺してよ」

そして、彼女は笑った。嵐のように凄じい笑いだった。曾ておれは、これほど恐ろしい、これほど美しい女の笑顔をみたことがない。おれは吹きとばされるように立ちあがった。野獣のように歯をむき出し、死神の鎌のように両掌の指をまげたまま……。

そのときだ。あの爆音がきこえたのは。そして天使のような銀の翼が天翔《あまがけ》ってきたのは。……逃げることも忘れて、木偶《でく》のように砂上に立ちすくんだ三人の頭上に、吹雪のようにビラが舞いおちてきた。

飛んできたのは、たしかにアメリカの飛行機だったのに、そのビラの文字は、七年ぶりにみる日本語であった。

「コノ島ニ残存セル日本兵ニ告グ。日本ハスデニ七年前ニ降服シ、イマヤ平和ノナカニクラシテイマス。コノ島ノ守備ハ無用デス。三日ノチノ午後三時、白旗ヲカカゲテ、島ノ北西海岸ニ集合サレタシ。S島民政部長　G・B・ジョンソン」

——すべては終った。まことにすべては終ったのである。

おれたちはS島にうつされてから、十日目に飛行機で日本に帰還した。その前に、今は亡き戦友たちの白骨を墓から掘りかえして、鄭重《ていちょう》にあつめたのだが、そのとき、お互いに、『すべては忘れよう』と約束して笑ったのである。

S島の米軍病院で、長谷川氏をはじめ、おれたちの身体は奇蹟のように恢復《かいふく》したし、久保田少尉はむさぼるように新聞から新しい日本についての知識を吸収していたし、羽田に着陸すると、雲霞《うんか》のような群衆の歓声をあびるし——なにがなんだかわけがわからない夢のような気持であったが、しかしまことに夢のようにあっけない、そして夢のようにめでたい結末であった。

が――人も知るように、人生のすべては、たとえ悲劇の結末をつげることはあろうとも、ハッピイ・エンドできわまりつくすということは決してない。

おれは、環境と人間との関係を、絵画における鮮烈な背景の妙とくらべあわせずにはいられないのだ。――あれほど全智全能の巨人とみえた菱沼二等兵は、S島の病院で、飛行機のなかで、みるみる魔術のように、もとどおりの愚かしい牛に変ってしまった。環さんはいまや彼の方をふりかえりもしなかった。

彼女は羽田から京浜国道をはしる車のなかで、理智的な眼をキラキラひからせている久保田少尉に話しかけていた。

「あなた、あたしといっしょに暮らしてくれるって、島でおっしゃったわね？」

「すべては忘れようよ、奥さん。おれは、学問をやるんだ」

と久保田少尉は、おどるように身体をはずませながらいった。

長浜の検疫所のなかで、彼女は小南二等兵にすがりついていった。

「あなた、あたしを捨てないって、島でいったわね？」

「みんな忘れましょうよ、奥さん。じぶんは商売やって、ウンとお金もうけるです」

と、小南二等兵は浮かれきっていった。

検疫所の門を出て、石段の上に立ったとき、環さんは万感をこめた眼を、長谷川氏になげた。

「あなた……」

「ぼくは、すべてを忘れない」

と、長谷川氏は冷灰のような顔でいって、石段をおりていった。

石段の下は、出迎えの家族が、叫び、手をふり、波のようにひしめいていた。

おれは茫然として環さんの姿をながめやった。これがあの女だったのだろうか、これがかくもおれたちの心を嵐のように宙天に舞いあげ、地獄へまきおとしたあの女王だったのだろうか。……近代的な都会の光と翳《かげ》と響音の交錯のなかに、それは顴骨《かんこつ》のとび出した、色の黒い、唇の厚い原地の女にすぎないではないか。……

誰か石段をかけのぼってきて、しっかりとおれの身体に抱きついた。ああ、なんという素晴しい香水の匂いだろう。なんという鮮烈な口紅の色だろう。なんという繊細《せんさい》な柔肌《やわはだ》だろう。なんという宝石のような涙だろう。……

「あなた、あなた、あなた。……」

おれは女房の頬っぺたに鬚《ひげ》づらをこすりつけ、生命もたえよと抱きしめて、うわごとのようにつぶやいていた。

「お前が世界一の女だった！」

女の島

日の果《はて》の天使群

渺茫《びょうぼう》の海と瘴癘《しょうれい》のジャングルと、獣さえ棲まぬ地球の果てに、突如として幾百万の男たちがあつまって、血と火と涙にむせびつつくりひろげる殺戮《さつりく》の蜃気楼《しんきろう》は、宇宙のなかの悪魔という悪魔の顎《あご》が、ぜんぶはずれるほどの大滑稽事であるが、その血と火と涙のなかからすべり出した一隻の船の、真っ白な腹にめぐらした青い帯と、眼にしみるような赤十字は、これはまたこの世のものならぬ天使のような、美しさであった。病院船聖母《せいぼ》丸《まる》である。

しかし、星のマークをつけた翼にのって追っかけてきた半狂乱の数匹の男たちが、ちなまぐさい赤い落日のひかりに酔っぱらって、いきなりこの美しい聖母の腹を雷撃して幾千かの血の渦潮のなかに撃ちしずめてしまった。あとには、何もない。あとには、何もない。……いや、日がしずんで、模糊としてうすぐらい海面に、まだ塵のように浮かんでいるものがある。黒焦げの木片、砕けた船具、夜光水母《くらげ》みたいな重油の輪、ほそぼそときえてゆく絶望の呼び声。——そのなかにただ一隻、枯葉のようなボートがただよっていた。

ボートの上には、十五人の人間がのっていた。それだけが生きのこったすべてであった。

しかし彼らも、彼女らも、みんな死んでいるようにみえた。ボートの、ちょうどまんなかあたりに、ひとりの陸軍将校と、水兵と、もうひとり、兵種もわからない、ぼろきれのような兵隊がうずくまっている。それをはさんで船尾の方に、仄白《ほのじろ》い幽霊のようにあつまっているのは、七人の看護婦である。その反対の舳先《へさき》に、ワンピースをきた五人の女が、失神したようにに抱きあっていた。暗い、ふくれあがった大洋の果に、銀の輪のような月がのぼった。それは、月というより、死の海の恐ろしい幻影のようであった。舳先の一群のなかから、子供のようなすすり泣きがきこえた。

「おかあさあん。……おかあさあん」

彼女たちは、看護婦ではなかった。なまえこそ、軍属特殊看護婦とよばれているが、南太平洋の基地で、兵隊たちの陰惨な性慾をみたすためにかり出された慰安婦たちであった。

「死ぬのはいや。こんなところで、死ぬのはいやだあ」

「うるさいっ、泣くな！」

中央の陸軍将校が、いらいらしたようにどなった。船内で、左腕のつけねから切断手術をうけたばかりなので、その方の軍服の袖は、だらんとたれている。

「きさまたちも、皇国の女子ではないか。ひとたび大命をうけて戦地にきたからには、こんなことは覚悟の上だ。めめしいぞ！」

水兵が一挺の機銃を虫様突起炎の手術のあとにおしつけるようにして、歯ぎしりしてうめいた。

「しかし、病院船を撃沈するとは、むちゃをやるものですなあ。ほかのボートは、どうなったのかしらん、影もみえないが。……」

「どうせ、鬼畜のような奴らだ。断乎撃滅《げきめつ》の一途あるのみだ」

「ここは、どこらあたりでしょう。ブーゲンビルから三日の航程というと……病院船のことだから、サイパンまで、まだ真ん中までいっておりませんな。……暗い海ばかりだ」

黒檀《こくたん》の沙漠のようなその海がふくれあがって、ボートがきりきり舞いをし、その底に横たわっていたぼろきれのような兵隊がごろごろところがって、恐ろしい苦鳴をあげた。

「だれか……みてあげなさい」

船尾の方から、白衣のひとりがのびあがって、はじめて声をあげた。

「婦長殿、救命装具をわすれました」

「わたしが、持ってきました」

と、婦長はしっかりとした声でいった。蒼い月光に瀰漫《びまん》した霧みたいな潮しぶきのなかに、陶器のように冷たく、いかつい顔をした中年の女である。

看護婦のなかから二人ほど、装具をかかえて中央に這っていった。悲憤していた軍人たちも、すすり泣いていた淫売婦たちも、声をのんで白衣の女の影を見つめていた。

広袤《こうぼう》一億八千万平方キロをこえる夜の大洋の真っ唯中に、粟よりも小さく、絶望的にただようボートのなかであった。重傷の兵を看護してどうなるのか。そのはてはしらない。白衣の女たちはただ彼女たちの義務を行うだけである。

「いたみますか」

「下腹の盲管銃創ですね。しっかりして下さい！」

「まあ恐ろしい膿《うみ》だこと。ガーゼなどずくずくだわ。とりかえなくちゃあ……」

何百万という男たちが、灼《や》け爛《ただ》れる太陽の下で、無限の血の花をまきちらして描くこの海の彼方の殺戮《さつりく》の図が悪魔黙示録的であるだけに、この月明《つきあかり》の下の舟の女たちの姿は、この世のものならぬ神話的聖霊のようにみえた。漕ぎ手のないボートは、黒いすさまじい波頭にもまれぬきながら、潮流にながされていった。重傷の兵の苦悶のうめきは、とうとうたるうねりの絶叫にかきけされ、一時間もたたないうちに、わずかな応急のガーゼはつかいつくされてしまった。

「なんか、きれいな紙か、布かないかしら？」

「布？　おれが、日章旗を一枚もっているが、汚れとるな」

と茫然としていた将校が声をかけた。舳先の方にうずくまっていた慰安婦のひとりが、おずおずとしゃべった。

「あんた、その紙をあげなよ、その、のぞいているの……」

「あら、これは貯金通帳よ、三万六千二百円あるわ。……」

ぼんやりとした、のろまな声だった。

断ちきるような調子で、うしろの方から、さっきの婦長が呼んだ。

「紙は、ここにあります。あのひとたちからもらっちゃいけません。陛下の軍人の、名誉の傷がけがれます」

黒い波濤《はとう》がながれかかってきて、舳先の女たちは、鞭《むち》うたれたようにひれ伏した。七人の看護婦は、依然仄白《ほのじろ》い七つの天使の像のようにうごかない。

銀の輪のように朦朧《もうろう》とした月が、夜の大海原の空にかかった。巨大な血まみれの喜劇を演ずる男たちの生命を救うために、或いは兇悪な獣慾の犠牲のためにかり出された女たちは、それをじぶんで知っていようと知っていまいと、徹頭徹尾、悲劇の羊群であった。

中央の軍服をきた狼の一匹が、そのとき蒼白い潮けむりにかすんだ波濤の彼方をすかして、狂ったような咆哮《ほうこう》をあげた。

「あれは島じゃないか？」

天の果の春婦達

名もしらぬ小さな孤島に、十二人の女と三人の男がながれついた。

中央にたった一本、十メートル以上もあるマンゴーの樹がそびえているほかは、ところどころ草がなびいているだけで、あとは烈日の下に白い珊瑚《さんご》石灰岩が磊々《らいらい》とむきだしになった丘があるが、周囲は熱帯の島嶼《とうしょ》特有の景観をそなえて、椰子《やし》やバナナの樹やマングローヴの密林にとりかこまれていた。

その一夜、海岸に白い腹を上にむけて死魚のようにねむった十五人の男と女は、翌一日も塑像《そぞう》みたいにならんで、満々たる大海原の果てをながめくらしたが、煙ひとすじもなかった。

夕方になって、激しいスコールが襲ってきて、みんなあわてて叢林《そうりん》の下へ、重傷の島航空兵曹をかついでにげこんだ。

「さあさあ、みんな、まずこれでもくって元気出せや」

背後の灌木《かんぼく》をがさがさかきわけて、頼母木《たのもぎ》一水があらわれた。さっきから彼だけどこか姿がみえないと思っていたら、両腕に山のように南瓜《カボチャ》みたいな瘤《こぶ》だらけの果実をかかえている。

「これ、なあに？」

と、慰安婦のひとり、葉梨陽子《はなしようこ》がきみわるそうにいった。ボートのなかで、貯金通帳をだきかかえていた女だ。

「パンの実だ」

「パンの実？　どうして食べんの？」

「皮をむいて、やいて食うのさ」

頼母木一水はひとりで心得て、ふきんから、椰子の皮をあつめてきて、パンの実をやきはじめた。まったく白いパンに似たかんじの果肉であった。

「ああら！　ほんとにちょいと、トーストに似てるわよ！」

やはり慰安婦の南桐子《みなみきりこ》が、夢中でしゃぶりつきながら叫んだ。

さっきまで半病人のようにうちのめされて、ときどきべそべそとしゃくりあげていたくせに、食物とみるとたちまちばかのようにはしゃぎまわる五人の娼婦にくらべて、看護婦たちはさすがにそれほどはしたなくもなかったが、それでも麻痺していたはげしい空腹感がよみがえったとみえて、しばらくものもいわないでパンの実にとりついていた。

「まるで、土人のようね。……」

と、看護婦のひとり、三輪四季子《みわしきこ》が口をまげて笑った。

「あっ、そうそう、病人にもたべさせてあげなくっちゃあ……」

そうさけんだのは、これも看護婦のひとり館百代《たちももよ》である。白衣をきせるにはもったいないような、情熱的な眼をした美しい女であった。

「大西大佐殿、私はさっき、中央の高地までのぼってみたのでありますが、すぐむこうに海がみえます。直径一里あるかないか。……もっとも、果物は相当豊富のようでありますから、案外ソロモンの連中にくらべりゃ楽かもしれませんが、とにかく当分自給自足の準備にかかる必要がありますな」

「友軍の航空隊か、連合艦隊でも通ったら日章旗をふって合図しよう。そう、ながい辛抱ではあるまい。総反攻は日睫《もくしょう》の間にせまっとるんじゃから」

片腕の陸軍大佐は、餓鬼のようにパンの実にかぶりつきながらいった。

「きさま、それより、明日にでも、その高地の上に機銃をあげておけ。万一敵が上陸でもしてきたら、敢然戦闘をせんけりゃ」

「はっ。機銃を、中央高地にはこびます。それと、負傷の兵曹殿もいますし、自営するとなると小屋かなにかつくらなくてはなりませんが……」

頼母木水兵は、しゃくれた顎を女たちの方へふって笑いかけた。むしろこういう運命に漂着したことに浮かれているような両眼のかがやきであった。

「おい、婦人アパートでも建築するかね」

「アパート？」

と、看護婦の椎名道子《しいなみちこ》がけげんな顔をふりむけた。

「はっはっ、といっても、なに、水洗便所つき鉄筋コンクリートというわけにはゆかん。まあ、あのへんの椰子の木で柱をくみ、葉っぱで屋根をふくよりしようがないが。……」

「そんなにながく、この島にいなくっちゃならないんですか？」

看護婦の唐沢容子《からさわようこ》が、パンの実を地上にとり落してつぶやいた。彼女には、故国にのこしてきた愛児がひとりあった。婦長の津雲品《つくもしな》がしずかにすすみ出ていった。

「わかりました。とにかく、さっきのようなスコールは明日もまたくるんですし、このまま雨にうたれていることもできません。早速小屋つくりを手伝わせましょう。ですが……」

彼女はきびしい鋼のような眼で、まだむちゅうでパンの実にとりついている慰安婦たちをさしていった。

「ですが、あの方たちといっしょに住むのはおことわりします。できましたら、あのボートの中の配置のように、まんなかに男の方たちの小屋をたてて、距離をおいて、わたしたちの住むところを。……反対側にずっとはなして、あのひとたちのいる場所をつくって下さい」

慰安婦の小田景子《おだけいこ》が、いきなりパンの実を地にたたきつけて顔をふりあげたが、婦長の恐ろしい眼に見すえられて、しだいに耳たぶまであかくそめてゆき、うなだれた。

前線で、ときに彼女たちになげつけられる兵隊の侮蔑の言葉には、たったひとことでも猛然とくってかかる慰安婦も、白衣の看護婦には一言もなく首をたれるほかはないらしい。
四、五日のうちに、津雲婦長がいったとおりの配置で、それぞれの聚落《じゅらく》がつくられた。ココ椰子の小屋だ。
そのあいだ、大西大佐はただ海辺に出て凝然として水平線をみているばかりであった。

看護婦たちの方は、「戦線の兵隊さんたちのことを考えなさい」という婦長の叱咤《しった》で、わりに堅牢《けんろう》なものができあがったが、慰安婦たちの方は、子供のように可笑《おか》しがってばかりいて、屋根も壁も隙間だらけであった。

スコールの通っていったあとの滴《しずく》がきらきらと黄金色にひかるその穴だらけの屋根の下で、南桐子は、ごろんとねころがったまま、椰子の葉でふさごうとして高麗鼠《こまねずみ》のようにうごきまわっている頼母木一水にいった。

「あんた、ここよりあそこを修繕したげとくれよ。あそこにテルちゃんがねるんだよ。テルちゃん、おなかに赤ん坊ができてるんだから」

「てめえはねてて、いい気なことをいってやがる。横着野郎」

「日当出すよ」

「日当より、おれとねてくれや。……味を忘れて、もう一年にならあ」

桐子はあどけない声でくつくつ笑った。傍で、いったいだれにみせるつもりか、しきりに口紅をぬりつけていた葉梨陽子が痴呆的な顔をあげて、

「あたいたちの花代《はなだい》、たかいよ。あんたお金ある？」

「ちぇっ、あきれかえってものがいえねえや。まだ商売気を出してやがる。この貯金通帳のお化けめ」

「だって、あたい、国におっかさんがひとり待っているんだもの。ラバウルで、或る隊長さんにそういったら、忠孝両全とはおまえのことだ、ってほめてくれたよ」

けろりとしていった。眼はにこにこ笑っているが、ほんとにそう信じている表情であった。

頼母木水兵は怒る気力もなくなって、わずかにぺっと唾《つば》をはいた。

「よおし、おまえたち、勝手にへらず口をたたいてろ。いいか、この島にゃ男は三人、いいや、役にたつのはいまのところたった二人だぞ。ひょっとしたら、おれひとりかもしれん。ところが女は十二人。いまにむしゃぶりついてきたって相手になってやらねえから」

「は、は、あの看護婦さんたちが、あんたなんかの相手になるものか。あのひとたちは白衣の天使だよ」

と、げらげら笑いながら、桐子がいった。笑ってはいるがこれまたほんとうにそう信じている眼つきであった。

頼母木一水の言葉は冗談ではなかったとみえて、それから三日ばかりたった或る夜のこと、島兵曹の世話にやってきた帰りの館看護婦が、突然、鳳梨《アナナス》の葉かげから蝙蝠《こうもり》のようにとび出した彼におそわれた。

「きゃあっ」

きぬをさくような悲鳴をあげた口に、水兵の口が覆いかぶさろうとして、いきなり猛烈に鼻のあたまにくいつかれた。

狼のようにふりはなして、さばおりにのしかかって、地面にねじたおしたとき、周囲にあわただしい跫音《あしおと》がみだれて、彼の片足に、ぎゅっとかじりついたものがある。

「ああ、ちくしょうっ」

おどろいて蹴とばそうとしたもう一方の片足にも、だれかまたとびかかってきた。必死にはねかえった一水の身体の下から、館看護婦がにげ出していった。地面に大の字にはりつけになった水兵の両腕を、さらにふたりの人間がおさえつけ一瞬のあいだに、彼の顔も腕も、無数の爪のあとでめちゃめちゃにかきむしられてしまった。

壮絶きわまる白衣の天使たちの防戦ぶりであった。

鋲《びょう》をうつようなきびしい跫音が、眼をぎろぎろさせてめんくらっている頼母木一水の傍にちかづいて、怒りにふるえる声がふってきた。

「やっぱり、あなたでしたね」

津雲婦長であった。

「もしかすると、こういうこともあろうかと、班員たちにいいふくめてあったのです。わたしたちは、慰安婦じゃありませんよ。日本赤十字社の光栄をになった皇国の女性ですよ！　恥をおしりなさい、恥を。前線の戦友に申し訳ないとはお考えになりませんか？　なんです、帝国海軍軍人ともあろうものが、こんな醜態をさらして――」

帝国海軍、形《かた》なしである。水兵は夕月から顔をそらして、牛のようにうなった。

「獣慾の遂行なら、あの淫売婦たちにおもとめなさい！」

「――そう、あたいたちンとこへいらっしゃいな」

ふいにそういう声がきこえた。愕然《がくぜん》として看護婦たちがふりむくと、二、三間《けん》はなれた檳《びん》榔樹《ろうじゅ》の幹に、その慰安婦のひとりがもたれかかってうそぶいていた。小田景子という女である。きらきらと暗く眼がひかりながら、彼女はゆっくりとワンピースの胸のホックをはずした。波の影が、すべすべしたまるい乳房にうつった。

「お金はいらないから、おいでよ。あたいたちがうんと可愛がってあげるよ、可哀そうな水兵さん。……」

女の戦争

満目《まんもく》、永劫《えいごう》を思わせる海ばかりであった。日はのぼり、日はしずみ、何事もなかった。恐ろしいのはむしろ無為そのものであったかもしれない。飢えをしのぐに足るだけの果実はあったし、その果実以外には、なにを生産するすべもなかった。それに、無から有を生み出す独創力もないくせに、その無をたのしむこともできないのは、女の特有性である。

慰安婦たちは、もっぱら、頼母木一水とふざけまわっていた。みんなマラリアのために病院船にのったので、そのひとりの安藤ナオミという女はもともと病身らしく、まだ小屋にねこんでいるし、佐久間テルという女は、どの兵隊の子か、ともかく一日に三、四十人もこなしてきたのだから、じぶんでもわかるまいが、とにかく妊娠三カ月くらいになっていて、この二人だけはめったに、姿を外にみせなかったけれど、あとの南桐子と小田景子と葉梨陽子は、そこぬけの野放図《のほうず》さで水兵といちゃついていた。

「いやあねえ。あたし、きょう、あの南って女が一水さんとだきあっているのをみたわよ。ずっと遠くの海辺の方だったけど、たしかに接吻《せっぷん》していたわ」

「あら、あたしこないだ、もっとひどいところみたわ。マングローヴの林の傍をとおりかかっていたら、急に黒い鸚鵡《おうむ》がとびたって、びっくりしてふりかえると、しげみのなかで一水さんが、あの小田って女といっしょにねそべっているじゃあないの。あたし、おどろいちゃった。――」

「あの小田が、いちばん図々しいわね。顔はへんにかなしげな顔してるくせに、なんかむきになってあたしたちにみせつけようとしているらしいところがあるわ」

「葉梨って女は、すこしばかね。きのうバナナもぎにいってたら、ばったりあったの。そしたらにこにこして、看護婦さん、口紅一本あげましょうか？　だって！」

「あたしたちにおべっかつかって、とり入ろうとしてるのね。それでも、みんな、めんとむかってあたしたちが見すえてやると、だんだんあかくなって、こそこそにげていっちまうじゃあないの。あれでも恥ずかしい気持あるのよ」

「恥なんて知ってるものですか、まるで獣だわ！」

看護婦たちは椰子の樹の下に輪をつくって、よくひそひそとしゃべりあった。が、はき出すような口調は、白い日光に熔《と》けて、みんなものうい仮面のような表情にかわってゆくのがつねであった。

するとそこへ、たちまち、いつものような津雲婦長の声がふってくる。

「みんな、なにをなまけているのです？　だれか、きょう島兵曹の看護にいったひとがありますか？」

彼女たちの眼に、いっせいによみがえったように灯がともる。そして、われさきにと重傷の島航空兵曹のねている小屋へかけ出してゆく。けれど、そこには、いつも先着の館看護婦がいることを発見するのであった。

予科練あがりの島兵曹は、まだ少年の匂いがのこっていた。垢《あか》と鬚《ひげ》にうずまった顔からのぞいてみえる眼は星のように澄んで、看護婦たちのやさしい一語、やさしい一触にもすぐ涙をうかべた。苦痛にうめきつかれて、館看護婦の手をにぎったままねむりこんだ或る時「おかあさん」と夢に呼んだといって、彼女はみんなの前で泣いたことがある。

「おしっこも、膿《アイテル》の世話も、みんなすませたわ。いま、ねむっているのよ。みんな、しずかにかえって――」

館看護婦の情熱的な大きな眼に見まわされて、看護婦たちは、妙に空漠とした、重っくるしい顔で、ぞろぞろとひきかえしてゆく。すると、三日にいちどは海岸からもどってくる大西大佐に逢った。

「大佐殿、いったいあたしたちは、この島からはなれることができるんでしょうか？」

「できなくって、どうする。第一、わしがこまる。もういちど、敵兵にこの日本刀の味をなめさせてやらんけりゃあ」

　ぶらんと雑巾《ぞうきん》のようにたれさがった軍服の片袖を見つめながら、おしゃべりな五十嵐看護婦がいった。

「でも、むこうじゃあ、ずいぶんひどい戦争でしたわ。こっちの飛行機はひるまとべなくって、夜間出撃だけ、しかも、十機とんでって、二機もぶじ帰ればいいくらい。……」

「何をいうとるか。戦争の辛《つら》いのはお互いさまだ。敵は一機も帰っとりゃせんだろう。そりゃいまは、敵も調子にのっとる。が、敵の補給も容易ならんことは、この広大な太平洋をみてもわかるじゃないか。のびきっとる！　クラウゼヴィッツという大戦略家もいっとるが、戦力の強大は補給線の長さに反比例するものだ。いかに米国といえども、ソロモンあたりまででがせいいっぱいじゃろう」

「もし、そうでなかったら、どうなりますの」

　と、椎名道子がいった。いちばん、理窟屋である。

「ソロモンでだめなら、マリアナで。マリアナでだめならフィリッピンで。――まだまだ皇軍の精鋭は何千という島々に鉄桶《てっとう》の陣をしいとる。醜敵来《きた》らば、うまうまと、わが内線作戦の網にひっかかって、消耗壊滅あるのみだ」

「それでも、敵が壊滅しなかったら？」

「大陸じゃ！　太平洋の島でこそ海軍の力に左右されることはやむを得んが、大陸にこそ、無敵の帝国陸軍が厳然とひかえとる！　上陸させるまでもなく、一挙に水際で撃滅する……しかし、おまえはなんだ、いかに女でも皇国の女子ではないか。断じて敗戦論はゆるさんぞ！」

敵の補給力が、ほんとに太平洋の途中でつきてしまうのか、なぜ敵は日本本土をよそにわざわざ中国大陸をまわらなくちゃいけないのか、作戦のことは看護婦たちにわかりようはなかった。が、彼女たちは、なぜともなく、大佐の言葉にむなしいひびきを感じた。というより、毎度のことで、大佐殿の大言壮語にききあきてしまった。彼女たちは、ぼんやりした顔で、満々たる大洋をながめながら、みんなほかのことを考えていた。――いまも島兵曹の枕《ちん》頭《とう》に坐っている館看護婦のことを。

ただ唐沢看護婦だけは、国にのこしてきた愛児のことを思っていた。彼女は大佐にみえないように、ひそかに涙をながした。

灼熱《しゃくねつ》のひかりは、この小さな孤島ひとつにあつまっているようにみえた。看護婦たちの白衣はいつしか黄ばみ、なんということなく、いらいらした、ふきげんな、憂鬱《ゆううつ》な風が、彼女らの小屋の上によどみはじめたようだった。

或る嵐の午後、わけもないのに、宇都宮看護婦と館看護婦がはげしい口喧嘩をはじめて、ひどく婦長に叱責《しっせき》された。

その夜、すさまじい雨音をぴちゃぴちゃはねあげて、その小屋の前へかけてきたものがある。

「看護婦さん！　看護婦さん！　たすけて下さい！」

慰安婦の南桐子の声であった。

「ナオミちゃんが苦しんでいるんです。ふるえています。マラリアなんです。どうぞ、たすけて――」

みんな入口からのぞいてみると、三人の淫売婦《いんばいふ》が、滝のように雨にたたかれて立っている姿がみえた。

「吐いてるんです。もう死にそうです。キニーネありましたら、頂戴《ちょうだい》な。たすけてやって下さい！」

看護婦たちはとっさに言葉もでないで、だまっていた。雨しぶきのなかにひざまずいて、両手を胸にあわせているのはどうやら葉梨陽子らしかった。

「それに、テルちゃんもおなかがいたいといっています。テルちゃん、赤ちゃんができてるんです。どうかはやくみにきて下さい！」

「キニーネは、あげられません」

雨も凍らせるような声で、津雲婦長がいった。暗くもえるようなその眼をあおいで、看護婦たちはぞっとした。

「不節制がすぎた罰です。陛下のお薬は、一グラムたりともあなた方のようなひとにあげるわけにはゆきません」

「でも、テルちゃんの方も……赤ちゃんが……もし、流産でもしたら……」

赤ん坊ときいて、はっとしたように唐沢看護婦がたちあがろうとしたが、その肩は氷のように冷たい婦長の手でおさえつけられた。

「だれの子供ですか？　父親の名をおっしゃい！　恥をおしりなさい！」

泥ンこのなかに土下座していた三人のなかから、すっくとたちあがった影があった。影は水しぶきのおぼろな紗《しゃ》をとおしてわないていた。

「わかったわよ。あたいたちが、立派に生ませてみせるわよ。くやしかったら、おまえさんたちもはらんでごらん。畜生、おまえさんたちのようなとうへんぼくに、もう二度とおじぎなんかするものか！」

すきとおるような小田景子のふるえ声であった。

――しかし、その翌日の夕、看護婦たちは、雨のなかを、花模様のワンピースにくるまれた大きなものを、もっこのようなものにのせて、よろめきながら海辺にはこんでゆく三人の淫売婦たちの姿をみた。シルエットと椰子の花は、蕭々《しょうしょう》と雨にゆれていた。

死んだのは、マラリアの安藤ナオミという十七歳の娼婦であった。

天使崩れ

また、むなしい日々がすぎていった。もうこの島に漂着してから何年になるのか、いや、あの佐久間テルという慰安婦の腹が、日ごとに淫《みだ》らにふくらんでゆくばかりで、まだ小さくならないところをみると、一年すらもたたないのであろう。しかし看護婦たちにはもう十年にもなるような気がした。

人は葡萄《ぶどう》酒に似ている。ひっかきまわさないと饐《す》える。看護婦たちは、単調な、灼熱の太陽の下で、ぶくぶくと醱酵《はっこう》していった。そして或る日、真っ赤なひとつぶの泡が、ぷくりとふき出した。

「館班員！　あなたの口はどうしたのです？」

津雲婦長が、陰鬱な眼をひからせていった。島兵曹の小屋の方からもどってきた館看護婦は、さっと手で唇を覆った。しかし、みまごうべくもない、口紅であった。それは、衣類はすでにあちこちと裂け、髪はみだれ、手足もあかじみているだけに、身ぶるいするほど華麗な爬虫《はちゅう》の腹の色のようであった。

「あの、慰安婦たちにもらったのですね？　なんということですか、あのひとたちからは木の実一つさえもらっちゃいけないと、あれほどかたく教えてあるのに――あさましい、なんのためにそうまでして口紅をつけたいのです？」

「あたし、……ちょっとでもきれいになりたかったんです」

館看護婦は、両手で顔を覆ったまま、小さい声でいった。

「きれいに？　なにを、ぜいたくなことを。ぜいたくは敵だという言葉を忘れましたか？」

館看護婦は、手を顔からはなして、うらめしそうな眼で婦長をみた。

「婦長さん！　あなたのような御年輩の方はどうかしりませんわ。でも、あたしたちは、まだきれいになりたいんです。もらったのは、つかいふるしの一本だけです。この口紅をつけるのが、どれほどの利敵行為になるとおっしゃるんですの？　あたしたちは、いったい、いつこの島から出ることができるんでしょうか？」

「もうちょっとの辛抱です」

「でも、この口紅がつきるまでに出られようとは思えません。どうぞそれまでこれをつけさせて下さいな、おねがいです。……」

拒否すれば、のどぶえにかみついてきそうな、必死の女の眼に、津雲婦長は息をのんでだまりこんだ。はじめて経験する班員の反抗であった。

混乱のなかの秩序はおしえてあった。しかし、何もない、それこそ何もない、あらゆるものが大洋の果へ拡散してしまいそうなこの孤島の生活のなかでは、班員をしばる鉄の縄もいつのまにか溶けてしまっていることに婦長は気がついた。どよめく看護婦たちの、館看護婦の口紅になげる灼《や》けつくような羨望《せんぼう》の眼と、じぶんにそそがれる陰々たる呪詛《じゅそ》の眼によって。

――

津雲婦長は、波にゆられるように身体をゆらさせて、しばらく首をたれて沈黙していたが、やがて音もなく顔をあげた。

「わかりました」

「じゃ、ゆるして下さいます？　ああうれしい！」

「許可します。……そして、これがよい機会とおもいますから、いまみんなにはなしておきたいことがあります。実は、さっき、もうちょっとの辛抱だ、といいましたが、大西大佐殿の御観測では、まだまだ相当期間この島で自給自足の生活をしてゆかなくてはならぬ覚悟を要するとかのことで、むろん、わたしたちは百年戦争をたたかいぬく不動の決意にもえているのですから、それは何でもありませんが、それにはそれに対応する持久策を講じなくてはなりません。つまり、生活の能率化、と申しますか、合理化、と申しますか。……それで、わたしは、近日中に大西大佐殿と結婚しようと思うのです」

みんな、あっと口をあけたまま、あとのことばも出なかった。婦長の顔は、能面のようにうごかない。

「実は、先日から大佐殿よりそういうお話があったのですが、あたしは慎重に熟考していたのです。でも、いま、やっとあなた方の御意向にしたがうことに決心しました。……それでもしあなた方のなかで、大佐殿以外のだれか男の方と結婚して、不動の持久態勢をかためたいと希望なさる方があれば、わたしはそれに反対いたしません」

婦長はしずかに小屋を出ていった。

ほとんど、いまだにほころびひとつない服をつけているのは、津雲婦長ひとりであったろう。その黄ばんだ白衣の影がまぶしい日光のなかを大佐の小屋の方へきえてゆくのを茫然と見送ったまま、六人の看護婦は、暗い椰子の葉の屋根の下で、ながいあいだだまっていた。

しばらくして、眼をあげて、みんなをきらりと見まわしたのは館看護婦であった。

「あたし、島兵曹と結婚するわ」

遠くから、頼母木一水と慰安婦たちのはしゃぎちらす声がながれてきた。南の午後の微風《そよかぜ》のなかに、とろけるような欲情的な笑い声であった。急に宇都宮看護婦がたちあがった。

「みなさん、あたしたちも結婚しましょう」

「……だれと？」

「あの頼母木一水を、慰安婦たちから奪還するんです。あたし、このごろ、あの慰安婦たちがあたしたちに恥じているんじゃなくって、あたしたちを小ばかにしているような気がしていたわ。断然、あいつらからたのしみのもとを奪いとってやろうじゃありませんか？」

「たのしみのもと、って……一水を奪いとって、このなかのだれと結婚するの？」

と、五十嵐看護婦がいった。するとこんどは、椎名看護婦がたちあがって演説した。

「いいえ、そういう……下等な意味ではなく、ごらんなさい、あの一水のおかげで、あの女たちはたいへんなぜいたくをしているじゃありませんか。手のとどかない高いところにあって、あたしたちがながいあいだ食べることのできないマンゴーやパンの実を、あいつらは一水からとってもらって、たらふくたべているじゃありませんか？　あたしたちも一水からもらえるようにしなくちゃなりません。そしてそのためにはあの水兵さんを、あたしたちのだれともむすびつけて共有物にしなくっちゃ、きっといままでとおなじような、不公平な、不幸な事態がおこると思うんです」

「でも、そうなると、館さんはどうなるの？　島兵曹はまだ下半身不随よ。とても高いところにある実なんかとってもらえないわ」

と、唐沢看護婦が、気の毒そうにいった。宇都宮看護婦は、にくしみと凱歌《がいか》にみちた眼でじろりと館看護婦の方をみて、

「そりゃしかたがないわ。館さんはたったひとりの男を独占なさりたいんですもの。ごじぶんでえらんだ道ですもの。……」

「ほんとにそうね！　じゃ、あとのひとはみんなきっと、きっと共同戦線ね」

と、三輪看護婦と五十嵐看護婦が、同時にさけんだ。議会にならえば、投票多数により本案は可決されました、というところである。女たちはいっせいに武者ぶるいし、うすあかりにうるんだ眼をおたがいに見あわせた。……

——さて、その翌日、手製の石斧《せきふ》をぶらさげて、密林のなかをがさがさあるいていた頼母木一水は、周囲からしのびやかにむらがり近づいてくる跫音にふりむいて、恐ろしく眼のすわった看護婦たちの顔をみて、ぎょっとした。

「おれ、何をした？」

と、彼は胆《きも》をつぶし、恐怖のあえぎをあげた。よほどこのまえのことに懲《こ》りたとみえる。看護婦たちは、せいいっぱいの、ぶきみな媚笑《びしょう》をなげかけた。

「もう、何をしてもいいのよ、水兵さん」

「何をって、何を？」

「結婚を」

頼母木一水はばかみたいな顔でぐるりと見まわして立ちすくんだが、突然、仁王のように隆起したはだかの胸をゆすって笑いはじめた。

「あははは、そうか。……みんなとか！　そうか、そうくるだろうと思っていた。そうこなくっちゃ世の中はうそだ。心得たり、といいたいが」

水兵は野獣のような眼で、ひとりひとりのぞきこんで、

「館って看護婦がいないじゃねえか？　あれを呼んでこい、おれも男の意地だ。まずあいつを抱かせてくれなけりゃ、どいつも相手にしてはやらんぞ！　いいか、あの女を呼んでこい！　あはははははは！」

――それから数日とたたないうちに、島のいたるところへ頼母木一水がはしってゆくのについて、看護婦の群が猟犬のようにかけてゆく風景が見られはじめた。白衣もいまはわずかに腰のあたりをまとっているばかり、ひとたび知った肉慾の香にむせんで、たったひとりのアダムを追いまわすイヴたちの姿は、美しいというより凄惨《せいさん》ですらあった。奇妙なことに――いや、奇妙なことではないかもしれないが、そのイヴの群に、館看護婦の姿がいつのまにか加わっていた。下半身不随の島兵曹はわすれられてしまった。

いや、島兵曹はわすれられなかった。看護婦たちの狂態に完全に圧倒されたのか、へんにひっそりとしずまりかえってしまった慰安婦たちが、代りに彼を見舞い出したのである。むしろ、その暗い小屋から島兵曹の笑い声がきかれはじめたのは、それ以来のことのようだった。

反対に、頼母木一水の顔から笑いがうせた。その頬骨はとび出して鬼気すらおび、歯はいつも狼のようにむき出されていった。これは、ゆめではないかと、眉に唾をつけて恐悦したのはつかのまで、彼は、看護婦たちの、がつがつした、骨までくいちぎりそうな慾情の熱風に息がつまりへどが出そうになってきた。海のようにふかくやすらかな慰安婦たちの愛が、いまこそ恋しかった。それでも、看護婦たちの狂ったような襲撃はやまなかった。執拗《しつよう》にからみついてくる腕と吸いついてくる唇と舌の刺戟《しげき》に、一水はのたうちまわり、獣のような悲鳴をあげた。

——或る日、美しい夕焼のころ、悠々と蒼空を舞っていた一羽の鷹が、何をみたか、さっと羽ばたきして、島の小さな谷間に翔けおりていった。何かの上にかたまっていた六人の裸の女が、花のようにぱっと四方にちった。

帝国海軍一等水兵頼母木玄六《げんろく》は、行路の餓死者のごとく憔悴《しょうすい》して横たわっていた。その眼は、魚の眼のように白くむき出されて、永遠にうごかなくなっていた。

旗

そこぬけに陽気な慰安婦たちの表情が、この数日、妙にくらく、不安そうだと思っていたら、或る晴れた朝、小田景子と、葉梨陽子と、南桐子の三人が、急に花のような笑顔で小屋からとび出してきた。

小田景子の腕には、小さな赤ん坊が抱かれていた。佐久間テルがその真夜中にとうとう女の子を生んだのである。赤ん坊はまぶしい太陽に眼をつむって、はねかえるような声で泣いていた。

「おお、よちよち、よちよち、あら、いっしょうけんめいに指しゃぶってる。いまにお母さんところへつれもどってやるからね」

「あたいのおっぱいやろうか？」

「ばか、毒がうつるよ。唄うたってやろうか。天皇陛下のおんために、死ねとおしえた父母の……あっ、こりゃ子守唄じゃないわね」

三人は、大はしゃぎで大西大佐の小屋の方へあるいていった。生まれた女の子の名をじぶんたちのような女がつけたら、またこの子もじぶんたちのような女になりそうな気がするといって、母親のテルが、必死に名づけ親を大西大佐にたのんでくれるように哀願したのであった。

ふと、小田景子が、海の果をみてたちどまった。三人が、どうじにさけんだ。

「艦《ふね》だ！」

桐子と陽子は、両手をうっておどりまわった。どっちも、まるはだかのような姿である。小田景子は、赤ん坊を胸に抱いたまま、なおじっとして沖を見つめていた。

海はあくまであかるい太陽の下に、幾千万かのエメラルドをまいたように、きらきらとかがやいていた。その艦はしだいにちかづいてきた。まるで海の猟犬のように軽快な姿であった。しだいにそのマストにひるがえる旗の色がみえてきた。

「敵だわ！」

小田景子はさけんだ。

待ちに待っていた船は、まさに敵の駆逐艦であった。みていると、その駆逐艦から一隻の短艇がおろされて、島をめがけてすすんでくる。三人の娼婦は、蜘蛛《くも》の子をちらすようにわっと熱帯樹林の奥へにげこんでいった。

「敵よ、敵がきた！」

「アメリカが上陸してきた！」

恐ろしいさけび声に、大西大佐も津雲婦長も、六人の看護婦も、それぞれの小屋から、帯とりはだかでとび出してきた。もっとも、もともと大半まるはだかだが、大佐が片手に愛刀をぶらさげていなかったことはたしかである。

「戦艦じゃな。……来おったのは敵軍か！」

大佐は眼をつりあげ、顎《あご》をがくがくふるわせながら、あえぐようなうめきをきしり出させた。

戦艦どころか巡洋艦ですらない、一隻の駆逐艦である。敵軍というほどのものでもない、短艇で上陸してきたのは十人ばかりのアメリカ兵であった。おそらく、この孤島の地勢を観測にでもきたのか、ひょっとしたら新鮮な果実でももとめにやってきたのかもしれない。べつにこの島の日本人たちを撃滅にやってきたわけでもなければ、いわんや迎えにきたわけでもなく、まったくこちらの存在を知らないのは、彼らが海辺に自動小銃をなげ出したり、口笛をふいたりしていることからあきらかであった。

しかし看護婦たちは恐怖のために金しばりになってたちすくんでいた。

「桐ちゃん！　陽ちゃん！　はやくこの赤ん坊をテルちゃんとこへつれてって！」

小田景子は旋風のようにきりきり舞いをした。

「それから、こないだナオミをはこんだもっこ持ってきてよ！　はやく、島兵曹をはこばなくっちゃあ！」

突然、大西大佐は沈痛なうめきをあげた。

「旗だ！」

看護婦たちははじめて騒然とみだれたった。かんだかいすすり泣きがあがり、みんなやたらに手と足をふりまわした。そのくせ同じところを右往左往していた。どうすればいいのか、どうすればいいのか。そのなかで、また大佐の笛のようなさけびがながれた。

「旗だ！　旗を出せ！」

小田景子は血ばしった眼であたりをぐるぐる見まわし、大佐の小屋のなかへとびこむと柄糸のぼろぼろになった軍刀と旗をつかんでとび出した。赤ん坊を抱いた桐子と陽子は、ころがるようにじぶんたちの小屋の方へはしっていった。

「大佐殿、そら、大佐殿！」

軍刀を片手にわたすと、大佐にはもう旗をうけとるべき腕がなかった。景子はうろうろした。桐子がココ椰子の殼で編んだもっこをひきずってきた。看護婦たちは恐ろしい泣き声をあげながら、もみあいへしあいしていた。野鳩がとびたち、樹々の小枝がおれ、名状しがたい混乱の渦であった。

ようやく海辺の米兵たちは、異常な気配に感づいたらしい。ぱっとひとところにあつまると、自動小銃をとりあげ、いっせいにこちらにむきなおった。たしか「ジャップ！」というようなかんだかいさけびがきこえたようだった。

「島兵曹、敵です。敵です。山へ――山へにげなくちゃあ！」

小田景子は狂ったようにさけびながら、足腰たたない島兵曹をひきずり出し、椰子のもっこにのせると、桐子とよたよたはこびあげ、にげ出した。腰に、よごれた旗を手ぬぐいのようにはさんでいた。

泣きながら、赤ん坊を抱いた佐久間テルと葉梨陽子がはしってきた。昨夜分娩したばかりのテルは、恐怖と失血に蠟《ろう》のようにしらちゃけて、足がもつれて、いまにもたおれそうだった。両腕だけは、いのちのかぎり赤ん坊を抱きしめていた。

「お景……こ、この子の名は、何だって？」

「ば、ばか、なにのんきなことをいってやがるんだ。山へにげるんだよ、山へ――」

「あっ、あたしの貯金通帳！」

陽子は半狂乱にとびあがって、また小屋の方へとんでいった。えっさ、えっさ赤ん坊と病兵をなかに、慰安婦たちは、すべったりころんだりしながら、中央の高地めがけてのがれてゆく。

「旗だ！」

大西大佐は、またしゃっくりのような声でそうさけぶと、急に軍刀をなげ出し、腕をのばして津雲婦長の襟くびをひっつかむと、いきなりぴりっと服をひきさいた。最後まで身をつつんでいた白衣はひきさかれて、婦長は、しなびた乳房から痩せた尻までまる出しになった。

「みんな、おれにつづけ！……」

大佐はおしつぶされたような声でいうと、軍刀のさきに白衣をひっかけて、悲痛な顔であるき出した。七人の看護婦はよろめきながらあとにつづいた。

海岸に散開していたアメリカ兵たちは、樹林のなかから粛々と出てきたこの異様な行列にぎょっとなって、鉄兜の下からしばらく眼をこらしていたが、やがて、

「おお――ウーマン！　ウーマン！」

そんなさけびがきこえると、ひとりがたちあがり、また、ふたりがたちあがった。白旗をかかげたはだかの行列は、跫音もなく海辺へおりてゆく。

米兵たちは小銃をおろし、がやがやとあつまってきた。あきらかに白い歯をみせた顔もあった。

そのとき、遠い丘の上から、奇妙な声が風にのってきた。へんにはねあがった、のんきなような、狂ったような歌声であった。アメリカ兵たちにはわからなかったが、大佐たちの耳にはたしかにきこえた。

「攻むれば全軍弾となり……守れば一兵城となる……」

すこし低能の葉梨陽子の声であった。気がちがったのかもしれない。

しかし、丘の上に、同時に白い煙があがって、すさまじい機銃の音が鳴りわたりはじめた。中央高地に、樹々で覆った一挺の機銃はたしかに頼母木一水があげておいたが、いったいだれが射っているのであろう。島航空兵曹が指揮しているのかもしれないが、彼に射つ力がないことはあきらかであった。

だれか、白い小さな身体が、猿のように丘の上のマンゴーの樹によじのぼると、その上に日章旗があがった。

ふいに乱射をあびて、米兵たちはころがるように岩蔭に伏し、看護婦たちは悲鳴をあげて、駝鳥《だちょう》のように砂にもぐりこんだ。

アメリカ兵のひとりが、急に何か怪鳥のようなさけびをあげて命令すると、彼らはいっせいに自動小銃の銃口をひらいた。

一瞬に丘は白煙に覆われ、たかいマンゴーの樹上から、白い身体がもんどりうっておちてゆくのがみえた。

すさまじい白煙がきえたとき丘の上にはもう歌声はなかった。ただ城塞のような珊瑚石灰岩のかげから、黒い髪と白い両腕をだらりとたれてうごかなくなっている二つ三つの身体がみえた。

そして、ふかい南海の蒼空に、マンゴーの檣頭《しょうとう》たかく、銃弾にさけた日章旗のみが、小さく、へんぽんと烈風に吹きはためいているばかりであった。

魔島

密林の死軍

およそ世界探険史で、一国家が大々的に派遣し、もしくは後援した探険隊は少くはあるまい。またその結果、永遠に帰ることなく、異境の果てで悲壮な最後をとげた探険隊も決してまれではない。それでも彼らは全人類の進歩のための尊い一粒の麦として、その不滅の名は祈りをこめて探険史に彫りこまれる。

しかし、二十世紀に於《おい》て、東洋の一帝国がほとんど亜細亜《アジア》全土に遠征せしめた尨大《ぼうだい》なる「大探険隊」ほど恐ろしい熱情と巨費を投じ、しかも悲惨な末路をたどり、そして全地球の人々から憎悪と呪詛《じゅそ》の念を以て葬り去られたものは、けだし空前絶後であろう。その名は探険隊とは呼ばれぬ。日本人は南方派遣軍といい、連合艦隊と称し、その世界の人たちは大強盗団と呼ぶ。

探険隊たることは、それを派遣した者も、された者も、もとより本意ではなかった。それは不本意の、滑稽なる、そしてその当然な結果として、この世ながらの地獄につきおとされた凄惨《せいさん》きわまる受動的探険隊、いや、千古の密林をさまよう人間獣の群とならざるを得なかった。

一九四二年八月八日未明。第一海兵師団、第二海兵連隊、第一襲撃大隊及び第三防衛大隊は、空母三、戦艦一、重巡二、駆逐艦多数に護《まも》られ、そのうえ後方の基地航空隊に援護されて、雲霞《うんか》のごとくソロモン前線の突端ガダルカナル島に上陸し来《きた》った。

これを守る日本軍は、基地設営隊のほかは、わずかに陸戦隊一コ中隊。

戦闘はほとんど一瞬にして決し、その日まで営々二カ月、まさに戦闘機の進出を待つばかりに整備されていたルンガ飛行場はたちまち占領され、日本軍は全滅し、少数の者だけが西南方のジャングル地帯へ追いこまれた。

この島からニューカレドニアに足をのばし、さらに東方洋上のサモア、フィジー諸島を占領して米濠遮断を企てていた常勝日本軍がミッドウェー海戦についで受けたおそるべき痛撃であり、図にのった放胆なる攻勢作戦から、惨苦に満ちた退却戦にうつる、これがそもそものはじめであったとは今にして世の人の知るとおり。

この運命の日から約半歳、この島をめぐって悪夢のごとき海戦と陸戦がくりかえされ、火を海に落とすような激烈な消耗戦の結果、ようやく日本軍は圧倒的なアメリカの物量のまえに敗色を帯びてきた。ほとんど制空権を奪いとられたなかを、日本軍は数次にわたって約二万三千の陸軍と八百名の陸戦隊をガダルカナルにつぎこんだが、ついにルンガ岬に立つ星条旗をひき下ろすことができず、さすが頑強をきわめた日本軍も、翌一九四三年二月上旬、万斛《ばんこく》の恨みをのんで惨澹《さんたん》たる敗退戦に移り、かろうじて残兵一万三千三十名の引揚を完了した。

が、ガ島の堤防ひとたび決潰《けっかい》して、ハルゼー艦隊とマックァーサー軍は、怒濤《どとう》のごとくソロモン群島を北上しはじめたのであった。

しかしながら、ガダルカナルに送った日本軍約二万三千八百名から、後方の島へ撤収した一万三千三十名をのぞいた残りおよそ一万の兵はどうしたのであろうか？

むろん大半は戦死した。西南方のジャングル地帯へ追いこまれた兵士はしばしばルンガ飛行場奪還をめざして夜襲を反覆した。が、星条旗をめぐる鉄桶《てっとう》はしだいに固く、しだいに巨大化し、肉弾を邀《むか》えうつものはただ無数の巨砲と火焔放射器と戦車とであった。

白い星のマークを鮮やかに浮きあがらせた真っ黒い翼が旋風のごとく急降下すると見るまに、耳をつン裂くようなたばしる金属音。大木をひき裂くうなりをたてて飛来し、密林の群葉をたたき落す榴散弾《りゅうさんだん》。何千ともしれぬ真っ赤な流星のごとく降りかかってくる曳光弾《えいこう》。薔《ば》薇《ら》色に燃えるジャングルを追って、嵐のように沖合の米艦隊の艦砲射撃が伸び、火と煙の潮に吹きまくられて、敗戦の日本兵は分断され、退却し、そして西へ、南へ、渺茫《びょうぼう》たる大密林のなかを彷徨《ほうこう》しはじめたのであった。

悪はすべて無智に因《よ》るものとするならば、これはまさに世界で最悪の島といってよい。西々北より東々南にわたる島の長軸の延長は約三十八里で、その面積はほぼ内地の千葉県くらいだが、ルンガ岬をふくむ北岸沿いの幅狭い砂礫浜をのぞいては、全島ただこれ重畳たる山嶽と大ジャングル。いまだ曾《かっ》てこれを踏破した者もなければ、それを企図した者さえもない。その内部はいまもなお底知れぬ神秘と謎につつまれた闇黒《あんこく》の島である。

探険の絶望的なことは、一目見ただけでわかるだろう。その密林は地上のものではない。

地上はジャングルの表面だ。密林の内部は緑の地底である。百メートルもある巨木の姿は下からは見ることができなかった。いや、一間《けん》の前方はもう見えなかった。ギッシリつまった蔓草《つるくさ》や羊歯《しだ》は窒息させるようだった。日光が、怪奇な、濡れた、蒼醒《あおざ》めた色で、ところどころ水母《くらげ》みたいにただよっている個所のほかは、ほとんど闇黒。そのなかに妖麗なエメラルドのように、或いはサファイアのようにひかりながら、樹々から垂れさがっているのは、蔦《つた》ではなくて絨氈《じゅうせん》みたいな苔《こけ》だった。

この密林の海底を、七匹の瀕死の蛇のように、七人の日本兵がさまよっている。いや、這い、よろめき、のた打っている。

西か、南か、それもわからない。磁石はなく、地図は落した。また、あったとしてもそれが何になろう？　はじめ渡されたこの島の地図の、内部はほとんど白紙にちかかったのだ。この森の魔海に投げこまれてから、十日くらいたったのか、それとも三カ月くらいたったのか、それもわからなかった。いや、いったい、どうして自分達がこんな目にあったのか、それを回想する力さえ失っていた。服は茨《いばら》にひき裂かれ、雨と湿気に腐ってほとんど裸となり、骨を覆うものはただ皮膚ばかり、皮膚を覆うものは垢《あか》と泥と凝血とそして黴毒《ばいどく》のような蒼黒い腫物と紫色の斑点ばかりだった。密林の妖病、熱帯フランベジア。

いかなる悪戦苦闘のなかにも若々しい微笑を失わぬ勇敢な三枝《さえぐさ》中尉。氷のごとき冷静沈着な眼を持った鉄血の堀中尉。曙《あけぼの》に咲く花のようにけがれのない、まだ美少年とも見える蜂須賀《はちすか》少尉。剽悍《ひょうかん》無比の室賀《むろが》伍長。機械みたいに謹直でそのくせユーモアのある有馬《ありま》上等兵。眼をつむって、泣きながら、ヘッぴり腰で突撃する臆病者の菊地上等兵。牛のように、鈍くて、神経があるのかないのかわからぬほどぼんやりしている峰《みね》一等兵。

その顔と性格はどこへいったのか、そんなものはジャングルがとうのむかし吸いとってしまった。血も腐れ水のように蒼ずんで、かすかに吐く息は肺壊疽《えそ》みたいに臭かった。彼らは草を食べた。葉をしゃぶった。ときどき密林の彼方でガサッと物音がしたときだけ、かっと骨を鳴らして顔をふりむけた。それは恐怖ではなく、食欲のためだった。火食鳥、鳩、鸚鵡《おうむ》、蝙蝠《こうもり》、栗鼠《りす》。それらが彼らをいままで養ってきたものであり、死物狂いに銃だけは捨てぬ所以《ゆえん》であったが、せっかく射止めても、無慈悲な残忍なジャングルは、深い羊歯と落葉の底に、それは永遠にかくしてしまうことが多かった。

「おういっ、象やーい、獅子やーい、いるなら出て来てくれェ!」

いちど有馬上等兵が泣き声でわめいたことがあるが、それは冗談ではなく、喰われるためでもなく、正気で、喰うためであった。が、幸か不幸か、この地球の果ての孤島には、獅子も象も、そのような猛獣は一匹もいないのだ。ときどき襲ってくるのは、痩せこけた灰色の山犬と、一メートルもある大蜥蜴《とかげ》ぐらいで、それすらもこの三日ばかり出逢わないのであった。

「まだ出られないか?」

「森の果ては?」

七人の兵隊は、明けても暮れてもうわごとのようにつぶやきつづけた。彼らは、いったい自分達が一日にどのくらい進んでいるのか知らない。折れた牛蒡《ごぼう》剣で切りはらいつつ、それはおそらく一日に二、三里であったろう。そのうちへ彼らがはたして一直線に進んでいると誰が保証できようか？　この密林の海を巨大な円周を描いている悲惨な芋虫の群でないと、誰がいいきれるであろうか？

彼らのドンヨリした心の底をときどきこの戦慄《せんりつ》すべき考えが、爬虫《はちゅう》のように這いすぎた。それでも彼らは進んだ。手足のうごくかぎり。生命のあるかぎり。——

「ああ、太陽の下で死にたい！」

蜂須賀少尉が、むせぶような声をあげた。七人の願いは、いまはただそれだけであった。

「おや？　菊地上等兵がいないぞ——」

堀中尉がふと気がついてふりかえった。

最初、彼らの集団は、それでも一コ小隊くらいあったのである。それが七人までなったのは、戦傷が悪化した者や、山犬と大蜥蜴の犠牲になった者や、毒草を食べた者がいつしか消えていったせいであったが、大部分はマラリヤと餓死のためであった。

堀中尉達は、この数日、高熱と涙にうるんだような真っ赤な眼で、「あ——鎮守の森で、笛が聞える。太鼓の音も——」などと、妙なことをぶつぶつつぶやいていた菊地上等兵の顔を思い出した。——またひとり欠けたのか？　——と、おたがいの落ちくぼんだ瞳を蒼白く見交わして、次の瞬間、彼らははっとしていた。

「室賀伍長と峰一等兵もいない！」

——実をいうと、いままで消えていった戦友のなかには右にあげたいくつかの原因のほかに、もうひとつ、身の毛もよだつ或る理由に因るものがあった。それは——共喰いである。食人である。仲間の歯である！

はじめは、こときれた兵隊の乾パンを奪うにとどまったものが、やがてまだ生きている戦友から奪うようになり、死兵の肉を喰うようになり、そしてこの二つの目的のために地獄のような同志討ちがジャングルの処々でくりかえされたのであった。友を殺した者は、未だこの罪を犯さない兵にかくした。が、三日もたたないうちに、食人鬼の狂的な眼は、眼前を這いうごめく尻の肉を追うてひかり、突如として獣のようにとびかかるのだった。或いは反撃されて、逆に刺し殺されることもあった。そして、未だこの罪を犯さなかった兵も、腐ったチーズのような人肉の味を知るのであった。彼らは山犬や大蜥蜴よりも友を警戒しなければならなかった。しかも彼らは、この密林の深海でひとりぽッちにゆきはぐれることを、死よりも怖れるのであった。

最後にのこったこの七人の将兵が、この仲間にだけはそのあさましい警戒をといていたのは、指揮者の三枝、堀両中尉の強力な統率力のためであった。彼らは如何《いか》なることがあっても、この畜生道には陥るまいとおたがいに誓ったのだ。

が——このなかで、室賀伍長と峰一等兵だけは、人肉の味を知っている！　まだ七人とならないまえのことだが、いちど彼らが真っ赤な歯をして、その口辺に白い蛆《うじ》がまぶれついているのを見たことがある。——

った。

「若《も》しや——」

蜂須賀少尉は顔をひきゆがめて、喉ぼとけをゴクリとさせた。

四人の将兵は、いま切りはらってきたジャングルの底の路を、ソロソロとひきかえしてい

百メートルあまり戻ってくると、はたして三人の兵士はいた。が、ひとりは横たわってい
る。菊地上等兵だ。その腹のうえに室賀伍長と峰一等兵が顔を伏せていた。——太陽のない
世界で、それはおぼろに見えるばかりだが、しかしその顔の下から、ペチャペチャと、犬が
何かをするようないやらしい音が聞えてくるではないか？

「峰一等兵！」

有馬上等兵がかすれた喘《あえ》ぎをあげた。曾《かつ》てその顔を形づくっていたユーモラスな表情は、
恐怖と憤《ふん》怒《ぬ》にひきつり、ワナワナと身体じゅうが痙攣《けいれん》していた。気の弱い菊地上等兵は、彼
の最も愛していた戦友だったからだ。

ふたりの食人鬼はビクととびあがった。膝を没する落葉と腐蝕土の糞のような匂いにまじ
って甘い血の香りがプーンとながれてきた。

近づいてゆく四人を、反射的に室賀伍長は銃をかまえて兇暴な眼つきで迎えたが、息づま
るような一瞬ののち、さすがに視線をそらせて、ふてくされた口調で有馬上等兵にいった。

「その、なんだ。菊地上等兵は、お前も知っとるじゃろ、どっちにしたって、きょうか明日
死ぬところじゃったよ——」

憐れな菊地上等兵のキョトンと見ひらかれた瞳には、まだ涙がたまっているようだった。そして、切りさかれた腹部は真っ赤な肉塊を咲かせているのに、長い密林生活のあいだに、身体はあの爬虫類とおなじになったのであろうか、蒼黒い手の指は釘みたいに折れ曲って、かすかにまだふるえているようだった。

「き、きさま——」

有馬上等兵は号泣するような叫びをあげて、峰一等兵を蹴りつけた。

「きさま、上官に対して何ということをする！　生還の暁、菊地上等兵の遺族に何といって報告するか！　ばか、ばか、ばか野郎、餓鬼《がき》、畜生」

峰一等兵は、愚鈍な、ドンヨリした牛のような眼で、かなしげに上等兵を見上げ、血みどろの腸《はらわた》の一片の垂れさがった、瘡《かさ》ぶただらけの口をぽかんとあけて、突然、イヒヒヒ……と笑い出した。

「うまい、豚肉うまい……お前も喰ってやるぞう……イヒヒヒ……」

はっとして銃をかまえた有馬上等兵は、次の瞬間、何ともいえない恐怖の眼いろになって叫んだ。

「峰一等兵……きさま、とうとう気が狂ッたのか！」

「射て、有馬！」

と、背後から、鋼鉄のような眼で堀中尉が絶叫した。

「規律を破った二人を、この場で銃殺しろ！」

よろめきつつとびさがった室賀伍長の背に、巨大な真っ黒な熱帯樹がぶつかり、そのとたん、巨木は音もなく倒れはじめた。何千年か、そこに立っていたその樹は、いつしかすっかり枯れていたのである。と、その倒れゆく巨木にふれて、密林の巨木は、次から次へ、ゆっくりとしずかに倒れていった。真っ黒な天から、雪のように蘚苔《せんたい》や蘭の類が、細かく一面にふりかかり地上の羊歯が海草のようにゆらめくばかり、この音のない巨木群の倒潰は、まるで幽霊の国の出来事みたいに、妖異な、怪奇な光景であった。

一瞬、人もまた声をたててはならないような錯覚に陥って、凝然と立ちすくんでいた六人のうち、ふっと三枝中尉が顔をあげていった。

「みず——水の音が聞える——」

「何！」

と、皆いっせいに全身を硬直させて耳をすませた。

水だ。たしかに水の音だ。それはいま倒れていった巨木群が期せずしてつくった密林のトンネルの果てから、かすかに、美しくひびいてくるのであった。

次の瞬間、彼らは今までの事件も激情も忘れて、われを争い、よろめくように走り出した。三百メートルも走ったであろうか、はたして彼らは河を見た。もちろん大河ではない、幅一間ばかり、上流と下流は両側から覆いかぶさる羊歯に覆われて見えないが、彼らのたどりついたところだけ、深い淵になっていると見えて、蒼黒い水がとろりとよどんでいるのであった。

六人の将兵は、夢中で顔をつきこんで、飲んだ。冷たい、甘い水が、水とも思われぬのもしばし、嘔気《はきけ》がし、胃袋のはじけるまで飲みつづけた。

——と、そのなかの三枝中尉の眼のまえに、ユラリとただよってきたものがある。ちらりと見て、中尉ははじかれたように起《た》ちあがり、とび出すような眼をして叫んだ。

「花輪だ」

肉

それは赤い、小さな——が、たしかに人間が編んだ、円《まる》いヒビスカスの花の輪だった。

「人が——人が——人が住んでいる！」

最初、眼がくらみ、頭がしびれるようだった。六人の将兵は、狂気のようにその花輪に見入り嗅《か》ぎ、撫《な》でまわした。それから、凄《すさま》じい歓喜が全身をゆりあげてきた。人がいる、この上流に人間が住んでいる。ということは、ともかく人間の住み得る土地があるのだろう、そこには、太陽と食物があるのだろう——その魅惑と希望は、あらゆる不安と恐怖心をみじんも入れる余地のないほどはげしかった。食人蛮の村？　それでも、この暑い、窒息しそうな、闇黒のジャングルよりはまだましだ！

彼らは異様な叫びをかわしながら、河に沿うて前進した。流れがはげしくなって、森林は山にかかっているらしかった。一キロあまり進んだとき、突然、いちばんうしろからついて来ていた峰一等兵が、獣のような叫びをあげた。

「あれ、あれ――」

牛みたいに剝《む》き出した眼のゆくさきをたどって、皆ドキンと立ちどまってしまった。水辺に垂れさがるマングローヴと蔦かずらの蔭から真っ白な、肥ったものがニュッと出て、しずかにただよっているではないか。――足だ！　人間の足だ！　と気がついたとき、狂える一等兵は、

「肉！　肉！」

と恐ろしい叫喚をあげながら、もうその方へ突進していた。

あの鈍重な男の手足を、何が、それほど迅《はや》く動かせたのだろう、残りの将兵が駈けつけていったとき、彼らはそこにこの世のものならぬ光景を見た。

またそこは、壺のような蒼い淵になっている。その岸の羊歯のしげみに、真っ裸の女がひとり、ひきずりあげられて、仰向けにころがされていた。むッちりした淡褐色の四肢は水に濡れ、まだ生きてうごき出しそうだった。が、そのうえに馬乗りになった峰一等兵の顔は真っ赤だった。左手に血まみれの牛蒡剣をふりまわし、右手で鮮紅の肉塊をつかんで、舌なめずりしながらムシャムシャと頰張っているのであった。

「うめえ……うめえや！　肉！　肉！　肉！」

彼はふりかえってけらけら笑った。女の右の乳房は根こそぎ切りとられて、胸は血の網に彩られていた。

立てば五尺四、五寸は充分あろう、素晴しく豊満な女だ。肌の色も海岸地帯で見たブイン族のように黒くはない。黒くはないどころか、淡褐色のその皮膚は、陰惨な、緑の天蓋《てんがい》と大地のなかにまるで、ひとりかがやくように白く見えた。かるくゆがんだままの顔も、大づくりだが美しい。

――この美しい種族は、どこに住んでいるのだろう？　どうして死んだのであろう？

そんな疑いを起すほど、兵士達の頭は人間的ではなかった。肉慾すらもまだ感じなかった。彼らは、それ以前の、浅ましい畜生、餓狼《がろう》の群だった。

「ううっ、おれにも喰わしてくれエ、おれにも――」

兇暴な唸《うな》りをあげて室賀伍長がとびかかると、女の大きな尻に剣をつき刺し、肉塊をえぐりとるのもまちきれぬように、歯をガチガチ鳴らせてかぶりついた。

三枝中尉は嘔気がした。甘い嘔気であった。耳が鳴った。それは猛烈な喉の運動の結果だった。胃袋がふるえながら、喉くびまでとびあがってくるようだった。盛りあがった屍体《したい》のまるい腹部、ムチムチした腿の肉、白い、厚ぼったい唇さえねッとりしたクリーム菓子のような幻覚を起させるのであった。

「中尉殿……」

あえぎながら、かろうじて有馬上等兵が痙攣する顔をふりむけた。

「その、なんです……土人であればかまわんでしょう……」

「三枝……喰おう……なにか喰べんけりゃ、とどのつまり、室賀伍長らに殺《や》られるぞ……」

堀中尉がささやいた。三枝中尉がまだ拒否したら、自分が殺しかねないばかりの、せっぱつまった、血走った眼であった。

「やむを得ん！」

しぼり出すように三枝中尉がガクリと首をふると同時に、四人は屍体にとびついた。肉を切る音、骨を剣がすべる音、犬みたいな喘ぎ声、血まみれになって裸女を切りはなし、喰いちぎり、かぶりつく六人の将兵の光景は、まさに妖魔の国のものであり、鬼の世界のものであったろう。

ブッスリ剣をつきたてて、力いっぱいグーッと引く。はじけ出すバタ色の脂肪層、あふれ出る真っ赤な血の香にむせびながら、彼らは夢中で肉を頬張った。豚肉に似て、すこし甘酸っぱい味だった。柔らかな頬とか唇とかの肉がトロリと喉を下ってゆくときは、思わず身ぶるいするようなおいしさだった。腸にまぶれついた血をしゃぶるとき、彼らの頭の深部をどよめくばかり陶酔させているのは、生れてからいままでこれほど美味《うま》いものを食べたことがないという感覚だった。

「イヒヒヒ、アハハハハハ」

峰一等兵がのけぞりかえって、笑いながらステテコ踊り出した。口のはしから、毛のついた肉の一片が垂《たれ》さがっている。醜怪に舌で顎をなめまわし、室賀伍長は笑った。

「ワハハハ、喰った！　誰もかれもみんな喰ったぞ！」

突然、若い蜂須賀少尉がとびあがり、ヒシと両手で顔を覆った。それから、ころがるように眼のまえの小山を駈けのぼっていった。すると、あとのものも、急にギャッと叫び出したいほどの恐怖にゆりあげられ、コマ切れになった女の身体をあとに逃げ出した。

その丘はいままでの物凄いジャングルとちがって、ところどころ赤土と岩をまばらに見せた草に覆われていたが、いつしか変ったその地勢に気づく余裕もなく、頂上につくと、息がきれたように蜂須賀少尉はぶッたおれ、ゲエゲエと嘔きあげながら、恐ろしい、幼児みたいな声をあげて号泣しはじめた。

「お母さあん……お母さあん……」

それは、（おれたちは、どうしてこんな浅ましい運命に落ちたのです？）という意味の魂の底からの痛々しい訴えであったろう。

追いついて、茫然と傍につッ立って見下している三枝中尉の満面も、ひきちぎられるような悲哀の色にはげしくひきゆがんでいた。昼はまだ血に濡れているが、さっきまでの獣の顔は消えはて、それはかなしい人間の顔だった。そうだ、彼らは何カ月ぶりかで、はじめて人間の顔をとりもどしたのだ。食人という人外境的行為の結果、はちきれるほどふくれあがった胃袋のおかげで。

「山だ……おい、山だ……」

ついで駈けのぼってきた堀中尉がヒョイと前方をみて、たまげるような叫びをあげた。

「それから、太陽！」

有馬上等兵がそりかえって絶叫した。

蜂須賀少尉もピョコンと起きあがり、まだ肉のついた骨をかじりかじりノソノソのぼってきた室賀伍長も峰一等兵も、一瞬両腕をだらりと垂れ、茫然として前方を見、空を仰いで立ちすくんだ。

丘の下は草原である。が、すぐ百メートルほど向うにそそり立つ山、いや、灰色の大断崖、それは一千フィートもあろうか、ほとんど切り断ったようにそそり立ち、その丘から仰いでも眼まいするようであった。そして眼もはるかな頂上から、背後の大密林のあいだの空間は、油絵具でぬりつぶしたような碧空そして巨大な南の太陽が、爛々《らんらん》と白熱の炎をまわしているのであった。

「ありゃなんだ?」

「おてんとさまだ」

「これはなんだ?」

「絶壁——ゆきどまりってことさ」

歓喜に酔っぱらい、絶望に麻痺して、六人はボンヤリ腰を下ろした。あらゆる思考力が鈍《どん》麻《ま》するとともに、日光と風と満腹と疲労感が、強烈な酒みたいに急速に彼らをふかい眠りに落とした——。

どれほど、たって、有馬上等兵はグイと足を踏まれて、ふっと眼をさました。全身がぬけるようにだるかった。ひょいと、一千五百里もはなれた海の彼方の遠い故国の田園の午睡から醒めたような錯覚に酔い、ドロンとあたりを見まわした眼に、しのび足で向うに歩いてゆく室賀伍長の後姿が映った。いま足を踏んだ奴は、あいつにちがいない。

十メートルほどはなれた或る岩蔭にへばりついて、そのうえから向うをのぞいているのは、発狂した峰一等兵だった。傍に歩いていった室賀伍長も、ならんで這うと、そのままいっしんに凝《じ》っと向うをうかがっている。

(おや………何じゃろう?)

有馬上等兵は、そっと傍に死んだように眠りこけている三人の将校をゆり起した。まもなく四人が、ソロソロとちかづいていってみると、峰一等兵が血ばしったかがやく眼をギラリとこちらに向けた。口が弛緩《しかん》して、よだれが顎に糸をひいている。

「蜥蜴の交尾なんであります」

と、小さな声でいった。正気にもどったような、あたりをはばかる真剣な表情だった。

岩から顔をのぞかせて、彼らは息をのんだ。

すぐ下の草むらのうえで、いかにも二匹の蜥蜴がからみ合っている。大きさ一メートルもある大蜥蜴だ。鱗《うろこ》のような爪は真っ白で、日につやつやと粘っこい光沢を照りかえし、それはまるで白い炎をはなっているようだった。

地球上のあらゆる動物のなかで、蜥蜴ほどその愛の抱擁の執拗で猛烈なものはない。

解剖して見ると、雄の交尾器は刺《とげ》といぼを具えている。その刺が雌の体に差し入れられると、いぼは充血を起してふくれる。交尾が完了するまでに、むりにひきはなそうとすれば、雌のからだはふたつにひき裂けてしまうのである。

「……凄え……凄え！」

おどけて、笑おうとしたが、有馬上等兵は笑えなかった。ただ、ふかい、痛切な唸りをあげただけだった。一メートルもある、真ッ白にぷよぷよ肥った大蜥蜴の姿は、爬虫類の交尾というより、何かもっと身ぢかな、或る悩ましい幻想を呼び起すものであった。

見よ！　灼《や》きただれる熱帯の太陽！　千古の密林の果てに、巨大な神の意志により、恋に燃え狂う純白の大蜥蜴！　雄は雌のふくよかな胸にかみつき、雌の尾は雄の尾にからんでふるえている。わなないている。のた打っている！

「おくみ……おくみ……」

峰一等兵が、歯ぎしりして、岩をかきむしった。狂える脳髄に、故国にのこしてきた女房の姿態がよみがえってきたのだろう。いや、狂わないあとの五人の将兵の頭も、じんとしびれ、額からあぶら汗がしたたり、全身があつくなり、足がふるえ、股のつけねがいたくなってきた。

「畜……生っ」

突然、室賀伍長が絶叫して銃をたたきつけ、頭をかかえてころがりまわった。とたんに、岩の向うの草地で抱きあっていた二匹の大蜥蜴は、キッととがった頭をこちらにふりむけ、次の瞬間、のた打ちまわりながら、それでも身体だけはなれないで、ガサガサと草むらの彼方にいざり逃げていった。

「畜生！　女がほしい！　女がほしい！　女がほしい！」

室賀伍長は頭髪をかきむしりながら、号泣するような咆哮《ほうこう》をあげた。

「さっきの女……惜しいことをした。もったいないことを――死体だってよかったんだ！　喰うまえに、喰うまえに……畜生、この馬鹿野郎！　あそこを、あそこを平気でムシャムシャ喰っちまいやがった！」

彼は歯がみして、憎悪に燃えた眼で、狂った一等兵をにらみつけた。しかしながら、いま肉慾の燃やす力は、その女を喰った胃袋からよみがえったのだということを彼は知らなかった。

峰一等兵は、岩に背をもたせかけ、両足をひらいてなげ出したまま、ぎゅっと下腹部をつかんで、うつろな眼で、白いひかりを見つめていた。放心した、うつろな眼の奥に幻想の劫《ごう》火《か》がトロトロと燃えていた。

「ああ……」

若い蜂須賀少尉がむせぶような吐息をはくと、ごろりと大地に仰むけになった。皆、狂い出しそうなギラギラする眼で、真っ蒼な、燃える碧空を見つめていた。それぞれの頭に、それぞれの妻が、情婦が、恋人が、白い、ムチムチと濡れひかったいまの大蜥蜴の姿と重なって、炎のように乱舞していた。頭の方に立ちふさがる大断崖と、さっきまでの幾十日、死の彷徨《ほうこう》をつづけてきた大原始林は、しんとして物音ひとつたてず、まだ強烈な日光が、喘ぐような官能の潮騒《しおさい》で兵士達をつつんだ。

「だが……おいっ、さっきの女、あれはいったい何処《どこ》からきたんだ？」

やっと、人間らしい理性をとりもどして、堀中尉がむくりと頭をもたげたときである。何処か遠いところで、美しい楽器のようなひとつの声がながれてきた。

「ラーシ……ラーシ……」

ギョクンと、ばねじかけみたいに六つの首がうごいた。最初幻聴ではないかと、耳殻がぴくぴくうごめいた。

だが、その美しい、豊かな声はまた聞えた。

「ラーシ……ラーシ……」

丘の下だ。――はっとしてのぞいて、室賀伍長がうめいた。

「――女だ！」

女だ。女だ。ひとりの女が、何処から忽然とあらわれたのか、絶壁の方から草をかきわけて歩いてくる。ときどき立ちどまり、口に両掌をあてて、不安げに、声高くまた呼んだ。が、この女も真っ裸だ。ただ波打つ金髪と、それにさした華麗な鳥の羽根に日のひかりがたわむれ、首にかけた紅い花の輪を微風《そよかぜ》がゆすっているばかり、盛りあがったみごとなふたつの乳房、息をのむほど豊満な全裸の肉体は、異常にかるがるとして、走り、歩み、のどをあげて呼びつづけるのだった。

「ラーシ！　ラーシ！」

「女……」

歯をむきだし、身ぶるいして、室賀伍長がまたうなった。いまにも飛び出しそうな身がまえだった。

「こんどは、喰うのはあとだぞ！」

「まて、室賀伍長！」

と、堀中尉が低く制した。

「下手すると逃げられるぞ。土人の女はおれ達より足が早い。……もう少し、もう少し近づいてから……」

が、うしろの方で、ううっと獣のような唸り声が聞えた。峰一等兵だ。岩をつかみ、丘の下を見下したひとみは凄《すさま》じいいかりに血走り、全身の骨が鳴っている。ひょいとそれをふりかえって、その頭上を見た蜂須賀少尉は、ぎょっとして拳銃をつかんでいた。

蜥蜴だ！　さっきの二匹のうちの一匹か、巨大な白い大蜥蜴が、いつのまにか岩の向うから這いのぼって、腹をぴったりくっつけ、さかしまに爛々たる眼をかがやかせ、すぐ下の峰一等兵の頭を狙っている！

上と下と、蜥蜴と人間の顔はその獰悪《どうあく》な表情がそっくりだった。が、下の一等兵はまだ知らぬ。飛びかかられたらそれきりだ。ほとんど、一瞬のあいだに悶死することは、今までの経験から確実だった。驚愕のあまり、蜂須賀少尉は声が出なかった。と、ひらいた瞳のはしに、その刹那《せつな》、もうひとつ異様なものが映って彼ははっとしていた。

「ああ、山犬だ！」

愕然として三枝中尉が叫んだ。

丘の下の裸の女のうしろから、一匹、痩せた灰色の犬が全速力でしかも音もなく疾駆してきた。兵隊達は仰天し、狼狽《ろうばい》して息をひいた。蜂須賀少尉が、大蜥蜴と山犬を見くらべたのは、ほとんど一秒か二秒のあいだのことである。この刹那、彼の頭に惑乱の火の渦が巻いた。

（危い——峰！　女！）

夢中でグイと拳銃をあげた。狙った。射った！

ダーン、という一発の銃声と、恐ろしい二つの悲鳴が向いの大断崖に鳴りわたり、反響した。さっと一すじの血けむりをあげ、もんどり打ってころがったのは、女と大蜥蜴か——否《いな》！　山犬と峰一等兵だった。稲妻のごとく一等兵の頸《くび》すじを襲撃した大蜥蜴は、一瞬におのれの恋路の邪魔をした人間を斃《たお》すと、また稲妻のようにひらめいて、岩かげへ逃げかくれていった。

すぐ傍にあがった物凄い絶叫にとび立って、皆茫然として峰一等兵を見下した。狂える一等兵は、紫色の厚い舌を吐きたらし、四肢《しし》をピーンとつっぱらせたまま、もうピクピクと断末魔の痙攣《けいれん》をしているばかりだった。

「蜥蜴だ」

と、蜂須賀少尉はわななく唇で叫び、痴呆のように蒼醒めて立ちすくんだ。

（おれは山犬を狙った。おれは——部下を見殺しにした！）

顔をひきゆがめながら、彼は心のなかではげしく首をふるのだった。

（だが、こいつは狂人だ。それから、菊地上等兵を殺した奴だ！）

「女を逃がすな、つかまえろ」

次の瞬間、堀中尉が絶叫して、弾丸のように丘を走り下りていった。皆、つきとばされたように駈け出した。

不思議な女は、茫然として立ちすくんでいたが、丘を駈け下りてくる五人の異形な男達の姿をみると、瞳をひらき、悲鳴をあげ、身をひるがえそうとしたが、もう遅かった。彼らはぐるりと彼女をとりまいてしまった。

「やい……おとなしくしろ……いいか！」

室賀伍長が銃をつきつけたまま近よって、グイと女の腕をつかんだ。太い弾力のある淡褐色の腕は汗ばんで、伍長の指に火のように溶けこむようだった。彼のギラギラと濁った眼は、不遠慮に女の一糸もまとわぬ下腹部を追いまわしていた。

だが、なんというみごとな肉体だろう。背たけも、大男ぞろいの彼らとほとんど変らないくらいだが、むせかえるような野性と、彫刻的な均斉美は、野獣化した兵士達をも圧倒するようだった。そして彼女は、伍長の執拗な視線を恥じる様子もなく、不思議そうに、つきつけられた変な黒い鉄の筒をまじまじと見ていた。伍長は瞬《まばた》きし、笑い、うなった。

「ウーム、これなら五人、充分ゆける！」

「室賀伍長」

かろうじて、三枝中尉が叫んだ。彼はその強烈な原始美に打たれたのだった。美を感ずるとき、人は一歩神に近づく。女の姿は、彼の心に、するどい痛みとともにさっき喰った屍体をよみがえらせた。

「待て――ちょっと待て」

「何故《なぜ》でありますか」

　噛みつくような伍長の声であった。

「この女に、われわれを憎ませたり、恐がらせたりしちゃ不利だよ。まして、殺してしまったら、それこそ万事休す！　われわれはいま進退両難に陥っているのだぞ。明日のことを考えよう」

「そうだ」

　と堀中尉もうなずいた。

「辛抱しろ。それより、この女に、土人の村を案内させろ。いったいこの絶壁のどこから現われてきたのか、不思議じゃないか？」

　有馬上等兵が横にとんで、草むらのなかから、射殺された山犬の屍骸をひきずってきた。そして、女に、せいいっぱいの笑顔で、

「この畜生……お前を殺そうとした。危い……おれたち、助けてやった。山犬、殺したのは、おれたちだ……」

　必死に手真似しながら、きれぎれにしゃべった。その道化た顔つきが可笑《おか》しかったのだろう、はじめて女はニコリと笑った。笑いながらもうなずいたのは、どうやら意味がわかったと見える。あどけない、華麗な、向日葵《ひまわり》のひらいたような笑顔であった。

ちぇっと、唾《つば》を吐いてそっぽを向いた室賀伍長に眼もくれず、三枝中尉が前方の大断崖を指さしてたずねた。

「あの山、なんて山だ?」

しばらく指と絶壁を見くらべて、女はコクリとうなずいて答えた。

「ポポマナシン……」

そして、一ぺん皆の顔をグルリと見廻し、心得た顔つきで、どんどんひき返しはじめた。自分の村落へつれてゆくつもりらしい。いちど立ちどまって、また声高く「ラーシ……」と呼んだ。三枝中尉は、そのとき、やっと気がついて、はっと顔色を変えていた。ラーシとは、さっき自分達が喰った女の名前ではないか? この女は、その友を探し歩いていたのではないか?

彼女達が何処から出現したのか、まもなくわかった。やはり絶壁である。さっきの河が、この断崖を細くつらぬいているのだ。しかし襞《ひだ》のように斜に入っているので、あの丘の上からみると、ちょっとわからなかったのだ。

だが、なんという異様な、凄絶な通路であろう! 上を仰いで、皆いっせいに、「ああ!」とふかい恐怖のうなり声をあげた。

一千フィートもある両側の崖の底を、河は急に、遡《さかのぼ》りつつ、清冽《せいれつ》なせせらぎをたばしらせて流れている。見上げれば、はるか天空に一条の青い光のような空、荘然たる岩壁は黒曜石《こくようせき》のようにひかりつつ、まるで両側よりグーッと雪崩《なだ》れ寄って来そう。これは、峡谷というより亀裂だ、造化の神が大山脈に入れた巨大なナイフの痕《あと》だ。いや、この荘大幽暗な自然のいたずらは、人間のつくったあらゆる貧しい形容詞のおよぶところではあるまい。

「おお、この向うに、どんな世界があるのか？」

蒼茫たるひかりに、躍るようにふくらはぎで水をきって先頭にたってゆく女を追い、すべり、よろめきながら進む五人の将兵のうち、堀中尉はふと河の底に、夜空の銀河のごとくキラキラひらめくものをみとめた。はじめ、この異常な谷底を屈折する光線のまやかしだろう、と思っていたが、いちど転倒して、何気なくつかんだ小石をヒョイと見て、一瞬、彼はドキリとなり、思わずゾーッとあたりを見まわした。

「黄金だ……沙金《さきん》だ……」

先頭では蜂須賀少尉が息をきりながら、女に名前をたずねていた。女はふりかえり、大きな、真っ黒な眼をじーっと少尉の顔に吸いつけた。情熱的な、燃えるような瞳であった。

やがて、うなずいて、濡れた椿の花に似た、厚ぽったい、美しい唇が笑《え》んで彼女はいった。

「レーラ……」

王女と祈《き》禱師《とうし》

高さ二十メートルもあろうか、巨大なアーチ型の入口は、そのままカッと目もくらむような強烈な日光に浮きあがっているが、そこから入ってくる風が、マングローヴと椰子の葉でたくみに組みたてられた家のなかをとおり、薄暗い奥にならんだ五つのココ椰子の葉でつくったベッドを吹くときは、水のように快い涼しさにかわる。

ベッドに横たわっているのは、五人の将兵だ。——敗走、饑餓《きが》、共喰い、マラリヤ、フランベジア、そして蜥蜴の襲撃と闇黒の大ジャングルのなかを彷徨してきた彼らは、不思議な美少女にみちびかれ、ポポマナシン山の秘境に一歩入ると同時に、それまで辛うじてささえていた超人的な気力が枯木のように崩れて、たちまち瀕死の重病人になってしまった。

それは、その秘境の住民達が、食人蛮どころか思いがけぬほど美しい、素朴な土人であることがわかったせいであろう。——のちに明らかになったことであるが、このポポマナシン山の土人は、まったく他人種も知らなければ異種族も知らず、したがってそれに対する警戒心も憎悪感も知らなかったのだが、しかし五人が非常な優遇を受けたのは、彼らがあのレーラという娘を山犬から救ったことが、きわめて大きな理由となっていたのであった。

それから十日——二十日、——毎日、レーラは来た。彼らの寝ている大きな小屋へ。しかも、必ず羅漢《らかん》様みたいな奇妙な老人をひとりつれて。——これが、たんに見舞にやってくるのではなく、もっと深い意味をもったものであることがまもなく納得されてきた。

毎日、真昼ごろ、巨大なアーチ型の入口の外で、変な、厳《おごそ》かな太鼓の音が鳴って、カン高い叫びが聞える。

「タメロン・ケマ、タウポ・レーラ、イヤウ——」

すると、全裸のレーラと、矢のようなものを持った白髯《はくぜん》の老人がしずしずと入ってきて、老人が何かブツブツ呪文のような言葉をつぶやきながら、胸にさげたひとつの髑髏《どくろ》のなかから、一々とり出す小さな丸いものを、レーラが受けとって口にふくみ、ていねいに嚙みつぶして、唾液とともに次々に五人へ口移しに食べさせるのであった。それは喉をとおるとき、糖蜜みたいに甘く、トロリとした感触であった。

「あれはいったい、なんのことだ？」

「どうやら、病気をなおす一種の魔術らしいな」

或る日、ふたりが帰っていったあとで、三枝中尉と堀中尉がベッドの上で話し合った。

「いや――土人らしい療法だが、考えてみるとまんざらデタラメな療法でもないよ。唾液には消化酵素が混っているから、ああしてよく嚙みつぶしてくれた食物は、病人の弱った胃腸には、少なからぬ助けとなるだろう」

「なるほど」

「栄養が恢復《かいふく》することはどんな病気にとっても最大の治療法にちがいないからな。――ただし、若《も》しあの娘の口が無菌ならばだ……」

「無菌――どうもあの娘は、病菌とはほど遠い。地球上で最も健康で清浄な娘、といってもいいような気がする……」

と、三枝中尉が腹の底からもれる溜息とともにいった。堀中尉はにやっと笑った。

「それに、病人の精気の恢復するのは、そんな栄養的な理由ばかりではないわい。むかし、西洋でも、若返りの薬に処女の唾液をつかったということだが、まして口移しとは大いによろし。……帰還したら、あの方法を大いに皆に普及してやるか。はっはっはっ」

あのような恐ろしい敗走の苦難をなめてきながら、五人の将兵がまだこの戦争の勝利を疑っていなかったのは、悲惨な滑稽であったが、また当然なことでもあった。ガダルカナルこそは、日本陸軍が味わった最初の苦杯であったからだ。

室賀伍長が舌で大きく唇をなめて、ふざけた。

「テヘッ、若返りにゃ、舌の口移しの方がもっと有効でありますな、中尉殿」

「だまれ、室賀！」

突然、蜂須賀少尉がどなった。ベッドの上からねじ向けた頬は真っ赤になり、眼がキラキラひかっている。おどろいて、あっけにとられた室賀伍長の顔に、少尉ははっとうろたえたように視線を高い椰子の葉の天井にもどしたが、すぐにその眼は、ぼうっと夢みるようにかすんでいった。

「タメロン・ケマ、タウポ・レーラ、イヤウ――」

怪鳥のような土人の声といっしょに、例のごとくレーラと老人が入ってきた。十何日めかのことで、タメロンとは祈禱師、タウポとは王女という意味らしいことが、おぼろげながら五人にはわかってきていた。

「レーラ……」

丸薬をふくんだ椿の花瓣《かべん》のようなレーラの口がちかづいたとき、蜂須賀少尉は小声で呼んで、ニコッと子供みたいな笑顔になった。

レーラの真っ黒な瞳に、なにかたゆとう光が見えた。彼女は微笑み、突然、恐怖の表情になって、老人の方をそっと見た。老人はブツブツ呪文をとなえながら、炯々《けいけい》たる瞳でじっと見つめている。唇は相ふれた。――

火のような感覚だった。少尉にとって、一分間が無限にも感じられた。ながれこむ甘い唾液は、熱い彼女の血潮かとも思われた。唇をはなすとき、少尉はふたりの口の間に蜘蛛《くも》の粘液のような糸がひかれるのを見た。

薬をあたえ終ったレーラの頬は、かすかに上気していたが、厳かな老祈禱師の声に送られたように次の室賀伍長の傍にちかづいた。

少尉は悪寒のような嫉妬を感じた。それはこの数日急激に彼を悩ましはじめた感情であったが、そのたびに彼は自分の嫉妬の不潔さを鞭《むち》うつのであった。

（ばかな――レーラは、この村落の習慣どおりの治療をやってくれているだけじゃないか？）

突然、室賀伍長の両腕が蛇のようにおどって、唇をつけたままのレーラの身体をぐっと抱きしめた。「あっ――」とレーラがとびはなれたとき、「カーオ！」というような凄じい叫びが聞こえた。

祈禱師ケマだ。薄暗い光のなかに、髑髏の眼がキラッと黄金《きん》いろにひかり、老人の両眼は血色に変って、颯《さ》っと手に持った矢をふりあげた。

「ケマ！」

絶叫してとびついたレーラが、息せききってなにかを訴えると、老人は憤怒のひとみをはッたと伍長に投げ、いきなり枕もとに吊られた鳥籠の鸚鵡にぐさッとその矢をつきたてた。次の瞬間、鸚鵡は恐ろしい悲鳴をただひと声あげ、キーンと全身をつッぱらしてころがってしまった。さすがの室賀伍長も蒼白くなった。

「——気をつけろ室賀！」

ふたりが出ていったあとで、三枝中尉が叱りつけた。

「われわれは、ここで死んじゃならんのだぞ。恢復したら、またルンガへ戻るんだ。もう友軍が奪還しとるにちがいない。あの密林をひっかえすには、この土人をおれ達の部下に手なずけなくちゃならんのだ。土人の信頼を裏切るようなことは、以《もっ》ての外《ほか》だ！」

伍長はふてくされたように下唇をつき出しゴロリと反転してしまった。

有馬上等兵が、おずおずと堀中尉にいった。

「しかし、今の矢には、何か恐ろしい毒が塗ってありますな……」

「ウム、あれはクラーレじゃないか？」

「クラーレ？」

「南米土人のつかう矢毒だ。蕃木鼈《ばんぼくべつ》とかなんとかいう樹の皮から浸出させた毒だ。ごく小量でも随意筋の運動神経を麻痺させ、結局、横隔膜を麻痺させて窒息死を来たす……」

しばらくの深い沈黙ののち、堀中尉は三枝中尉に小声で、

「三枝、きさま、あのケマの髑髏の両眼にはまっているものを見たか」

「ウム、いやに黄金色にひかっておる。まさか、黄金じゃあるまい？」

「ふふん」

と堀中尉はニヤッとひとりで笑った。蜂須賀少尉は依然として、夢みるような瞳で天井を眺めていた。……

或日《あるひ》、彼らはついにその小屋を出た。

そして知ったこの地球の果ての原始境は、そもいかなるものであったろうか？

これは、小規模ながら、阿蘇山の火口原に似ている。直径二里ばかりの草原の四周はグルリと黒曜石のような大断崖にかこまれ、そのなかに日光と森と湖のエデンがあるのであった。

彼らはトンガと呼ぶ若者に案内されて歩きまわった。トンガもほかの誰とも同じように真っ裸であった。

この村落、というより小国には、極端にいえば千の語彙《ごい》しかなかった。それ以上の言葉を必要とする煩《わずら》わしい物や心や事件はなにもなかったからである。しかも、その単純な、素朴な国は、文明国なるものにして、なんという平和な光と風につつまれていたことか！

村の中央に、美しい彫刻をほどこしたアバチオと称する聖堂がある。それに供えられた無数の髑髏は、先祖代々の死者のもので、土葬して百日後掘り出し、きれいに洗って供えるので、守護神はモアと呼ぶ鳥だということであった。

それをめぐる広場の周囲に、例の椰子とマングローヴでつくった高い土人の家々がとりまき、これをオポといい、それぞれ、アウルイと呼ぶ、食物や道具の貯蔵庫が附属している。

道具というのは、主として弓や吹矢、槍や罠《わな》などの狩猟具と、農耕の原始的器具及び笛や太鼓などの祭具で、食物は、火食い鳥、極楽鳥、鸚鵡、それから、ココ椰子、バナナ、タロ芋の類《たぐい》であった。そして村落のまわりは、森と湖をのぞいて、ただ一面の椰子やヤム芋の畠となっていた。

彼らは族長にも逢った。

族長のことを、土語でムアネカーマというが、まだ三十くらいの若い男で、五人の将兵がいままで南洋各地で見たような絶対的の支配権を持つというわけではなく、特殊の門閥《もんばつ》や血統の出でもなく、たんにこの村落の青年で、ムアネカーマになりたいという希望を持ち、しかも最も狩猟や耕作がうまく勤勉な者がその地位につくらしかった。彼はただ農耕地を指定したり、個人のあいだの紛争を処理したり、祭に皆を招集したりするだけである。むしろ、絶対的な力を持っているのはあの祈禱師ケマで、今のムアネカーマ、ア・ダロをえらんだのも彼だということであった。

ア・ダロは情熱的な素朴な瞳で、タウポ・レーラの命を救ってくれた礼をのべた。娘たちに、この絶壁の外へ出ることはかたくとめてあるにもかかわらず、彼女達はしばしば「光る石」を求めて忍び出てゆく。もうひとり、ラーシという娘はついにそのとき以来行方不明になってしまったが、きっと山犬か大蜥蜴の犠牲になったのだろう。……と、彼は残念そうにいった。

「ラーシ……？」

五人は顔色を変え堀中尉をのぞいては今ア・ダロのいった「光る石」の意味をといかえす

心の余裕を失っていた。

「王女……とは？　レーラは、お前の妹？　それとも、あの祈禱師ケマの娘？」

と蜂須賀少尉がたずねた。

そうではない、とア・ダロは答えた。この村落の処女のうち、最も賢くて丈夫で、美しい娘をひとり選んで、それが病気や嵐や不作などのとき、それらを鎮める聖鳥モアの使わし女となり、また十日にあげず行われる種々の祭の巫女《みこ》となる。その娘を命ずるのはやはりあの祈禱師ケマであって、彼が次の王女をえらぶ意志を起すときまで、彼女の神聖と純潔は、絶対的に保証されるし、また皆も絶対的に守らなくてはならない。……

しかし、文明人たる五人の将兵は、もちろんまだ言葉がよく通じないせいもあったが、彼ら自身祖国の神については不可解なばかりの狂信を抱いているくせに、この原始境の土人の奇怪な信仰をよく理解することができず、ア・ダロの熱心な説明をききながら、顔を見合わせて、ただカラカラと笑った。——おお、この無理解が、後になんという恐ろしい悲劇をみちびいたことであろう！

五匹の文明獣

「しかし、平和だなあ……」

ヤム芋の耕作地の間の小路を、トンガの案内によって湖の方へ歩き乍《なが》ら、しみじみと蜂須賀少尉が叫んだ。彼はこのポポマナシンの北、渺茫《びょうぼう》の大ジャングルの向うで、広袤《こうぼう》一億八千二十一万平方キロメートルの太平洋を鉄と火と血に染めて戦っているあの艨艟《もうどう》の幻影が、なにかかえって古代神話のように遠く、ひどくばかばかしいもののような、変な気がしていた。

「そして、なんという美しい土人だろう！」

と、三枝中尉がうなった。

「みんな真っ裸だが、みごとなものだね。まるでアダムとイヴの国のようだ」

「守護神はモアといったね……」

堀中尉が考えこみながらいった。

「三枝、モアとはな、太古ニュージーランドに住み、今は死滅しとる大鳥の名だよ。——おれは思い出したのだが、ひょッとしたら、ここの土人は、あのサモア群島からやってきたものではないか？」

「サモア？」

「ウム、サモアにはじめて移住した住民は、ニュージーランドからいったものだと、なにかの書物で読んだことがある。サ・モアとは〝モアに捧げたる島〟という意味だそうだよ。そして、サモアからやってきた土人なら、あんなに美しいのも決して不思議じゃない……」

「ほほう！」

「ライネッケという学者がいっている。サモア人の肉体美は、ギリシャ人も羨《うらや》むほどである。彼らは、人類のうち、最も美しい肉体を持った種族であろう……と」

「中尉殿！」

突然、有馬上等兵が小さく叫んで、眼を見張った。トンガが急に立ちどまったからだ。その彫刻的な顔に、明るい微笑が浮かんでいた。

湖が見えた。そのほとりに、頸《くび》にヒビスカスの花輪をかけた裸の女がひとり、腕をさしのべて、何やら水ぎわの動物にたわむれていた。その一間ばかりうしろに、やはり裸の男が、膝を折り曲げてうずくまっている。盛りあがった、淡いコーヒー色の肩の肉が鈍くひかっていた。

湖はさざ波の音さえたてず、空は油絵具のようにかがやき、光はじっと溶けていた。ひッそりとうごいているのは、そのまわりの青い草のそよぎだけであった。

急に女は金髪の頭をふりあげた。いや、それは黄金《きん》いろに見えるが、しかしそれはほんとうの金髪ではなく、パン果の脂をつけるのでそう見えるのだ。しだいにその息ははずんでいるのが、そのゆたかな胸の起伏でわかった。

男はたちあがって、うしろへ来ていた。女の身体が微風のようにふるえて、膝がたわんで、ついにゆらりと背後へよろめいた。男の鉄鋼のような双腕が、女のまるい乳房にくいこんだ。

次の瞬間、男と女は、わっわっと碧空もやぶれるような叫びをあげながら、もつれあってころがっていた。女の黄金色の髪と男の髪はからまり、息はもつれて、溶けて、炎の虹のように見えた。

「ヒオーナ！　ヒオーナ！　ヒオーナ！」

土人の男は嵐のように叫びつづけた。その顔は歓喜と青春の哄笑《こうしょう》に燃え、女のまるい腹は波打ち、その胴には白い脂が魚鱗みたいにひかった。燃えるような息は吸いとられ、唇はふさがれ、女は泣き声とも笑い声ともつかぬ叫びをあげはじめた。

ああ、風は吹く。湖は波だち、太陽は動き出した。鳥の声は天地に満ちた。光と風の乱舞する碧い虚空に、美しい葉擦れの下からたちのぼるすがたなき一道の白い炎のなかに、神々は笑い、魂は歌っていた。

若《も》し、五人の将兵が真の人間であったら、彼らは、この若いふたりの土人の愛慾の光景に打たれ、そこに怒濤のごとき生命の讃歌をきくばかりであったろう。それは秘戯というべく、あまりにも明るく、爽やかで、むしろ荘厳でさえあった。

若いふたりは、樹立ちの下で、茫然と立っている五人の異国人の姿を見とめた。トンガだけは、腕をくんで笑っていた。すると、ふたりも、高らかに笑った！　彼らは、自分たちの行為を恥ずかしいとは全く考えていない様子であった。

それがなぜ恥ずかしいことなのか？　この世で、人間のなす行為で、これほど恥ずかしくないことがらがほかにあるであろうか。それこそは、最も神が希《こいねが》い、命じ、祝福する荘厳なる営みではないか？　それを恥ずべきものとしたのは、汚れた小賢《こざか》しい、不健康な人間の文明ではあるまいか？

よしその文明の智慧にしたがって、彼らを若い二匹の野獣といおうか。しかしこれは、太陽のひかりに愛撫されている野獣であった。デク人形のごとく眼をとび出さしている五人の方が、はるかに暗い、血に飢えた野獣のようであった。そこまでも匂ってくる、火照《ほて》った、女の昂奮した汗の香りが、彼らの腿《もも》のつけねを充血させ、ふくれあがらせた。

「おお、ヒオーナ！」

土人の男は、まもなく、女の唇をもういちど愛撫してから、坐りなおして、傍の槍になにやら女の陰部から出た分泌液をしきりに塗りつけた。何かの呪《まじな》いと見える。そしてまた高らかにこちらに笑いかけ、奇妙な歌をうたいながらいってしまった。

ヒオーナと呼ぶ娘は、青い草のうえに、両肢をひらいたまま、うっとりと微笑んで、蒼い空を眺めていた。

「中尉殿」

と室賀伍長がうなって、飛び出しそうになった。

「待て！」

と三枝中尉は死物狂いでその腕をつかんで、やはり充血した眼でトンガの顔をふりかえった。

しかし、トンガはやはり明るく笑っていた。

「トンガ！……いいのか？」

と堀中尉はおどろいて、息をはずませた。

「何がだね？」

「あの女を――おれたちが――祈禱師ケマは怒らないのか？」

「ヒオーナは、皆のものでがすよ」

「皆のもの」

「女房は、みんな頸に花環をかけていましねぇ。ヒオーナは花環をかけていましさ。女房でねえ。皆のものでがすよ。ただ、王女だけは花環をかけていても、ありゃモアのものでがすがな……」

ああ、なんという世界だろう！　ここの娘は、すべて所有主なき花園の花なのだ。花を抱き、嗅ぎ、ゆさぶり、愛撫することは、あたかもほがらかな蒼空の下の饗宴のごとく、誰に恥ずるところもない、素晴しい愉楽のひとつなのであった。まるであの狩猟のように、祭典のように！

魂は文明人たれ、肉体は野獣たれ、とラフカディオ・ハーンはいった。五人の将兵は、凄惨な密林の彷徨で、その肉体をたしかに野獣にかえた。そしてまた、魂までも！

生れながらに恥ずべきことと知らぬ心でなす行為は微笑を誘うが、それと知って恥ずべき行為をなす姿は醜《みにく》く、あさましい。相手を土人だと見て、破廉恥《はれんち》な行為に移ったこの文明人達は、今やその土人以下に堕ちた。

餓狼のように彼らは夢中で駈けていった。

しかし、この原始境の豊麗な娘は、なんという恐ろしい強烈な精力を持っていたことであろう。消磨された官能の残骸を、三枝中尉、堀中尉とつぎつぎに草のうえに横たえるのを、ヒオーナは高らかに笑って見ているのであった。彼女ひとり荘厳であった。

ただ、どういう心であったか、蜂須賀少尉だけはとびのいた。そして樹をつかみ、燃えるような眼を天に投げてうめいた。

「王女レーラ……」

最後に有馬上等兵が躍りかかろうとしたとき、腰抜けみたいに、草の上から眺めていた堀中尉が、突然はっとしたように起きあがった。

「有馬上等兵！」

「はっ」

「きさま……黴毒《ばいどく》じゃなかったか！」

有馬上等兵は、キョトンと堀中尉を見返していて、急にその顔色が変った。

ひょうきんな、謹直な兵隊ではあったが、中国の戦線でこの執拗な悪性の病毒を身につけて、それからさんざん悩みぬいていることは、彼自身おどけまじりに皆に告白してきたところである。

チヴィリザチオン（文明）は、ジフィリザチオン（黴毒化）である、という洒落《しゃれ》がある。笑いごとではない、まことに、皮肉にも、この瘴烟《しょうえん》癘雨《れいう》の果てのエデンに、この不潔な恐るべき病毒を持ってきたのは、五人の文明人のうちのひとりであった。

が、このポポマナシンの娘たちは、ことごとく男の共有物ではないか。それはまた、このポポマナシンの若者たちは、ことごとく娘の共有物であるということになる。しかし、ここには、水銀もなければヨードも蒼鉛もなく、ましてサルヴァルサンなどあるわけはないのだ。

いまだ曾《かつ》ていちどもこの病原体の洗礼をうけず、その治療の方法もないこの世界に、いったんその一滴でも落ちたならば、その結果、どのように猛烈な、危険な毒の洪水があふれ出すことであろうか！

「いかん！」

と、堀中尉はわめいた。

「結果は、おれたちにも及んでくる。若《も》しみんな麻痺性痴呆にでもなってしまったら、どうなるんだ？　われわれはもういちど、何とかしてルンガに帰らなくちゃならんのだぞ！　きさまはいかん！」

憐れな有馬上等兵はうなだれて、しおしおとあとずさった。ヒオーナはけげんな表情で見送っていた。

が、それを気の毒と思う心の曇りは、一点も堀中尉の眼にあらわれなかった。この滑稽にして重大なる禁制は、道徳的、医学的に当然であるとする信念よりも、日本の軍隊のスジガネとなっていた単なる上官のエゴイズムにすぎないものであって、それについて疑うなどという心情は、全然起す余地がなかった。

前線で草をはみつつ死闘する兵士の後方で、珍味佳肴《ちんみかこう》につつまれて平然としていた司令部の将軍と同じ心理的機転である。

そして、堀中尉は、冷たくかがやく眼を、湖の向うの絶壁に投げた。

折からの夕陽に、それは真っ黒ななかに、ところどころ黄や赤の縞を燦然《さんぜん》ときらめかせてそそり立っていた。

「エル・ドラドオ」

と、彼はひそかにつぶやいた。それは黄金郷という意味であった。

（あの沙金のながれていた川の源は、この湖だ！）

悄然《しょうぜん》としている有馬上等兵の肩をたたいて、強い声で三枝中尉はしゃべっていた。

「辛抱しろ、有馬。われわれには大望がある。ここの土人を心服させなくちゃならん。日本という国と、この戦争のことを知らせて、ふたたびルンガへ引き返す部隊を編成するように、これから訓練しなければならん……」

彼の身体からはあの密林の果ての鉄と火と血の匂いがたちのぼっているようであった。

そのふたりの姿を、横眼でニヤニヤ眺めていた室賀伍長は、飽満し尽くした眼を、ふと汀《みぎわ》に落ちている或る物体に落して、そのままじっと釘づけになった。

それは、死んだ一羽の極楽鳥であった。その名にふさわしい華麗な羽の下から、ぷーんと腐肉の匂いが鼻粘膜にしみ入ってきた。

見ているうちに、室賀伍長の鼻がピクピクふるえ、喉が鳴り、粘《ねば》い唾がわき、一個の動物のように舌がうごめき出してきた。おお、死肉の匂い！

なんという狂気の食欲であろう、あのいやらしい、たまらない味覚は、伍長の本能の藥《ずい》にもはや蛇のごとくにからみつき、それをゆさぶりたてているのであった。

彼はドンヨリと濁った眼を、草に横たわったヒオーナの美しい裸形に吸いつけた。が、その網膜をゆるやかにくねってゆくのは、あの密林の蒼い沼に漂っていたラーシの屍骸《しがい》ではなかったか……。

聖なるモアより盗む者

「このポポマナシンの山から出れば、広い広い、恐ろしい森がつづいていることは、お前達も知っているだろう。その森の果てに、海というものがある。……海！　それは、あのモアの湖を何百倍のそのまた何百倍かわからんほど大きい。その海の向うに、ニッポンと呼ぶ、正しい、強い国がある。その国は今、お前達を解放するために、聖なる戦いをたたかいつつあるのだ……」

笑うべし！　誰を、何処へ解放しようというのか。この素朴な、美しい秘境の人々を、憎悪と憤怒の炎に燃えた密林、血と涙に波うつ海へと放とうとでもいうのか。——

まさに然り、三枝中尉はあやしげなる土語の、足りないところを剝《む》きだした歯ときらめく軍刀の示威でおぎない、連日、村の中央、聖堂の前の広場に土人達を集めて、獅子吼《ししく》し、叱咤《しった》する。まるで、何かに憑《つ》かれた人のような顔つきであった。

いや、ほんとうに、彼は憑かれているのだ。このポポマナシンの土人を宣撫《せんぶ》して、あの剽悍《ひようかん》無比の高砂族のような義勇隊を編成し、ふたたびルンガへ進軍しようという、勇敢な、途方もない企図に。——武器は彼らの蛮刀でよい、吹矢でよい、投げ槍でよい、そのかわり訓練したら、あの闇黒《あんこく》の密林戦にこのうえもなく適した神変不可思議の部隊が出来上るであろう。……

原始以来のエデンに火と鉄の息吹を吹きこもうと、こうして血眼《ちまなこ》になっている三枝中尉は、いかに自分が罪深い事業にのり出したかということに気づく余裕もなかったが、しかし笑うべし、ポポマナシンの外の森にはすでに友軍の一兵もなく、ソロモンの海域には日本艦隊の影没せんとし、司令長官山本大将その人も、ブイン西方の空に、一閃《いっせん》の炎とともに消え去っていることも知らなかった。

ただひとつ、笑うには、あまりにも恐ろしいことがあった。それは、高く櫓《やぐら》のように組み立てられた、聖堂の窓から、じっとこの光景を見下ろしている、神秘な、暗い鋭いふたつの光である。それは祈禱師ケマの落ちくぼんだ瞳であった。

けれど、それさえも三枝中尉は気づかない。ようやく彼の指導に興味を持ちはじめたらしい土人の少年達に、敬礼やら散開やら匍匐《ほふく》前進などを大量に教えては、夕方小屋にもどってくると、たちまち雷のごとき鼾声《かんせい》をたてて眠りこんでしまう。

その三枝中尉に忠実に、真面目に従っているのは有馬上等兵であったが、或る夜、彼はうなされたような呻きをあげ、深い呼吸とともに眼をさました。

夢をみたのだ。幾十匹かの蛇のように、小麦色の柔かな四肢が自分の身体にまきつく夢を。ぐっと鼓膜を鳴りどよめかしていた甘美な喘《あえ》ぎは、まだ余韻のようにじーんとひびいている。ぐったりした全身は熱い、汗にヌラヌラと濡れていた。

「夢か……」

おどけた笑いを、誰ひとり見る者もないのに、無理におどけたものにしようとしたため、有馬上等兵の笑顔は、苦々しさを過ぎて、悲惨で、物凄くさえあった。夢か、夢か、あの椰子の樹蔭に、この青草の上に、毎日の太陽とともに乱舞する愛慾の饗宴、その享楽をまったく恥としない愉快なる道徳律にしたがう美しい若者達の姿態と叫びは、夢ではなくて現実に、彼の瞳と耳に灼《や》きつけられている。――けれど、不幸な上等兵にとっては、それはやはり現実ではなくて、虹のような夢ではなかったか。

その途方もない、虹のような世界から、彼ひとりを閉め出す病毒の鎖。

「鎖をきれ、鎖をきれ」

どきっとして、上等兵はあたりを見まわした。がすぐにいまの声は、向うのベッドに眠っている蜂須賀少尉の寝言だと気がついた。遠い入口からながれこむ月光に、なにを夢みているのか、少尉の寝顔は、まるで少年みたいに小鼻をふくらませて、りきんでいた。

そうだ、この少尉もまたこの村の愉しい道徳に従おうとしない。その清純な顔に、土人の娘達も心を動かされたのか、彼の足もとに例の天空海濶《てんくうかいかつ》なる姿態を横たえていどんだ乙女もあったが、はじめの二、三度真っ赤になって逃げ出し、次からは蒼くなって怒り出した若い少尉に、彼女達はキョトンとなり、とうとう誘惑をあきらめるようになった。――なぜ少尉がそれほどムキで潔癖なのか、謹直な一面道楽者の有馬上等兵には想像もできない心理であった。

（相手は、土人の女じゃあねえか）

「鎖をきれ、鎖をきれ」

なお一分の間あまり、とろんと溶けたような脳に夢のなかの女体をくねらせながら、ボンヤリとその言葉をくりかえしていた有馬上等兵は、突然がばと、はじめて目覚めたような顔つきで起き直った。

いない！　空ッぽのベッド。堀中尉と室賀伍長。

この深夜、何処へいったのか――若《も》しや――ひるまの有頂天な快楽にまだあき足りないで、この月明に浮かれて出ていったものではあるまいか？　夜這い、その魅力はまた別なものと見えてこの村にもそれがある。土語で、モエトトロという。

思わず口走って、はっと眠っているふたりの将校の方を見たが、そのまま、そっと有馬上等兵は忍び足で小屋を出ていった。

「ちきしょうっ」

蒼い蒼い夜だ。巨大な断崖に巻かれた村には、月の光が海底の藻がゆらめいているように見えた。高く天空にとがった小屋の群のシルエットは、まるでゴシックの小寺の行列みたいだった。童話じみた風景であったが、むろん有馬上等兵はいままでにこんなお伽噺《ときばなし》の挿絵を見たことはなかった。――この世にあるとも思われぬ光景を見てきたのはこの南の果てへ送られてきて以来のことだが、まるで闇夜の閃光にきらめき消えたようなこの夜の美しい景観、それもまた長い悪夢に神がさし入れた悪魔の一コマ、いや、夢でも幻想でもなく、有馬上等兵が現実に遭逢《そうほう》した最も恐ろしい一夜であったとは。

しかし、上等兵は何かに憑かれたような歩行であった。

「鎖をきれ、鎖をきれ」

その呟《つぶや》きの意志さえもはっきり自分で意識せず、フラフラと村の方へ歩いていった上等兵は、ふと一本のココ椰子の下で、無心に音楽弓を奏でている若い土人を見た。

「トンガ」

上等兵は、はっとして立ちどまった。この刹那、彼は、まるで悪事に出かける途中を発見されたような狼狽《ろうばい》と腹立たしさを感じた。

こちらを見て、月光にチラと白い歯を見せ、まだ指さきから咽《むせ》ぶような韻律を絶たなかったトンガは、このとき、上等兵の背後を見て突然はたと音楽弓をとり落し、

「おお、モアの火！　モアの火！」

と、恐怖の眼をひろげて絶叫した。

びっくりしてふり返った有馬上等兵は、遠い森の向うに何とも不思議な光を見た。——蒼い夜空に、黄金色のひかりが、まるで砲火のあがるように数丈の高さにのぼり、ひらいて華のような形をしたかと思うと、たちまちすっと空中に消えてしまったのだ。

「あれアなんだ？」

「湖の底でモアが怒っているのでごぜえます。その息が火となって燃えるのでがす」

トンガは、ひれ伏して、身ぶるいしながらいった。

あの美しい湖の底に、ポポマナシンの守護神、巨鳥モアが住んでいるという迷信から、土人達が「聖なる湖」と呼んでいることは有馬上等兵も知っていた。——が、ほんとうにあれはなんだ？　人魂《ひとだま》や花火なんかであるはずはない。彼はいま見たような奇怪な光の華を、生れてはじめて見て、土人の信仰を笑うどころか、ゾーッと背筋が冷たくなるのを意識した。

……

「トンガ、なぜモアが怒るんだ？」

「この村に悪いことが起っているか、または近いうちに起るからでがす」

「悪いこと？」

「誰かモアのものを盗むか、それとも誰か殺されるか——あのラーシがいなくなった日の前の夜も、あのモアの息吹が燃えたでがすよ」

有馬上等兵は顔色が変るのを感じた。次の瞬間、ものもいわず身をひるがえして、湖の方へどんどん駈け出した。

（ちくしょうっ、そんな……そんなばかなことが、この世にあってたまるものか！）

が、湖の近くにいって、またあの妖光の華が虚空に咲き消えるのを見、一瞬、そのひかりに黒い人影が立っているのを見て、上等兵はぎょっとして立ちどまった。

湖のほとりの岩の蔭だ。月光に見すかすと、その黒い人影は何か妙なことをしている。椀のようなものを持って、それにしきりに水を汲み入れてはゆすっているのだ。しばらく見ていると、その影は低い歓喜の叫びをあげた。同時に傾けた椀の底に、何やら燦然《さんぜん》ときらめいたものがあった。

「おや？　あれは堀中尉じゃないか？」

有馬上等兵はあっけにとられ、次の瞬間、

「堀中尉殿！」

と、大声で呼びながらバタバタ走り出した。

「中尉殿！　何をやっておられるんでありますか？」

堀中尉は恐ろしく狼狽して、手に持った椀をうしろへかくし、蒼くひかる眼で、じっとこちらを睨《にら》みつけた。驚愕のあとに、醜い憤怒のひきつりがその表情に現われた。

「なんだ、きさま、いまごろ――」

問いには答えず、かみつくような声だった。

が、有馬上等兵は、先刻からの怪奇に胆《きも》をうばわれていて、相手の様子に気をとめるいとまもない。

「はっ、さっき、向うで、このあたりから空中へあがった変な光を見まして、いったい何じゃろと飛んできたんであります」

「変なひかり？」

「はっ、黄金色の――中尉殿、今、中尉殿の持っておられた椀みたいなものに、何かピカリとひかったものがありますが、ありゃ何でありますか？」

堀中尉は困惑と憎悪のよどんだ瞳で、じっと有馬上等兵の顔をみつめていたが、やがて暗い苦笑がその片頬に浮んだ。

「黄金だよ――」

と、ふてくされた溜息のような声でいった。

「黄金？」

「有馬、きさま、祈禱師ケマの髑髏の眼にはまっているものを見たか？　ありゃ、正真正銘の黄金だ。沙金の大きい奴、世に印子金《いんすきん》というしろものさ」

低い、あたりにはばかる囁《ささや》きながら、その息には熱っぽいものがこもっていた。

「有馬、きさま見たならしかたがない。きさまにだけは打明けよう。エル・ドラドオという言葉がある。黄金郷、これは黄金時代などというのと同じ意味で、まあ楽園とか幸福郷の例えだが。しかしここのポポマナシンは、文字通り、ほんとうの黄金郷なんだ」

「金鉱があるのでありますか」

「そうだ。この湖一帯は素晴しい金鉱だ。これが流れ出して、あの河で沙金になって、ひろいあげたものがあの髑髏の眼球だよ。土人だから、そこまでいった代物しか採る智慧がない。だがおれは探しまわった。大分前から調査にとりかかった。今……お前が見たのは、それさ。石をくだいて粉にし、水といっしょに椀に入れ、ふり動かしてその濁った泥水をのぞき、またきれいな水をそそぎ、これをくりかえしていると黄金の微粒が椀の底に附着してくる。最も原始的な採鉱法だが、ほかに何の手段もないんだからしかたがない」

「では、あの空中の変てこな光は？」

「ありゃ、金鉱の上にはいったいに燐酸が多いものだからな。これに有機物が化合して燐化水素ガスを発生し、これが空気と化合して時に火を発するのさ。あれを金精といって、昔は金鉱探しの一つの大きな目やすにしたものだ。……が、あの金精の素晴らしさは、ここの埋蔵量が、どんなに豊富なものか、想像しただけでも――」

中尉はゴクリと生唾《なまつば》をのみこんだ。

「なるほど、やっぱり正体は科学的なものでありますな。さっき、トンガがあれは湖の底のモアが怒って吐く息の火だなんていうものですから、ちょっと、こう変な気になりましたよ――」

笑おうとして、有馬上等兵の笑いがこわばった。ひれ伏して恐ろしげにつぶやいたトンガの姿が眼に浮んだ。

「モアのものを盗むので、モアが怒るのでがすよ――」

ぞっとして湖面を見わたすと、蒼いひかりにひッそりと聖なる湖は冷たい巨大な瞳のごとくひかっているばかり。近くの森から不気味な笑い鳥の笑い声がケラケラとひびいて来た。

魔　妖

憑かれているのは、有馬上等兵ばかりではない。最も冷徹な堀中尉もまた凄じい執念の鬼となっている。しかも、その対象のなんという意外さ、魔島に千古の夢を秘めて眠る金色の大鉱脈。

「有馬、この島から珊瑚《さんご》海をへだてたオーストラリアは、いまから百年前は、ただ砂漠と流刑地のみだった。それがおびただしい沙金が発見されてから、狂気のようなゴールド・ラッシュ、そして一躍してあのような文明の国になったんだ。この戦争が終れば、ここもこうなる」

　堀中尉は、ギラギラと底びかる眼で、有馬上等兵を見つめて、うめくようにいった。

「若《も》し……このことを、ほかの奴らも知ったならばだ」

「ほかの奴ら――あの、三枝中尉や蜂須賀少尉殿もでありますか」

　上等兵はぽかんと口をあけていった。

「もちろんだ。秘密は一人ならば一人でまもられる。二人となると、すぐに四人知る。四人知れば十六人に伝わる。それは幾何級数的にひろがってゆくものだ。……他の、ジャワやマレーの資源は誰でも知っとる。戦争終結と共に内地からどっと洪水みたいに利権屋が押しよせてゆくだろう。とうていおれ達の歯のたつ舞台じゃない。この――地獄のような死闘をなめたおれ達がだ。悲惨な兵隊の宿命だ！　おれはイヤだぞ。おれはイヤだ。そんなばかげた、阿呆らしい宿命はいただけん！　なんのために戦ったんだ。なんのためにあんな経験をなめたんだ！」

　低いが、咆哮するような声だった。有馬上等兵は、どんなに苛烈な戦争の間でもこんな凄惨なばかりの堀中尉の姿を見たことはなかった。太古そのままの湖のほとり、太古そのままの蒼い夜「聖なる戦い」の戦士であるはずの男が、その仮面をぬいで吹く金色の息吹は、モアの息吹よりも、もっと恐ろしく、冷たい獣性の香りがした。

「凱旋《がいせん》したら、おれ達だけで計画するんだ。ここを、おれ達だけで手に入れよう。採掘して巨億の黄金を自由にしてそれからの生活は……夢！　夢じゃあないぞ、有馬、今までのあの悪夢みたいな苦しみが、決して夢じゃあなかったと同じ程度に、いいか、その素晴らしい運命をお前にも分けてやる」

ちょうど同じ夜の同じ時刻にも、南海のいたるところから、燃えつつ、黒煙をあげつつ惨憺とかき消えてゆく日本軍の死相を、知る由もない孤島の小天地、幻想的な月光を浴びてすでに王者のごとく身をそらせた堀中尉の姿が、どんなに滑稽なるものであったかは神のみぞ知る。酔ったような眼色で、手の椀の底にかがやく沙金をのぞきこむ中尉は、しかし、冷たい憎悪にひきゆがんだ微笑の口から、鈍い歯ぎしりの音をもらした。

「有馬、このことは、おれのほかにお前だけが知った。寝言にもいうな。断じて秘密は二人の間だけにとどめる。命令だ」

「はっ」

不動の姿勢になって、有馬上等兵は身ぶるい《いや》した。堀中尉は声もなく笑った。はじめて見せた媚《こ》びるような笑いがぞっとするほど卑しい表情を浮きあがらせた。

「よし、では、おれは帰る。いいか、喋《しゃべ》るなよ——」

執拗に念を押して、中尉は背を向けた。猫のように音のない足どりであった。遠ざかってゆくその背に、蒼い月光の炎が、メラメラと陰火のごとく燃えあがっているように見えた。

有馬上等兵は茫然としてモアの湖を見まわした。金精のひかりはもう昇らない。ふりかえると中尉の姿は消えていた。上等兵はまばたきした。夢！　夢じゃないぞ！　その中尉の声は、まだおどろおどろと耳の奥にのこっていたが、有馬上等兵は、たった今自分の出会ったのは、まるで金色の魔妖のひとりであったような感じに襲われた。

突然、彼は、ゲタゲタ笑いはじめた。恐いのに、可笑《おか》しかった。それは、あの悪戦、この恐ろしい島、途方もないポポマナシンの村、美しいこの夜、それから、今聞いた話と、それらの想念が、たしかに事実にちがいないのにあまりにも飛びはなれた関係にあるところから、コミあがってきた笑いであったろう。

（億金長者か――テヘッ、その長者様が、この女天国にいて、ツクネン坊だ。うふ、うふふふふ！）

彼の支離滅裂にかきまわされた想念は、笑いの爆発のみでなく、彼の大脳の秩序さえも崩壊させてしまった。――ほんとうに、この夜有馬上等兵をあのように恐ろしい行為にたたきこんだ狂気の嵐はすでにもう、このときからいくぶん彼の頭のヒビから忍びこんでいたにちがいない。

「おや？」

上等兵はふと頭をあげた。

何処か、ちかいところで、異様な物音を聞いたからだった。――何か草の上をひきずってゆくような。それから、獣の喘ぎのような。

不思議なことに、上等兵はこんどはもう恐怖を感じなかった。どんなに奇怪な出来事が起ろうと、それにびっくりするだけの常識は、もはや彼の頭から溶け消えていた。

上等兵は夢遊病者のようにフラフラと歩いていった。しかし彼は、そこに今逢った魔妖よりもっと恐ろしい妖怪を目撃したのだ。

いつかヒオーナと呼ばれる土人の女が、四人の戦友と愛の饗宴をひらいた場所。そこにヒオーナがいる。いや、室賀伍長もいる。

ヒオーナは、月光にまるい腹を人魚のように波打たせている。草の上をうごいている。だが、彼女のあの炎のような喘ぎと叫びは聞えない。

室賀伍長は立っている。歩いている。その手に何か黒いものをまきつけて、蒼い光にその形相はまったくの悪鬼であった。

(おや、ヒオーナは死んでいるのだ。……そして、伍長殿は、その髪の毛をつかんで、ひきずっておられる)

大した感動もなく、こんなことを考えながら有馬上等兵はヒョコヒョコ近づいていった。

「やっ、――有馬っ」

室賀伍長は破れるような叫びをあげて飛びあがった。驚愕と恐怖のために、獰猛《どうもう》なその顔は、黒色肉腫がはじけ出したように見えた。

「伍長殿……ヒオーナは死んだのでありますか」

有馬上等兵はふわっとした声でいった。彼は、伍長の恐ろしい顔を見てはいなかった。彼の視線は、水のような光に濡れてのびている、豊満な女の裸形にそそがれていた。

(死んだ女、死んだ女、死んだ女……)

この言葉が、いやらしいとか不気味だという感じよりも、なぜか上等兵の脳裡に、チカチカとめくるめくような光の波紋をひろげていった。

しばらく声も出し得ないで立ちすくんだまま、じっと上等兵を見つめていた室賀伍長の顔に、このとき何ともいえない表情がにじみ出た。

「有馬……」

狡猾《こうかつ》な猫なで声というより、追いつめられた賭博者が、一か八かの骰子《さいころ》をふるような、変に優しい殺気に満ちた呻《うめ》きを彼はもらした。

「どうじゃ。お前にこの女の身体ァやろうか?」

「この女の……身体を?」

「可哀そうに、お前は中尉殿からひでえ猿轡《さるぐつわ》をはめられていたろ……よくいままで我慢したもんだ! が、こりァ我慢しなくちゃならねえ。村じゅう黴毒だらけになっちゃ、こちとらがたまんねえからな。……が、死んじまった女ならいいぞ。有馬、死んでいたって、見ろやい、この女の美しい身体を。――やるよ、お前の自由にさせてやる。有馬おれァここで眼をつぶっていてやるよ!」

なんという恐怖すべき誘惑の声――が、有馬上等兵の耳には、それはまるで天上の魔楽のようにひびく。（鎖をきれ、鎖をきれ）——おお、鎖はきれた！　鎖でへだてられているのは、生きている女だけに対してのことであった。眼をはり裂けるほど見開いたまま有馬上等兵は、自分がこの夜何を求めてさまよい出したか、その意志をはっきりこのとき知って、熱病の発作のような身ぶるいをした。

　上等兵の両眼が、ぼうっと酔ったようにかすみ、次の瞬間、それはこの世のものならぬ慾情の火に燃えあがった。

「伍長殿……この女を……いただくであります！」

　獣みたいに咆《ほ》えて、彼は冷たい裸女にとびかかっていた。

　生命に死の矢をつき立てる殺戮《さつりく》。死に生命の息吹きを吹きこむ——屍姦《しかん》。すなわち、死と生命の壁をつらぬく犯罪、これこそはおよそ生物のなし得る最も深刻な大罪悪にちがいないが、しかし殺戮は他の動物もこれを行う。が、屍姦こそは人間特有のもの、神も面を覆わざるを得ない宇宙的な悖徳《はいとく》の所業である。——それだけに、それは殺人以上に、なんと人をはかり知られぬ快楽の深淵にひきずりこむ行為であろうか！

　ねばねばした冷たい洞窟に吸いこまれ、生命の炎を全身からぬきとられて放り出されたように、月下の草のうえに横たわって、微《かす》かな息を吐いている有馬上等兵を、室賀伍長は、ガチガチと歯を鳴らしながら、ひきゆがんだ笑顔で見やった。

「黙っていてやる。誰にもいわないよ、有馬」

　彼は呻くようにいって、深い呼吸をし、のろっと動き出した。

「その代り、おれのやることも黙っていてくれな。この取引は、絶対、ふたりだけの秘密だぞ」

「伍長殿が……やられること」

「有馬」

室賀伍長は、腰の牛蒡剣をひきぬき、海豹《あざらし》みたいに醜怪に三角形に口をあけて咆哮した。

「おれは喰いたいのだ！　死んだ女の肉の味が、どうしても忘れられなくなったのだ！」

伍長はいきなりヒオーナの屍体に馬乗りになると、そのみぞおちにぶッすり剣をつき立てた。

死んでいるはずのヒオーナの足が、このときピョコンとはねあがったような錯覚に打たれて、有馬上等兵ははね起きた。

室賀伍長の引く剣のもとからどきっとするほど生々しい黒血が、白蠟のような肌に溢れ出し、散りかかった。

「伍長……殿……」

立ちすくんで、この魔妖の光景を、白っぽい瞳で見つめている有馬上等兵の頭は、灰色の濁流のように過去へながれて、あの密林の蒼い沼のほとりで、ラーシの屍体にまたがっていた伍長の姿が彷彿《ほうふつ》と浮かびあがった。

すると、また記憶が血とともに逆流して、戦友の菊地上等兵の臓腑に喰いついている伍長の姿がまざまざと甦《よみがえ》った。——有馬上等兵の全身を冷たい戦慄《せんりつ》がはしった。

彼はそむけた眼を、草の上の一点に落した。長い、土人の吹矢が一本落ちていた。上等兵のおののきは熱風に変っていた。

彼はその矢を摑《つか》むと、狂的な眼で、前にうごめいている人間獣の背をきっと見つめ、いきなり、根もとまで通れと刺しつらぬいた。

凄まじい悲鳴であった。

「有馬！　裏切ったなっ」

絶叫は唯《ただ》一語、のけぞりかえった胸へ、クラーレを塗った吹矢の先端は、一尺あまりもつきぬけて、白じろとひかっていた。

「復讐だ」

と、ピーンと四肢をつっぱらしたまま、動かなくなった室賀伍長の姿を見下し、有馬上等兵は痴呆のごとくつぶやいた。

まもなく、彼はふたりの男女の屍骸に大きな石を結びつけ、モアの湖へ投げこんだ。聖なる湖底から、深い波紋がのぼってきて、水面にゆるやかにひろがったとき、またあの妖麗な黄金色の華が空中にぽっと咲いて、石のように立ちすくんだ有馬上等兵の姿を、一瞬、物凄く照らし出した。……

恋の火の鳥

ポポマナシンの村は、ふたつに分れた。祈禱師ケマ党と新しく出現したニッポン人党とである。

ケマ党には概して老人が多い。幾千年かの平和な風を吸いこんで、ほとんど善意のみを満たした土人ばかりだから日本兵達を排斥《はいせき》しようなど夢にも考えず、それどころか、王女を救ってくれ、また恐ろしく智慧のある彼等を、新らしい魔法使いのように尊敬しているが、なんとなく村を騒然とさせてきた風潮を不安がり、それから、高い聖堂の窓から、暗い厳粛な眼を投げている老祈禱師の気配を恐れるのだった。いわばポポマナシンの保守派というところ。——

三枝中尉達に興味を持っているのは、若者と女達のなかに多い。空を走る車（飛行機）海をゆく城（軍艦）夜かがやく小さな太陽（電燈）苦心惨憺して文明を説明する中尉達に、彼らはまるでお伽噺《とぎばなし》をきく子供みたいに聴き入るのだった。これは急進派というべきである。そして、中尉達は、やっとのことで、それらの文明を見るために出かけていってもよいという若者を三十人ばかり手なずけた。が、彼らはおずおずといった。ただし、祈禱師ケマが許してくれるならば、でがすよ。——

あのルンガ岬を、友軍が奪還していることはまちがいないとしても、そこへひきかえす苦難に満ちた密林行に、単に食糧運搬隊としてでも、二、三十人の土人は絶対に手に入れなければならない。いまや、あの瘦せた黒色の老祈禱師の心を摑む——従伏させるか、信頼させるか、これこそ中尉達にとってぬきさしならぬ焦眉《しょうび》の重要事となった。

或る晴れた午後、三枝中尉は聖堂の梯子《はしご》をのぼっていった。

高い、ケマの居室には小さな窓がついていて、そこから部落一帯、森や、畠や、それらのずっと向うのモアの湖が、まるで一枚の白い皿のように見えた。周囲には、何百とも知れぬ頭蓋骨が安置してある。これは村人の先祖達のうち、祈禱師であった者や、ムアネカーマであった者や、或は勇士などを土葬にし、一定の期間ののち、頭蓋骨を掘り出し、聖水で洗ってきれいにして、ここに供えて祭ったものだった。

ケマはこの頭蓋骨に祈る。そして神託を得る。ムアネカーマを任じ、王女を決し、その他もいろいろの村の政治儀式の遂行や変動はすべてこの神託から発するのだ。

「お邪魔する。ケマ、何を考えているか？」

獣皮のような匂いと黴《かび》の香り——それに、その昔ガリラヤ王ヘロデのあぶら汗が、ひどい蛇族の体臭だったというが、この祈禱師も枯木みたいに瘦せているくせに、まるで蛇のような匂いがする——顔をしかめながら、三枝中尉は髑髏に礼拝し、媚びるような笑顔を見せた。何を考えているか、文明人の思考を以てははかりがたい怪老人だけに、とりつきようもないが、しかしなんとかしてその心を得なくてはならないのだ。

ケマは落ちくぼんだ瞳をあげた。

「左様《さよう》、ヒオーナの行方をな」

三枝中尉ははっと息をのんだ。

ヒオーナと室賀伍長が、忽然と消失してからもう十日になる。しかしその謎を中尉は知らなかった。屍肉への嗜慾《しよく》から伍長がヒオーナを殺し、その伍長を、菊地上等兵の復讐のために、有馬上等兵が殺した、この秘密を有馬上等兵は黙っていたからであった。

それを告白すると、その直前の自分の屍姦という大破倫、それから堀中尉との奇妙な金色の密約までもお喋《しゃべ》りしたくなる、その強迫観念の恐怖のほかに、有馬上等兵には、あの上官殺害が、はたして復讐などという筋のとおった心理にもとづくものであったか、若しや自分が悪夢に酔っぱらったあまりの、無目的な狂乱の行為だったのではあるまいかという、混沌とした疑惑が胸中に浮きあがって、髪の毛をかきむしりつつ、彼は沈黙していたのだった。

三枝中尉は最近、仲間が、あの凄惨なジャングル落ちのころのように、一人一人の心がはなればなれになり、冷たい、ぞっとするようなお互いへの疑惑と不信の透明な霧につつまれているのを漠然と感じていたが、しかし、さすがにその秘密を知るよしもないから、むしろ室賀伍長消滅の謎を、この老祈禱師にかけて、心ひそかに戦慄していたのである。

いつか、禁断の王女レーラへ、傍若無人な情慾を露骨にした伍長に、あのときケマが見せた凄じい憤怒の形相《ぎょうそう》。

その回想と、いまの平然たる彼の言葉に、三枝中尉は思わず、ぶるっと身ぶるいし、歯をくいしばって微笑した。

「ヒオーナの行方を？　ケマ、われわれの友室賀も何処かいなくなった。それもよく考えてくれ」

「モアに聞いて進ぜよう」

「モアが知っているのかね？」

「ヒオーナとムロガがいなくなった夜、湖の底でモアがしきりと怒りの息吹を火と吹いていたのをトンガも見たと申しておる」

「湖底で、モアが？」

三枝中尉は失笑を禁じかねた。皮肉な嘲笑を必死に噛みこらえる努力が、思わずうっかりと手を腰の双眼鏡へ動かせて、

「ケマ、これでのぞいて見るがいい。遠い湖がすぐそこへ近づく。ひょッとしたら、モアの怒った顔も見えるかも知れん」

得意満面で、双眼鏡を老祈禱師の双眼にピタリと押しつけた心の底には、むろん、文明人の、「神通力」で、彼を驚倒せしめてやろうという、悪戯《いたずら》な意図があってのことだった。

その手を押しのけようとしながらも、強引にモアの湖をまぢかに見せつけられたケマの顔に、恐ろしい驚愕のいろのひろがったのを見て、三枝中尉はにっと笑った。

「おお！　おお！」

腸が裂けたかとも思われる凄じい呻きであった。

「レーラ！　モアにそむいたな、王女！」

その憤怒に満ちた叫びに、三枝中尉は愕然とした。いったいケマは何を見たんだ。あわてひったくった双眼鏡で遠いモアの湖を見た彼は、その刹那、両眼から五彩の星が飛び散ったかと思われた。

レーラだ！　レーラだ！　聖なる王女は青草の上に横たわっている。その足は空にあがっておののいている。頸の花環はちぎれ、その代り彼女の顔が薔薇《ばら》の花のように笑っている！　恍惚とかがやく瞳から、涙があふれ、ひらかれた、口から洩れる恋の叫びは、まざまざとここまで耳に聞えるようだった。

王女の身体の上に重なっているのは、土人ではない。向うむきのその顔は見えないが、それはたしかに三枝中尉の仲間の一人であった。——堀中尉？　有馬上等兵？　いや、いや、それはあの純潔の戒律を自ら課しているはずの蜂須賀少尉らしかった。

(ば、ばかっ——なんということをしてくれたんだ？　あれほど戒《いま》しめてあるのに、な、なんということを！)

蒼白になってふりかえる顔を、祈禱師ケマは、血走った、蛇みたいな眼でじっと見上げていった。

「火あぶりじゃ」

「——男も？」

「もちろん。炎で浄《きよ》めて、灰を湖のモアに捧げなければならぬ」

三枝中尉はふるえた。手に拳銃がふれた。

万死に一生を得て来た七人、そのうち既に三人を失い、ここでまた一人を失うのか？　その一人は、彼が弟のように愛している蜂須賀少尉だった。畜生っ、土人の迷信に、帝国軍人が犠牲にあげられてたまるかってんだ！

だが、だが、だが——ここで、この土人の支配者を殺すことは、あの計画が崩壊することではないか。あとの全部が、永遠にこの山中から出かけてゆくことができなくなるのだ。絶対にケマの意にそむいてはならない。

(やむを得ん！)

大事の前の小事、が、なんという悲惨な小事！

彼は、憎悪すべき双眼鏡をはっしと床の上にたたきつけたい衝動を押えて、もういちどそれを眼にあてた。

レーラと蜂須賀少尉はもう見えなかった。そのかわり、少しはなれた森蔭の小径《こみち》を、何処へいっていたのだろう、堀中尉と有馬上等兵が何か熱心に語りあいながら、村の方へもどってくる姿が見えた。

その刹那、ぞっとするような或る考えが三枝中尉の頭をひらめき過ぎた。彼は蒼白い顔をあげた。

「よろしい」

と、彼は、唇を微笑にねじらせていった。

「われわれの手で王女を瀆《けが》したアリマを殺す」

そして、彼はケマの顔をじっと見つめた。中尉は犠牲者をすりかえようと決意したのだ。

少尉の身代りに上等兵を立てようと思いついたのだ。それは、日本軍隊の、あたりまえの、恐るべき道徳であった。

はたして、老祈禱師は、アリマという名を聞いても、それに抗議をさしはさまなかった。ただ、暗い笑いが、ぼやっと頰に浮んで、

「お前達が、殺す？」

「そうだ。レーラはこの村の法の通りに裁くがいい。が、アリマは——神聖なモアの聖処女を潰した罰として、われわれの誠意を見せるために、こちらで制裁して御覧に入れる！……その代り——」

「その代り？」

「われわれが、モアに絶対の尊敬をはらうものであることを認めていただけたら、われわれがこの村を出てゆくとき、二、三十人の若者を見送りにつけてもらいたい」

禍《わざわい》を転じて福となす、三枝中尉は、戦慄すべき犠牲をはらう代償として、ついに本音を吐いた。ケマは、長い間、凍りつくような眼を中尉の顔へそそいでいたが、やがてまた暗い笑いが、ぼやっと頰に浮かんで、

「よいわ。皆が出かける日に、レーラをモアに捧げて、旅の無事を祈って進ぜる」

おそらく彼は、この危険な侵入者どもにポポマナシンから出ていってもらうためには、それくらいの犠牲を忍ばなければなるまいと観念したのだろう。

一時間ほどたって、ぶらぶらと村に入ってきた堀中尉と有馬上等兵は、広場の聖堂の前で、じっと立っている三枝中尉の姿を見、異様な気配にはたと立ちどまった。

「どうした？　三枝——」

彼らはどきっとした。いままで、湖畔で、コソコソと例の金鉱の調査をしてきたところだったからである。

「聖なるモアの尊厳を犯した罪により――」

三枝中尉は土語で絶叫した。聖堂の高い窓から見ている祈禱師ケマに聞かせるための大声であった。

「有馬！　きさまを射殺する！」

轟然《ごうぜん》たる銃声が中尉の手もとにあがり、あっけにとられたような有馬上等兵の表情が、かっと恐怖の仮面のごとく硬直したと見るまに、彼は崩《くず》折れた。

「三枝――」

堀中尉は、茫然と立ちすくんだまま、白い唇を喘《あえ》がせた。本能的に、手は腰の刀にあてられていた。てっきり、金鉱探しのことが、発覚したにちがいないと直感したからだった。

三枝中尉は、銃口から出る白煙をふーッと吹いて、硬《こわ》ばった笑顔になり、

「びっくりしたろう。堀、わけはあとで説明するが、とにかく、有馬は王女を強姦したという罪名によって殺さねばならなかったんだ。おい、ケマが見ている。――屍体を抱いたりするな！」

が、有馬上等兵は、愕然たる死相を地べたからあげていた。何といった、今の罪名は――

「ちがう！　おれは王女など――おれは、金鉱を――」

叫びだした口を、ガッと軍靴《ぐんか》で蹴られた。歯が折れて、ほとばしる血にかすんだ眼に、そ

の軍靴が堀中尉のものであることをチラと見た。最後の一瞬であった。最後の驚愕であった。

「卑怯者――」

その声ものどまでのぼっただけで、有馬上等兵はガクリとなった。

（おっと、それを喋られてなるものか）

冷炎のような、が、曖昧《あいまい》な微笑を浮かべ、さて、この思いがけぬ出来事の意味をきくため、堀中尉が三枝中尉の方へ近づきかけたとき、塔の上から、鴉《からす》みたいな不気味な声がふった。

「王女レーラ――」

広場のはしに、レーラと蜂須賀少尉が現われた。レーラは愛くるしい顔を高い聖堂の窓にふりあげた。窓の声はいった。

「お前は聖なるモアに叛《そむ》いたな。その罰を忘れはすまい」

王女レーラは電撃されたように立ちすくみ、真っ赤になってうなだれた。失神しそうに足がよろめき、少尉がびっくりして身体をささえた。

恐ろしい声は、容赦なく降って来た。

「火あぶりじゃぞ。炎に魂をきよめて、湖底のモアのもとへゆけ――」

王女は、蠟のような顔を少尉の方へ向け、それから、微笑にうるんだ瞳を天にあげて、小さな声でいった。

「はい――よろこんで――祈禱師さま」

みんな居なくなったとき

真夜なかから、黎明《れいめい》にいたるポポマナシンの祭典だった。
聖堂をめぐる広場に、炎々と篝火《かがりび》は燃え、砂時計のような形をした太鼓を打ちたたき、一尺余の音楽弓をかき鳴らし、笛を吹きたてて土人達は踊り狂う。灯に映えてかがやく槍の穂は、みんなそれぞれの妻や恋人の愛の分泌液をまじないとして塗りつけたものであった。彼らは歌った。

いざ諸人《もろびと》槍を持てよ
あつもの鍋を釣りあげよや
われらは唄う血潮の歌を
また勇士の歌を
死者をなぐさめんがためには
敵は復讐せらるべきぞ
われらをして敵の血をすすらしめよ
われらをして敵の肉を喰わしめよ

それは太古、彼らの先祖がニュージーランドからサモアへ、サモアから点々と島づたいにこのガダルカナルへ、そしてこのポポマナシンへと、文字どおりの食うか食われるかの漂泊をつづけてきた時代の名残りの唄であったろう。

しかし、赤い炎に映え、乱舞する無数の裸身、頭に鳳鳥の羽根をさした顔は、これがあの平和な素朴な住民であったかと疑われるばかり、何千年前かの剽悍無比の祖先の血が甦ったよう、地獄のように物凄い光景だった。

そうだ、見るがいい、恐ろしき舞踏の向うの夜空にそそり立つ柱、それに高々と、くくりつけられている仄白《ほのじろ》い裸身、その乳房はまだ息づいているが、それはすでに不吉な死の幻影ではなかったか、彼女の双の眼は、地上の一点にひかりの糸のように結びつけられていた。

蜂須賀少尉がそこにいた。彼は喘ぎ、呻き、身をもがいている。背後から、鉄みたいに両腕でしめつけているのは三枝中尉だった。

「蜂須賀、がまんしろ、なんのためにおれは有馬上等兵を射殺したんだ。いやさ、有馬上等兵はなんのために、お前の身代りになったんだ。お前がいまとりみだしたら、すべてがメチャメチャになるじゃないか。有馬の英霊も浮かばれんぞ――」

ふたりの周囲には、もう吹矢を背負い、槍を肩にし、大きな食糧の荷を前につみ上げた三十人ばかりの土人が、手をたたいて眼前の乱舞をはやしたてていた。夜明けと共に、広茫たるジャングルへ出撃してゆく「ポポマナシン義勇隊」である。

「われわれは日本軍人だぞ。作戦命令を遂行するため、この生命はささげてあるのだぞ。いつまでもこんなところに住んでいるわけにはゆかん。血迷うな、蜂須賀――」

「私は生命は惜しくはない！　しかし、ここから出てゆきたくはない！」

蜂須賀少尉は子供みたいにイヤイヤをして慟哭《どうこく》した。

「ばかな、――土人の女と心中するつもりか。ばかばかしい！」

傍で堀中尉が吐き出すように叱りつけた。

「そして、見ろ、レーラもお前を無事に逃がすために、黙って死んでゆこうとしているのじゃあないか。その心を無にするな、冷静になれ、逆上するな！」

「レーラ……レーラ……」

悲痛な、腸のちぎれるような声だった。

「おれのために、おれのためにお前は――」

涙にぬれたその頬が鳴った。たまりかねた三枝中尉がなぐりつけたのだ。が、少尉はその痛みも感じないように、血走った眼を、恋する王女に投げ、飛び出そうと身をもんだ。

「この馬鹿め――何という馬鹿野郎だ！　堀、そろそろゆこう。もう夜があける。ケマに合図しろ」

篝火はまだ赤々としていたが、いかにも巨大な断崖にふちどられたまるい空は、水のような微光にあかるみかけていた。堀中尉は、それを仰いで手をあげた。

聖堂の前につくられた祭壇、並べられた七個の土器の皿にたたえられた油は、めらめらと妖麗な焰《ほのお》をあげ、そのまえにひれ伏して、椰子の実を破っては汁を皿にそそぎ、ブツブツ呪文をとなえながら、しきりに聖鳥モアに祈禱していたケマは、その合図にゆらりと起《た》ちあがった。歩き出した。胸にかけた髑髏の眼が、キラキラと黄金色にひかり、彼は毒の吹矢を空へさして、陰々たる声を発した。

「聖なるモア――濆《けが》されたる聖処女レーラを炎にて浄《きよ》めん。大いなるみこころをもて、その浄められる灰を受けられよ――」

ムアネカーマ・ア・ダロが死の柱の下からすっと起ちあがった。あの優しい、美しい顔が、まるで仮面のように無表情に荘厳だった。うずくまると、彼の身体の蔭からぼうっと炎が燃えあがった。柱のまわりにつみ上げた薪に火を点じたのだ。

「聖なるモア――聖なるモア――」

恐ろしい合唱が湧きあがった。太鼓、笛、歌声は怒濤のごとく高まり、円陣の乱舞は狂える夜鴉《よがらす》の饗宴のようだった。

「濆されたる聖処女レーラを炎にて浄めん――」

黎明の蒼穹《そうきゆう》に立ち昇った火柱に、樹々から、びっくりした鸚鵡や極楽鳥の群が、はたはたと飛びめぐりはじめた。五彩の雪のようにふりそそぐ羽根、燃えあがり、うずまく金蛾のごとき火粉。

高い柱の上で、蛇のように白い裸身がうねり、悲しい恐ろしい叫びが落ちてきた。

「モア！　モア！」

一瞬、耳を覆い、失神したようになり、次に獣みたいな叫びをあげて躍りあがろうとする蜂須賀少尉を、罠のようにガッキと抱きとめ、三枝中尉は声を高く土語で命令した。

「進め、――」

炎とともに天へよじれ、昇ってゆく犠牲者の苦悶の声。それを圧して高まる呪文の合唱。それをあとにポポマナシン義勇隊は粛々として行進を開始した。

恐ろしき祭典は、しだいに遠ざかってゆく。半ば気絶し、ときどき「レーラ……レーラ」と、譫言《うわごと》のような呻きをもらす蜂須賀少尉を、まるで略奪でもしてゆくような恰好で運んでゆく三枝中尉と堀中尉は、例の大断崖のきれめ、細い凄絶な通路までやって来たとき、万感無量といった表情を見合せた。

はじめてここを通って、この不思議な村落へ入ったとき、自分達は、まるで瀕死の狼群のようではなかったか。それが――

「堀、みるがいいこの部隊を！　日本全軍ひろしといえども、かかる破天荒な、奇抜な、詩史的部隊はあるまい。ルンガへついたらみな驚倒するぞ。感状ものだ、すばらしいものだ！」

胸をそりかえらせる三枝中尉はにやっと笑う。

（三枝よ、お前は知るまいが、おれはそのうえ、莫大な宝庫をこの手につかんでいるのだぞ。感状なんて紙きれどころの騒ぎじゃあない――）

そのときだ。遠い背後から、夜明けの風を截《き》って火の矢のような叫びが聞えたのは。――それは細く、凄く、美しく、はっきりと聞えた。

「ハチスカ！」

それがレーラの声であると知って、彼らがゾッと立ちすくんだとき、蹌踉《そうろう》と歩いていた蜂須賀少尉がぽっかりと眼をひらいた。血の炎が煮えあがったその瞳が、背後の崖に釘づけになると、

「レーラ！」

と、絶叫した。

「レーラ！　お前一人は殺しはせん！　おれもゆく、おれもゆく――」

狼狽して抱きとめようとする三枝中尉の手をはねのけ、少尉は鞭のように飛びさがった。

「蜂須賀！」

「中尉殿！」

その眼はすでに正気のものではなかったが、爆発したように叫び出した言葉は、一句一句、恐るべき真理の声であった。

「平和なポポマナシン！　素朴な土人達！　そこへ闖入《ちんにゅう》したわれわれは、いったい何をしたでしょうか。女達に獣慾を洩らし、殺伐な戦争の息吹きをふきこみ、あとに可哀そうな犠牲者をのこし、また死の行軍へ三十人の若者を、ひきずり出そうとしているのです！　われわれは土人に劣る。あさましい、下劣な、野獣の群でした！　菊地上等兵を喰い殺したのは峰と室賀、峰を射ち殺したのは私、有馬上等兵を射ち殺したのはあなた、そして、室賀の姿をこの世から消したのも、恐らくわれわれの仲間のひとりでしょう。私は贖罪《しょくざい》する、私は土人に詫《わ》びなければならぬ、私は文明人として、レーラへの誠意を貫ぬかなくてはならない！」

「黙れっ」

狂豹のようにとびかかった三枝中尉と蜂須賀少尉の影がもつれ、回転し、中尉がよろめいた。血の糸が落ちて、せせらぎへ走った。

「気がちがったな——馬鹿野郎っ」

下腹部を押えて、悲痛な呻きをただ一語、棒のように三枝中尉は水煙をあげてころがっていた。

風に吹かれる花のようによろりと、血のしずくを垂らす軍刀をぶらんと下げ、虚《うつ》ろにひかる眼でそれを見下した蜂須賀少尉は、次の瞬間、

「レーラ！　おれも死ぬ、おれも死ぬぞ——」

完全に狂った叫びをあげて、村の方へ駈け去っていった。ぽかんと見送っていた土人達は、急に浮足だって、まるで魔風に吹きもどされたように、ぱらぱらとそのあとを追いはじめた。

五分か十分もたたないうちに、村の方から何か潮騒《しおさい》のような混乱したどよめきが流れてきた。

（これはどうしたことだ？）

茫然とただひとりつッ立っている堀中尉の眼に、爛《ただ》れるような炎の色がさらに凄愴《せいそう》の感を強くしてきたのは、美しく晴れていた夜明の空が、いつしか暗々と曇ってきたせいでもあったが、彼は地獄の入口に立っているような何ともいえない恐怖と孤独に打ちのめされ、無意識的に、せせらぎの峡谷を外へ向って逃げ出していた。

（万事休す！　万事休す！）

密林は暴風雨に変っていた。それは曾《かつ》て経験したこともないほど凄じい嵐であった。自然の怒りというより、何か神の怒りといった方が適当な大地の震撼であった。神の——おお、聖鳥モアの！

天地創造の朝にも似て、ざわめき、どよめきわたるジャングルの咆哮、空は暗黒の巨大な鐘のごとく大轟音《ごうおん》を発している。樹々に鞭打たれ、滝のような雨にたたかれて、堀中尉は逃げまよっていた。

突然、夢幻のように美しい断崖の向うの原始境が眼に浮んだ。

（なんだ、なぜ逃げ出したんだ。お前は気が狂ったのか。もどれ、ポポマナシンへ、もういちど、あの黄金の眠る村へ——）

愕然と醒めたように、恐怖の眼をあげ、彼は河をさがそうとした。その河をたどれば、あの断崖の谷へゆきつけるのだ。が、——おお見よ、密林の樹間をながれる幾千条の河、それはたばしり、よどみ、渦巻き、逆流している。立ちすくむ堀中尉の足くびから膝へ、それは烈しい、嗤《わら》うようなしぶきをあげた。

「——黄金郷！　黄金郷！　世界で、おれだけが知っている黄金郷は何処だ？」

次第に血走ってくる瞳に、そのときゆらりと流れよってきたものがある。髑髏だ。それに、蛇のように枯れたヒビスカスの花環がまきついていた。

「ラーシだ！」

たまげるような悲鳴をあげて飛びあがり、闇黒の大密林を逃げまどう堀中尉に、ラーシの骸骨は流れ、廻り、くるくると、蒼白い燐光を発しながら、いつまでも何処までも追いついてくるのであった。……

腐爛《ふらん》の神話

一

ここに学者、パリサイ人《びと》ら、姦淫《かんいん》のとき捕えられたる女を連れきたり、真中《まなか》に立ててイエスにいう。

「師よ、この女は姦淫のおり、そのまま捕えられたるなり。モーゼは律法《おきて》にてかかる者を石にて撃つべきことをわれらに命じたるが、汝《なんじ》はいかにいうか」

イエス身をかがめ、指にて地に物書きたまう。かれら問いてやまざれば、イエス身を起して、

「なんじらの中《うち》、罪なき者まず石をなげうて」

といい、また身をかがめて地に物書きたまう。彼らこれを聞きて良心に責められ、老人《としより》をはじめ若き者までひとりひとり出でゆき、ただイエスと中《なか》に立てる女とのみのこれり。イエス身を起して、女のほかに誰もおらぬを見ていいたまう。

「おんなよ。汝を訴えたる者どもは何処《いずこ》におるぞ。汝を罪する者なきか」

女いう。

「主よ。誰もなし」

イエスいいたまう。

「われも汝を罪せじ。ゆけ、この後ふたたび罪を犯すな」

二

――新宿区東京医科大学付属病院内科に勤務する安西弘《あんざいひろし》医師（三〇）は、三カ月ほど前から第一病棟十三号室に入院しているひとりの女患者を担当していた。

カルテ《クランケ》にはその名は西條京子《さいじようきようこ》（二三）、現住所は新宿区東大久保一ノ四一二、病名はMeningitis gummosa basilaris――ゴム腫性脳底動脈炎。

入院してきたのは、一人の警官に腕をつかまれんばかりにしてつれてこられたので、そのころは、まだ彼女ははげしい頭痛と嘔吐を訴えるばかりで、意識はさほど乱れてはいなかった。

が、安西医師が奇妙に思ったことは、彼女が、口紅の毒々しさ、肩からぶら下げたハンドバッグ、あきらかに夜の女と見てとれて、それを警官が連行してきたことに、はじめなんの異常も感じなかったのに、彼女がその警官に対する態度、その警官が彼女を見る瞳、決してそれは犯罪者と官憲といったものではなく、しかもそれ以来西條京子の入院費を支払っているのは、その警官酒井信《さかいしん》（二四）らしいのだ。

酒井の住所も、京子と同じく東大久保の一ノ四一二。

「御親戚の方ですか?」

最初けげんな顔をしてきいた安西医師にその若い警官の頰にさっと血がのぼり、

「ちがいます」

そしてはげしく首をふって、小さな声ながら、強い口調で答えた。

「あれはただの、夜の女です。したがって、実は住所不定で、さしあたって私の現住所と同じところにして置いただけでして……ただし、ちょっと事情があって世話するつもりですから、責任はかならず私が持ちます」

そのとき、先刻京子から採った血液と脳脊髄《せきずい》液を持って検査室に入っていった実習生が出てきて、安西に報告した。

「やはりどちらもワッセルマン陽性です」

安西医師はぴりっと頰の肉をうごかして、小さな声で警官にいった。

「あの頭痛、嘔吐は、梅毒が脳を侵しているものですね」

酒井巡査の眼に悲愁の色が浮かんで、それがかすかな涙に変り、黙って、遠い診察台に横たわって呻吟《しんぎん》している患者を見た。

すると、その診察台の上で笑い声があがった。その嗄《しわが》れた笑い声と、そのつぎに飛んできた恐ろしい叫びを、その後安西医師はいつまでも忘れることが出来なかった。

西條京子はベッドに起きあがり、全身をわななかしながら、炎のような瞳を警官にすえてこう叫んだのである。

「アハハハ、梅毒っていったんだろ！　あたいにゃわかってたよ。何だっておどろかないよ！　だけど、ポリス、あんたびっくりしたろうね、おほほほ、だからあたいなんか追いまわすんじゃないっていったじゃないか、ここで手をひいた方がかしこいよ！——ね、そこの先生、その酒井ってポリスはね、狩込みのときあたいをわざと逃がしてくれてね、そいからあたいにつきまとってるんだよ——なぜって——そりゃ、あたいに惚れてるからさ！　ばかにおしでないよ、誰が、あんな若僧のポリ公に——梅毒！　梅毒！　ザマ見やがれってんだ、おほほほほ、アハハハハハ！」

三

「信じてくれますか？　私を」

酒井巡査は眼をあげていった。ふかい春の湖のように澄んだ若々しい瞳だった。

安西医師はうなずいた。あれから三カ月——時々、勤務のひまを盗んで患者を見にやってくる酒井の、表情、態度のふとしたすみずみに現われる献身と純情。そして「ただの夜の女」をつかまえた警官が、なぜ慣例によって吉原病院に送らずに、こうして個人的な面倒を見ているのか、この疑問にもかかわらず、その三カ月の間に、若い医師はこの若い警官がすっかり好きになり、信じるようになったのだった。たとえあの日、京子がどんな笑いで嘲《あざ》けろうと、酒井巡査が決して「惚れた」とか「追いかけまわす」とかいう下品な言葉にあてはまる動機でうごかされているのではないということを。

梅毒という病気は、感染後約三週間の潜伏期を経て、局部にいわゆる初期硬結を生じ、十五日か二十日たつとそれは自然に消え、なんの治療も施さずにいると、二カ月ほどの潜伏期ののち、第二期に入り、全身に発疹がでてくる。

これも数日から数週で吸収されるけれど放っておけば、七、八年後、内臓や筋肉や骨や神経系統に第三期の梅毒性変化が現われてくるのであるが、脳や脊髄はしばしば第二期に侵されることが多いもので、西條京子の場合はこれにあたった。脳底にゴム腫が生じ、そのため、恐ろしい頭痛、嘔吐、痙攣《けいれん》をくりかえしていたが、とうとう血管も侵されて、それが突然閉鎖されたために、二日ばかり前に卒中様発作を起し、それ以来こんこんとして眠りつづけているのだった。

脳血管が杜絶すれば、その灌漑下の脳実質は軟化する。よしや必死に射ちつづけているサルヴァルサンの力でその血管が通じても、いったん崩れた脳髄はふたたびもとにもどるべくもない。

死か。

それとも、それをまぬがれても、彼女の肉体はもはや内科より精神病院へ移されなければならない。——

その悲惨な境界に腐爛《ふらん》せる肉体を横たえて、ただこんこんと眠っている女の前で、はじめて酒井巡査は語るのであった。

昨年三月の或る夜、新宿一帯にわたる狩込みがあった。駅の傍にトラックを置いて数十人の私服が散り、疾風迅雷《しっぷうじんらい》のごとく無数の女獣を捕えてくる。そのまま、吉原病院ゆき。病気がなければ翌日身許引受人のもとへ帰されるが、若《も》し性病を持っていれば、指紋をとられて、そのまま癒《なお》るまで止め置きだ。これが三回重なると、懲役ということになる。――

暗い花園通りの電柱のかげに、タバコを唇にくっつけて立っていた夜の女、西條京子は、すっと寄ってきた背広の青年にニッと笑いかけた。

「にいさん、遊んでくれる？――サービス、いいわよ」

「よし、ゆこう」

がっちりと腕をつかんだ力の強さと、一瞬、遠いネオンに浮かびあがった横顔のきびしさに、京子ははっとした。

「刑事《デカ》だね――狩込みなの！」

悲痛な声がピーンと張って、

「警察手帳お見せ！」

せめてもの逆襲に、相手はニコリともせずポケットからさし出した。ネオンがまた青くひらめいて、血走った眼でのぞきこんでいる女の横顔をチラと見て、こんどは男が愕然《がくぜん》とした。

「君は――」

その叫びに、京子は顔をあげて、じっと私服を見返し、全身が硬直し、叫び声をあげ、よろめいた。

「あんたは、あの――」

遠く近く――そっちはヤバイよ――などいう悲しげな叫びが跫音《あしおと》とともに乱れてゆく。突然、京子はからからと笑い出した。

「そう！　生きていたのね、あんた――そして、あたい、あたい――おほほほほ！」

「君逃げろ」

酒井巡査は、心臓を槌《つち》で打たれたような驚きと痛みに、呻《うめ》くような声をあげて、彼女を暗がりに押しこんだ。そして、

「いいか、明日の晩――八時――そうだ、三越の傍のA喫茶店にきてくれ。きっと、くるんだよ！」

と口早にいいのこすと、すぐ風のように駈け出していった。

なぜ彼女は酒井を見て驚愕したのであろうか。なぜ彼は職務にそむいてとっさに京子を逃したのであろうか。

酒井信巡査の生れは山形県だ。西條京子の生れは鹿児島県だ。ふたりは十八、十九の年まで無縁の人であった。その年、歴史の暴風がお互いを吹き合わせた。――たった一時間。そしてその一時間こそは、ふたりの生涯にとって、あとにもさきにもその魂の炎が、蒼天までも灼《や》けのぼった運命の一時間であった。

四

昭和二十年五月上旬——鹿児島県某特攻隊基地。

その三月半ばから沖縄周辺に襲来した一千五百隻にあまる米大機動部隊は、十二万の精兵を沖縄に上陸せしめる一方、雲霞《うんか》のごとき艦載機群を以て南西諸島及び九州各地を空襲しつつあった。

この島、奪われんか、すなわち已《や》む。米軍はその圧倒的な航空兵力を沖縄に移し、母艦群は南方に退くであろう。

いまや本土近海にひしめく米艦隊の総兵力、実に五十五万。これを一挙に屠《ほふ》り去らんか、颶風《ぐふう》のごとく廻ってくる戦局の歯ぐるまを一応挫折せしめ、さらに逆転させ得ないとは誰が保証するものぞ。

かくて大西中将が比島戦で開始した航空肉弾攻撃を、大本営が計画的に採用するという、いわゆる菊水作戦が発動され、爆装せる特攻機は悪天をついて狂い翔《か》けていった。世界最大の戦艦大和《やまと》が、往路のみの燃料を搭載して出撃していったのも、この特攻機群を迎撃する米機を吸収するための巨大な囮《おとり》それ自身が目的だったのである。

開戦以来の激烈な消耗戦に、新鋭機すでになく、百戦の航空兵も失せ、この最後にして最大の苦難の戦いへ、祖国の興廃をかけて飛び立ってゆくのは、ほとんどボロ飛行機と年少の乗員だった。

その鹿児島の某基地で、死の出撃前夜、ちかくの料亭であと十二時間の生命を割《さ》いて最後の酒をくみかわしている若い特攻隊員達——そのなかに酒井信がいた。

彼らは嬉々としていた。自暴自棄といったような、陰惨な空気はなかった。歌声、笑い声、めちゃくちゃな騒ぎではあったが、その酒にてらてらひかる顔は、みな変なほどのんきそうで、その服装さえ変えたなら、学生の卒業祝いとも見える空気だった。泣く声も聞えたが、それは死の恐怖によるものではなく、酒よりもこの陽気なだけにいっそう悲壮な空気に酔った、若者らしい感動の涙であった。

悠久の大義に生きる——この神秘朦朧《もうろう》たる言葉を、哲学的にではなく、若い彼らは熱火の感激を以て信じていたのだ。恐怖すべきは、自分の死ではなく、巨大な祖国の運命であった。

酒井は風にあたるために庭に出た。

蒼穹《そうきゅう》にまたたく銀河。

わが生何ぞや？　血はうごかず、額に汗は滴《したた》ろうとする。永遠の時の前には夢幻のごとき一瞬ではないか。ただ厳たる不動の事実は、自分がこの国に生れ、この時に会ったということ。歴史は訓《おし》える、魂は指す、祖国のために死ね！

月明の庭をそっと歩いてきた者があった。ふりかえると、女学校を出たか出ないかとも見える少女だった。それまでいちども逢ったこともないのに、ぼんやり酒井と眼を見交わしていた少女の頬に、しずかに涙がつたいはじめた。

それが西條京子、その料亭の娘だったのである。

当時、どの特攻隊でも、事情がゆるすかぎり、最後のもてなしに女を抱かせてもらったものだ。が、誰がそれを享楽の感覚を以て抱いていったろう。女を知っている者はこの行為が生命そのものであったという追憶を頭にきざみ、女を知らぬものはこれが人生であったのかという満足或《あるい》は哀愁で胸を満たし、それはまるで厳粛な人間の最後の祭典のようなものであった。

酒井は童貞だった。その彼に、人生の神秘を知らせてくれたのは京子だったのである。それは彼が求めたというより、むしろすすんで彼女が捧げたものだった。そして京子が処女を失ったのは、実にその夜だったのだ。

京子にとっては、相手が特攻隊員であったら、誰でもよかったろう。——名誉も金も何もかも、すべて祖国へ捧げよ、「私の」許されるものは何もない。この全日本を嵐のように震撼する声。生命すらも！　おお、その生命を捧げる若者がここにいる。貞操そも何ぞや！

それは呪わしいほど純粋なふたりの少年と少女との、美しい、哀しい、厳粛な最後にして最初の儀式だった。

「後世、われわれの子孫が、祖先はこのように戦ったということを記憶するかぎり、日本は断じて滅ばないでしょう」

「あたしも、許されるなら御一緒にゆきたいわ」

抱きあった彼らの対話はかくのごときものであった。

けれども、翌朝出撃した酒井は死ななかった。機体故障のため、目標まで到達できないことがわかったので、爆装投下柄を引いて、途中の島に不時着したのである。

五

南西諸島を覆う混乱と阿鼻叫喚《あびきようかん》、死物狂いの菊水作戦も海面も見えわかたぬほどの米艦船には歯がたたず、沖縄は完全に占領され、五月下旬、目的を達したスプルーアンス麾下《きか》の機動部隊は悠々とマリアナ基地に帰ってしまった。

そして、八月ついに日本降伏――。

さらに四年。

東京淀橋署の一警官として新しい生涯に入った酒井が、四年目の春の夜、はからずも邂逅《かいこう》した西條京子、曾《かつ》ての可憐なあの少女は、ネオンにはばたく夜の青蛾に変貌していたのだった。

翌日の夜、三越横のA喫茶店に待っていた私服の酒井巡査は、傲然《ごうぜん》ふてぶてしい媚笑《びしよう》を浮かべて入ってきた西條京子を迎えた。

「あんたが、ポリスでなかったら、来てやりはしないんだけど」

彼女は恥じる様子もなくいった。

「商売にさしつかえるからね。早くお話すまして頂戴《ちようだい》」

タバコをくわえて、挑むようにいったが、しかしさすがに彼女はまともに酒井の眼を見ようとはしなかった。

投げやりな、面倒臭いといった表情を露骨に浮かべた口をむりに開かせてきいてみると、彼女はあの酒井に処女を捧げた夜から、憑《つ》かれたもののごとく毎日毎夜出撃してゆく特攻隊員に愛の奉仕をつづけたらしい。そのうちに空襲で家は焼け、両親は爆死し、そして終戦。痴呆的な上京。夜の彷徨。――肉体のみならず、魂もまた真っ暗などん底をさまよう四年間。

酒井巡査は戦慄《せんりつ》した。

戦争中、全日本人はまことに風にそよぐ葦《あし》であった。いや、それらの葦は戦後もまたそよいでいる。あるいは痛々しく、あるいは巧みに、あるいはよろこばしげに。――けれど、いったん吹き折られた葦はどうしよう？　それは地べたを這い、よろめき石ころにあたり、変色してしまっている。――あの夜の巷《ちまた》にうごめく無数の浮浪児、娘たち。

最初、暗然たるより酒井巡査は呆然とした。この女の変りように。化粧が濃いだけに隈《くま》がふかく、そこに恐ろしい疲労と絶望と廃頽《はいたい》がよどんでいた。しかし、おどろくべきはその姿より魂の変貌だ。酒井巡査はあの生死の境を翔けわたるような人生的経験をなめて、しかも人間というものは、めったに変るものではないなという思想に打たれていたから、この眼前の女を見て、しばらく深い嘆声のほかはなかったのだ。――人間、かくも変り得るものかと。ああ折れた葦の傷のいたましさ！

すると、酒井巡査の瞳には、四年前のこの女の清純な顔が、胸を刺すように甦ってきた。

それは清いというより、神聖ですらあった。

戦後「巧みにそよぐ葦」どもからどんなに特攻隊をののしられようと、彼はあのときの自分は生涯でいちばん美しい生命の火華であったろうという確信を失ってはいない。が、その追憶のなかで、自分より百倍も美しいのは、あの劇的な一夜、足下に横たわった乙女の裸身であった。

(あれは——すくなくとも自分にとって笑うべきではない。若《も》し人が笑うならば、この自分をも共に笑え)

その忘れ得ぬ一夜の追憶のゆえに、酒井巡査は西條京子を更生させることをふかく心に誓ったのだ。

爾来《じらい》、約半年にわたって彼は彼女を訓《と》いた。励ました。叱った。哀願した。要するに酒井巡査は京子を「追いまわし」た。

彼女は逃げた。嘲《あざ》けった。それは永遠にとらえることのできない妖《あや》しい春の逃げ水のようであった。

そして去年の夏、西條京子の姿は、とうとう、ふッと新宿の夜から何処《どこ》かへかき消えてしまった。

六

「女の小さな魂にむかってなした祖国のあの言語に絶する裏切り、あれにしてみればこの私もまたその裏切り者のひとりだったかも知れません。それをいったい、何処の誰に訴えたらいいでしょう？　それどころか、それからの四年間、よろめく女を遠慮会釈もなく責めさいなんだ社会の歯——それがどんなにあれの人間性をドロドロのぬかるみみたいなものにしてしまったか、更生させるという言葉は単純なものですが、その実行の困難なことは、私もよく承知していました。承知していながら、なんべん私も絶望しかかったことでしょう……」

酒井巡査は澄んだ眼で、安西医師を見つめて語るのだった。

「私は彼女を更生させるためなら、結婚してもよいと考えたのです。しかしそれは憐れみのためばかりではなく——あれのいったように、ほんとうに私はあれに惚れていたのかも知れません。実際、あの毒々しい化粧の前にいつもヴェールのように、あの夜の殉教者みたいな少女の姿が私にはちらついたのです。結婚する——若《も》し、あれが欲するならばです。しかし京子はそれを欲しなかったのでした。まったく今のあれから見れば、私などは乳臭い若僧に過ぎなかったにちがいありません……」

酒井の頬に少年のように恥じらいの寂しい笑がながれた。

「彼女は逃げました。私は場所をかえたにちがいないと思いました。そして自分のいい気なヒューマニズムが、かえってどんなに今のあれを苦しめ、いやがらせ、おかしがらせたかと、自分で自分を嘲けりたい気持にさえなったのです……ところが……」

「ところが……」

安西医師は煙草《タバコ》の火の消えたのも気づかない様子で問い返した。

「あの女は、私の手から逃げはしましたけれど、私がしつこく吹込もうとしたまじめな新しい生活への意欲は、やはりムダにはなっていなかったと見えます。あれはショバを変えたのではなし、鹿児島に帰って、田舎で百姓をやっている伯父のうちへいって、その手伝いをしていたらしいのです。――ところが、去年も末、或る雑誌のグラビアで、〝新宿夜色〟とかなんとかいう写真が出て、そのなかに三カ月前新宿の或る町角で煙草を吹かしている夜の女の姿があり、それが運悪く京子だったというのです。――悪意からではなく、単なる職業的な行為から、ゆきずりにその犠牲になって社会から葬むり去られる人々が、今の世にどれほどあることでしょう。そしてその加害者がちっとも罪悪感を持たず、また実際に罪人でもなんでもないだけに、その犠牲者はなおさら救われないのです。――これで何もかもメチャクチャ、村の人々の白眼と伯父一家の罵詈《ばり》に追われて、あれは前より千倍も暗黒な胸を抱いてまた東京へ飛び出してきました。――そしてこの冬、ふたたび私につかまったというわけです」

巡査の声は暗く、その頬には涙がひかっていた。

「今お話ししたような事情は、彼女のぽかんとした、恐ろしく無感動な唇からやっと聞き出したことですが、それでも私は、どん底から血をながしながら這いあがろうとする一つの魂、そしてまた無残に転がり落ちてゆく魂の、地獄のような光景が、まざまざと眼に灼《や》きつくような思いがしました。――あれは、御存知のようにいまでも私のおせっかいをうるさがっています。それはかまいませんけれど、ではいったい誰が彼女を救ってやるでしょう？　あの腐れ果てた肉魂が、はたしてあれだけの罰を受ける罪を犯したのでしょうか？　私は公務員のひとりですが、罪あるのは、加害者は、罰せられなくてはならないものは……」

「酒井さん」

と安西医師は思わず相手の肩に手を置いた。

「これが人生ですよ。社会ですよ。いつの世にも、どこの国にも永遠にある話ですよ……」

といったが、その声は怒りにふるえ、胸はやりきれなさでいっぱいであった。

七

こんこんと眠りつづけていた西條京子はその翌日の夕方死んだ。

入院当時の邪悪美にみちた面影すらすでになく、その髪は抜け落ち、爪は褐色に皺《しわ》ばみ、視神経も侵されて、眼はほとんど見えぬ様子であった。

彼女は失神から一時醒《さ》めた。そして次にふたたび襲ってきた発作のためについに斃《たお》れたのであったが、その直前、安西医師にははじめての経験であったが、彼女はひどく平静になり、掌を胸の上に組んで、澄みきった顔でこんなことをつぶやいた。

「あたい、神さまをよろこばせてあげました。神さまは笑いながら、蒼い空の果てへ飛んでゆきました。……汚ないあたいが、どうしてその神さまをけがすことができるでしょう？

……いいえ、いいえ、いいえ！」

それはうたう可憐な童女のように、あどけない、はろばろとした表情であった。

安西医師と酒井巡査は声をのんで立ちすくみ、眼をそらして窓の外を見た。

甍《いらか》の波の果てに、ひとつの落日が、荘厳な真っ赤な炎をひいて沈みつつあった。

◇

——イエス、人々にいいたまいけるは、

「汝らは肉によりて審《さば》く。我は誰をも審かず。——」

さようなら

一

一匹の鼠の屍骸《しがい》が、この中世紀的な悪夢のような物語のはじまりだった。

最初それに気がついたのは、その小路のおくにすむあるファッション・モデルである。その死んだ鼠は、都の衛生局のお役人の家の角に、ひとかたまりのぼろくずのようになげ出されていた。いったい、家で猫いらずで殺した鼠でも、夜なかに往来にすてて知らん顔をしている人間のめずらしくもないお国柄だ。したがって、彼女よりさきにそれをみた人間もきっとあったにちがいないが、おそらく眼のはしにちらっとうつしただけで、とおりすぎていったものだろう。彼女にしても、春泥の路を、曲芸のように、たかいかかとの靴をはこんであるいていなかったら、気がついたか、どうか。——

「いやあねえ」

顔をしかめたとたん、ふと彼女はたちどまった。へんなことに気づいたのだ。その鼠は、昨日の朝も、おとといの朝も、そこにあった。——しかし、モデル・グループの事務所からかえるときには、なかった。

——おなじ鼠じゃない。だれかが、ちがう鼠を、毎朝そこに一匹ずつすてるものがあるのだ。

「あら、いまお出かけ？」

ふいに声をかけられたので、顔をあげると衛生局のお役人の奥さんが、野菜くずをいれたバケツをぶらさげて、門から出てきたところだった。

「ねえ、奥さま、だれかしら、こんなところに鼠をすてるの。――」

「え、鼠？　おおいやだ」

「それがね、奥さま、だれか毎朝ここにすてるらしいのよ。公衆道徳をしらないにもほどがあるわ」

「毎朝？　まあ、そういえば、きのうの夕方には気がつかなかったわ。衛生局の役人の家の傍に、ずうずうしいやつね」

と、奥さんはおそるおそるちかづいてきて、眉をしかめてその鼠を見下ろしていたが、

「主人にはなしてみましょう」

「あら、旦那さま、きょうおやすみ？」

「え、ちょっと熱があるようだって。――ホ、ホ、麻雀づかれでしょうよ」

ファッション・モデルはなんとなく笑って、ステージでみせるポーズのように大げさに鼠をまたいで、そのまま事務所へ出かけていった。

彼女が、家からの電話でよばれたのは、それから数時間のうちだった。うわずったような母の声である。

「おまえ、たいへんなことになったよ。すぐかえっておくれ。……引っ越しをしなくちゃいけないんだって！」

「な、なによ、いったい」

彼女は、あっけにとられた。

「ペストが発生したんだってさ」

「ペスト？」

そうきいても、彼女にはとっさになんのショックもない。ペストときいて、頭にうかぶのは、アルベール・カミュの同名の小説だけである。ベスト・セラーになった小説だから、彼女も二、三回もちあるいたことはあるが、内容はよんだこともない。

「おまえが、けさ見つけ出したんだってね。鼠よ、あの鼠。――あれがペストだったんだってさ。いま、お巡りさんや都の衛生局のお役人などワンサとのりこんできて、町じゅうにえくりかえるようなさわぎなのよ。はやく引っ越さないと、いのちがないんだって。――」

はじめて、ファッション・モデルの頭に、黒死病、ということばが思い出された。ペスト、なるほどそれが世にも恐ろしい伝染病だという概念もうかんできたが、それより、黒死病という字面が、ぞっとするような恐怖の感覚で、彼女の白い肌を這ってすぎた。

「そ、それで、どこへ引っ越すの？」

「どこだかわからないわ。さしあたりまた高樹町《たかぎ》へでもゆくほかはないけれど。――」

高樹町は、伯父の家のあるところだった。

が、ながいあいだそこに同居していて、三年ばかりまえ、非常にいい条件で、やっとその家を月賦《げっぷ》で手にいれたばかりだから、母は途方にくれて、声までオロオロしていた。

「いえ、荷物もなにも持ち出し禁止だというのよ。荷物どころか、人間もどっかへひっぱってかれちゃいそうなの。さっき、お役人が、この町一帯やきはらうのがいちばんだと、そりゃまあらんぼうなことをいって。——とにかく、はやくかえっておくれ！」

——こういうさわぎが、その界隈《かいわい》何百何千という家庭ぜんぶにひきおこされたことはいうまでもない。

いや、その町ばかりではない。東京じゅうが、恐怖に息をつまらせ、金しばりになってしまった。

ただ防疫陣だけがつまさき立ちであるき、報道陣だけが声をひそめてうごいた。——その死んだ鼠は、肺ペストだった。いちばん恐ろしい奴だ。そこまではわかった。しかし、その鼠がどこからきたか、感染経路はどうなのか、一切まだわからなかった。そして、大規模な、必死の検査を行っても、ほかに死んだ鼠はまだ一匹も発見されなかった。

肺ペスト、それはいまでも死亡率百%といわれる。かつて、十四世紀、欧洲に大流行をきわめたときは、実に二千五百万人の人間が死んだといわれ、その恐怖的様相は「デカメロン」で名高いが二十世紀の現代でも、その恐ろしさはさまで軽減されていない。日本でも、明治三十六年、大正四年、東京にこれが発生、流行しかけたときのさわぎは、ふるい人なら知っているところである。

その町一帯の人々はむろん強制的に、また恐怖におびえた人々は、何万となくみずからおしかけて、効果のあまりたしかでない治療血清やペスト・ワクチンの注射をうけた。その町には、悪夢の国の装束《しょうぞく》みたいな防疫衣に身をつつんだ衛生局の役人がのりこんできて、酸化炭素ガスや二酸化硫黄ガスや青酸ガスをふきつけ、燻蒸《くんじょう》してまわった。

そして、その夜、その町は、まるで颱風《たいふう》の眼のように、真空の死の町と化してしまった。

昭和三十年早春のことだった。

二

その死の町へ、ふたりの男が、ひそやかに入ってきた。

もう真夜中にちかい時刻だった。

ひとりは、禿《はげ》あたま、ズングリムックリのふとっちょで、もうひとりは枯木のようにやせたのっぽだが、どちらも、なにかのはずみでちらっとひからせる眼が、鷹のようにするどい。

しかし年はいずれも六十前後である。

「これが、死花《しにばな》になればいいが」

と、禿あたまがひくく笑う。

「まあ、そんな気でいるわたしたちでもなければ、ここに入ってくる奴はいまい」

と、枯木もニヤリとする。

「しかし、ペスト菌がいないのじゃないか、というのはどこまでたしかな話なのか？」

「どうもおかしい、と、いまになって衛生局のほうではくびをひねっとるのだがね。あの鼠はたしかにペストにかかって死んどる。しかし、死後経過時間は——」

といいかけて、また苦笑した。

「鼠が死んだのは、昨夜だ。ふつうなら、まだ鼠の血のなかにおるペスト菌が生きておって、寒天やらじゃが芋やらで育てると、弱っとった奴でも元気出してくるそうだが、みんな完全に死滅しとる。——というより、あの鼠は、いちどていねいに茹《ゆ》でられたような形跡があるという。ペスト菌というやつは、寒さにはおそろしく強いが、熱にはまたおそろしく弱くって、六十度くらいでお陀仏《だぶつ》になっちまうものなんだそうだ」

「しかし、ペストにかかっとるのは、あの鼠一匹にはかぎるまい」

「そうさ、また、あれが茹でられるまえに、鼠についてその血を吸っとった蚤《のみ》が一匹でもとび出していたとすれば、危険性はおんなじことだ、と医者はいうんだが。——」

禿あたまは空をあおいだ。しんとした夜空に、星はまるで無数の蜜蜂のようにまたたいていた。下界が死んでいると、空は生きているようだ。が、禿はべつにそんな感慨ももよおさなかったらしく、ぽつりと、

「しかし、どうもくさいと思う。わしには、ペストよりも」

「その鼠だな」

「みんな、ペスト、ペストと、のぼせあがっとるが——また、いろいろきけば、なるほどお

っかねえものだとは思うが」

「水爆実験みたいなもので、わしたちの頭には――」

「強盗のほうが、ピンとくるか、はははは」

これは、私服ではあるが、どちらも三十年の刑事生活をおえて、ちかく勇退させられることになっている、警視庁のぬしといわれる老刑事だった。

「これだけ長いあいだ刑事をやっとると、頭はそれだけにかたまってしまうのだな。ちょうど銀蠅《ぎんばえ》が、高い空より地べたの糞にばかり気をひかれるようなものか。あはははは」

「いや、ご同様だ。たしかにこの騒動のうちには、なんやらくさいものがある」

「なんじゃと思う?」

「まあ、一応考えられるところでは――この町からみんなを追ん出して、空巣をねらうことだが」

「と、まあ、わしも考えたんだが。……しかし、この町のまわりはぐるっと警官や役人にとりかこまれとる。いや、全国民の眼が、この町にドキドキひかって吸いつけられとるのに、そんなふてえことができるだろうか?」

「すると、そんな大がかりな空巣より、なんかごく小っちゃなもので、ひどくねうちのあるものを」

「しかし、そんな小っちゃなものなら、いくらあのさわぎのなかでも持主がもち出しとるだろう。なにしろ、ペストにかかってもいいからって、簞笥《たんす》のきものにしがみついてはなれようともしなかった女もうんといいたくらいなんじゃから。フ、フ」

「すると、やっぱり、あの鼠は——」

「ま、いたずらにしては事が重大すぎる。正気でペスト菌をあつかうのは、伝染病研究所で実験をやっとる医者くらいなもんだと、衛生局ではいうんじゃが。……」

ふたりは、いつしかふっとたちどまっていた。たちどまると、異様な匂いが鼻孔をつつんできた。それは、ひるま大々的に燻蒸した薬品の匂いにちがいなかった。しかし、なにやら、「死」を思わせる匂いだった。そして、それより、この町の暗さとしずけさというものは。

……

「ペストで死ねば、われわれは殉職か」

と、息をつめて、枯木がつぶやいた。

「いや、そうはならんよ。頭の足りない、お節介野郎となるだけだよ」

「なに、わしたちの心持ではだ、……わしは、どっちかといえば、このまま殉職したい、とさえ思うとるんだ。フ、フ、フ」

「かんがえてみりゃ、ながい刑事商売だったなあ。わしなんか、巡査を拝命したのが、震災の翌年なんだから」

枯木もうなずいた。星のひかりだけの闇のなかに、その眼が感傷にぬれているようだった。そんなしょっぱい眼つきをしたのは、この男も三十年ぶりのことだろう。……退職を眼前に、ふたりとも、「最後の御奉公」とみずからいいきかせているが、その反面、ちょいとやけ気味なところがないとはいえなかっただけに、なにかのはずみには、ふとこぼれそうなものがあるのだった。かくすことはない、ふたりはほんとうにながいあいだの友だったのだ。――次の瞬間、彼らはおたがいに顔をそむけて、また足早にあるき出していた。

「いろいろなことをやったなあ。お定《さだ》事件、帝銀事件、小平事件、下山事件。――」

「おふるいところで、血盟団事件、五・一五事件までやった」

そのとき、禿が、またたちどまった。なんとなくぐるっとまわりを見まわしたが、べつにこれという異常を発見したというわけでもないらしく、ボンヤリした声でいった。

「いつか、あんたとこうしてあるいたことがあったっけね。……」

「いつ？……そりゃ、なんどかあったろうよ」

「うむ。なんどかあった。しかし……いまそっくりの夜があったよ。ふたりとも、胸をドキドキさせて、おたがいの靴音だけをきいて町は暗く、しいんとしておった。……」

禿は夢みるようにいいながら、無目的に懐中電燈をてらして、通りがかりの二、三軒の門標を照らしてみたのち、

「ああ、こいつは、あの鼠を発見した娘のうちだ。あれのおふくろ、泣いとったね。せっかくいい家を月賦で手にいれたと安心していたのにって――」

「べつになくなるわけでもないんだから、いいだろう。……はてな」

と、枯木もくびをかしげてしまった。ふたりは顔を見合わせた。どちらもふと酔いにおちいりかけた意識をよびおこすように二、三度あたまをふってから、どうじに、

「この町へは、いつかふたりできたことがあった！」

と、さけんだ。

「そうだ。きた」

「あれは、空襲の夜。——」

「いまから十年ばかりまえ——目黒の大鳥神社の裏あたり。——」

そして、このとき、ふたりは、この町がそれとは全然方角ちがいの場所にあることに気がついて棒立ちになり、息をながくひいてうめいていた。

「あの町は、十年ばかりまえ、あの空襲でやけてしまったじゃないか！」

三

ふたりの刑事は、およぐような姿勢であたりをかけまわったのち、そこの町角にあるコンクリートの塵箱のうえにならんで坐った。

まさか、町ぜんたいが、十年ばかりまえになくなった目黒の或る町そのままなわけでなかったが、その一劃《かく》二、三十軒が、たしかにそっくりなのだ。いや、ふたりがそこに住んでいたわけでもないから、一木一草にいたるまで酷似しているとは保証できないけれど、たとえば、あの都衛生局の役人の住んでいる家の玄関と傍にあの竹の植込み、またそこのファッション・モデルの家の生垣《いけがき》、またあの屋根、この塀。——それから、あの晩、さがしまわったからよくおぼえているのだが、琴生花《ことい けばな》教授の看板をかけた家から、路地のおくの石垣のようすまで、ふと時間が逆流したかと錯覚するほど記憶をかきむしってくるものがあるのだった。

「おい、そういえば、この近所、みんな月賦住宅じゃあなかったか?」

「しかも、建売の――」

そう、ポツンといって、ふたりはだまってしまった。あのファッション・モデルの母親たちが注射をうけながらオロオロ愚痴をこぼしている現場に、偶然ふたりがいあわせたのできいたのだが、なんでも彼女らの家は、五分の一頭金をはらえば、あと三十年月賦で、しかもその利子はおどろくべき低率だという話だった。――そういえば、それも家不足のこの時勢に、なにやらおかしいふしもあるが、最近、建築会社でうしろぐらい奴は、しらみつぶしに摘発した直後なので、あと、ふたりの心にひっかかるような会社は、なにもなかったのだ。

しかし、この町の一劃が、十年ばかりまえに消え失せた町そっくりとは。――茫然とながめまわせばながめまわすほど、あの晩の想い出がよみがえってくる。ふたりの腰かけている塵箱、またそれぞれの家の塀のそとにおいてあるおなじような塵箱すらが、あのときの防火用水槽の配置に似てみえるのだ。そういえば、夜空をとびすぎる飛行機の爆音までが。――

「明日にでも、ひとつその建築会社をしらべてみなきゃいかんな」

「うむ。……しかし、どうも、わからんなあ」

実際、しらべてみたところで、この一劃がやけた町に似ていることがなにを意味するのか、ふたりの老刑事の判断を絶していた。

ふたりは塵箱に腰をおろして、闇のなかにしずかに煙草《タバコ》の火を息づかせながら、なおボンヤリとあたりを見まわし、いつしか十年ばかりまえの回想にしずんでいた。

——その晩、ふたりは、ある男を、あの町に追いつめていたのだ。

その男は、もう二十年もまえに死んだ共産主義者の弟だった。その共産主義者は、検挙されて警察で死んだ。死因は心臓麻痺だといわれた。しかし、屍骸がひきとられたお通夜の晩、東北の田舎から出てきた弟は、兄のからだをはだかにして、その全身に印されたむごたらしい無数の傷を、じっと見つめていたという。

その共産主義者をしらべた特高課員のひとりが、闇夜の路上で短刀で刺し殺されたのは、それから半年ほどたってからだった。また一年ほどたって、もうひとりが殺された。これはその犯人と格闘して、いったん地面におさえつけながら、下から下腹部をつき刺されてとりにがしたので絶命するまえのうわごとから、ようやくその男の名がわかったのだ。

彼は、兄の主義とはなんの関係もないらしかった。それだけにいっそう純粋な、恐るべき復讐の鬼となっていることはたしかだった。田舎から上京してきたときには、たんに粗野な百姓の倅《せがれ》にすぎなかったのが、そのうちだんだんばかにならぬ智恵を身につけてきたようだった。何年、必死に追いまわしても、いくたびかあわやという目にあいながら、みごとににげきってしまうその手口から、ありありとそれが見てとれたのだ。彼は、女をつれていた。苦学して大学を出た兄が恋人とし、どうじに検挙され、のちに釈放された女子大生あがりの女だった。彼の智恵は、その女からさずけられているとみえるふしもあった。

このふたりの刑事は、特高課員ではなかったが、この殺人者はとらえなければならぬと血《ち》眼《まなこ》になった。その筋のものに復讐するなど、そんな不敵な、大それた奴は、断じてみのがすわけにはゆかなかった。

西へ、北へ、追って追って、追いまわして、いちど、冬、東北の汽車のなかで、その男と女をつかまえかけたことがあった。このときは、九分九厘《くぶくりん》まで逮捕は成功したと思った。けれど、猿臂《えんぴ》がその背までのびながら、ふたりはデッキから雪の山へとびおりて、死物狂いの逃走をとげてしまったのだ。

そして、そのまま、時はむなしくながれて、世の中は戦争に入り、あの国民ひとりのこらず戦争にかりたてられた時代に、犯人も身をかくすのは楽ではなかったろうが、警察のほうもそれ以上に苦労をした。そして、やっとあの晩、彼が情婦といっしょにあの町の奥に住んでいることをつきとめたのだった。

それくらいながく、手をやいただけに、そして相手が、とびきりの智能をもった野獣のような恐ろしい男とわかっているだけに、それを逮捕にいったあの町の、灯火管制をしたぶきみな様相を、いまでもまざまざと想いおこすことができるのだ。

——一時間ばかりまえ、空襲警報のでたあとのことで、

「敵、数目標、南方海上を北上中」というラジオの声はふたりともきいてきた。その後、どうなったのか、町はふしぎなくらい、しいんとしていた。闇の天から、恐ろしい恐怖と倦怠《けんたい》が、町全体を霧のように覆っていた。

「名古屋か、大阪にいったんじゃろ」

そして、どこにいったにしろ、何百人か何千人かの殺戮《さつりく》が確実に行われるにちがいない夜に、数年前たったふたりの人間を殺した男を追っているじぶんたちの立場に、ふたりはなんの疑問ももたなかった。彼らは、いずれも鋳型《いがた》でうち出したような刑事だった。

「あれっ、なんだ。あれは？」

或る路地をまわったとき、ふたりははじめて気がついたようにびっくりした。東南の空に、ぼうっと赤い火が浮かんでいる。そして、魔法のように、天と地に重々しいうなりがあがりはじめた。修羅の幕がきっておとされたのだ。

「やっぱり、こっちへおいでなすったか！」

「いそげ！」

ふたりは、いちどふりかえって、かけ足になった。彼らが、その家の扉を排して入りこんだとき、殺人者とその情婦は、存外おどろかなかった。世間一般の人間とおなじように、男はゲートルをまき、女はモンペをはき、ふたりとも防空頭巾《ずきん》をかぶって、なぜか、部屋のまんなかにむかいあって、つっ立っていた。

ゆっくりとふりかえって、

「ははあ、やっと見つけたな」

と、頭巾のかげで、男はにやっと白い歯をみせた。

「実は、われわれはもう三日間、なにもくってはいない。心中の相談をしているところだったのだ。……なるほど、確実に食い物のあるところが、まだあったね」

あまり、平静なので、手錠をかけるまで、とらえたことが信じられなかったくらいである。手錠をかけて、その手くびのほそさから、はじめてこのふたりが恐ろしくやつれはてていることがわかった。

家を出たとき、はじめて男は女に首をたれた。

「ながいあいだ、ありがとう」

ふかい声だった。

女は、一語ももらさなかった。異様にかんじて、のぞきこんだ刑事は、このとき女の顔が真紅にそまったので、はっとしてふりかえったとき、路地のおくに、赤白い炎がめらめらと、あがっているのをみた。

夜空は轟音《ごうおん》にみちていた。水中から浮かび出たように、突然、ザアーアッという凄《すさま》じい雨のような音が耳をうってきた。一機、頭上をはためきすぎながら、焼夷弾《しょういだん》をまいていったらしい。たちまち四辺がまっかになって、壁に彼らや樹の影がうつりはじめた。

「これは、いかん」

「はやく！」

刑事たちが狼狽《ろうばい》して、手錠をはめた鎖をグイとひいてあるき出そうとしたが、女はうごかなかった。叱りつけようとした禿は、この立場にありながら、思わず息をのんだ。石のように凝《こ》った女の美しく見張った瞳に身ぶるいするような無限の哀感をみたのである。

女は、はじめてつぶやいた。

「さようなら！」

声のかなしい余韻は、炎のひびきにたちきられた。眼とのどを刺す煙が、夜霧のように世界をつつんで、おたがいの姿をおぼろにへだてた。

女の声がまたきこえた。

「――さようなら！」

ふたりの刑事は、なにか狂乱したように呼びかわしたが、それも数分で、声もからだも、みるみる、炎の風のなかのさけび声、火の潮のなかの木の葉のようにふきちぎられ、もみながされた海鳴りのような音をたてている町のむこうに、あのオーロラを逆に地から天へふきあげたように凄惨《せいさん》とも豪華とも形容しがたい炎の幕が、金の刷毛《はけ》でふちどられつつ、四方をとりまいていた。

――そして、大通りへ出て、そこをにげはしる群衆の阿鼻叫喚《あびきょうかん》のなかに、枯木はついにその男をにがしてしまったのである。禿のほうは女をはなさなかったが、警察につれてくると、発狂していることがわかった。

そして、刑事は、その女が、敗戦直後の混乱のなかに、警察からときはなされたことをのちに知った。ふたりのゆくえは、それぞれ、いまにいたるまでわからない。

「……おや？」

――いま、回想にしずんで、黙々と塵箱に腰かけたまま煙草をふかしていたふたりの老刑事はこのとき同時に顔をあげた。

枯木がみたのは、路地のかなたから、しのびやかにあるいてくる靴音だった。禿のみたのは、樹立《こだち》のむこうに、糸のようにかすかに浮かんだ灯影だった。

この猫の子一匹もいないはずの死の町に、まだだれか住んでいる家があり、まだだれかあるいている人間がいる。

四

「――おたがいに、あまり倖せではない人生だったなあ」

と、男は、女にいって、じっと、その眼をのぞきこんで、微笑した。

「はたから、みればだ」

巨大な男の影は、厚ぼったい防空頭巾をかぶっているために、いっそう巨大な影となって、ユラユラと床を這っていた。なにもないガランとした部屋のまんなかの小机に、おなじく防空頭巾をかぶったまま、女はじっとうなだれて腰をおとしていた。窓はぜんぶ暗幕でふさがれ、また黒い覆いでつつんだ小さな電球のみが、ボンヤリとふたりの頭上にかかっていた。

「が、実際は、おれたちは倖せだった！　われわれは、この十何年か、倦《う》むことなく愛しつづけていた。……こんな緊張した、たえず煽《あお》られている炎のような恋をした男と女があっただろうか。いまになれば、おれは、その苛烈な風をふかせつづけた外部の力――また運命に、ありがとうと心からいいたい」

　女はうなだれたままだった。男は微笑とかなしみをふくんだ声でいう。

「けれど、おれはともかく、きみははたして幸福だったろうか？……それが、おれのながいあいだの疑いだった。疑いどころか、いつしかそれはおれの苦しみとさえなっていた。きみは、おれを、或いはにくんでいるのじゃないだろうか？　とね」

「………」

「最初、おれの復讐欲をかりたてたのは、むしろきみだった。兄の傷をひとつひとつ指さして、おれの眼をみたのはきみだった。……やさしい、尊敬すべき兄だった。そうでなくとも、この世ではじめて人間の残忍さというものをまざまざとみて、気も狂わんばかりのおれに復讐の出口を指ししめしてくれたのはきみだった。……まして、あの通夜の夜にはじめてみたきみ、世のなかにこれほど美しい女があるだろうかと思ったきみのからだにまで、あの恐ろしい拷問の傷がのこっているのをみては！」

「………」

「おれは、復讐の獣となった。……半年たって、ひとり、殺《や》っつけた。……そのころになって、女だ、きみは……じぶんの傷あとがうすれるにつれて、気がくじけて、かえっておれをとめはじめた。おれは田舎者だ。思いたったら、執念ぶかい。いくどか争って、争いのなかに、きみはおれのものとなってしまった。それからだ、地獄のような、が、いまからふりかえってみれば、この世にまたとない甘美な恋がはじまったのは。――そして、外からは、寒風のような追跡の手がふたりを吹きまわしていた。……」

「………」

「おれは、愛しながら、きみをにくんでいた。兄の復讐をわすれたきみを、またその兄をまだ愛しているらしいきみを。——そしてまた、きみのやさしさ、きみの気品、きみの教養のたかさをおれは恐れていた。ちょうど野蛮人が白人の女を恐れるように。……一年たって、またひとり殺《や》っつけたのは、むしろきみへの反抗だったのだ。そして、きみはおれに屈服させられて、にくみながら……心の底で、愛して——愛していたろうか？　おれの野獣のような力、田舎者らしい野卑と無謀さ、それを恐れながら、きみはおれについてきた。もっとも……お尋ねものとしてはなれることのできないふたりではあったけど、はたしてそれだけだったろうか？」

男は部屋のなかをあるきまわった。

「からみあう恐怖と情欲、闇のなかで抱きあいながら、おたがいに感じている反抗。……それがとけたのは、あの雪の山のなかのことだったね？」

「………」

「あの冬、われわれは刑事に追われて、はしる汽車から雪のなかにとびおりた。駅も村も路もみな危険だった。ふたりは、手をひきあい、山へ、必死の逃亡をつづけた。……山は、零下十何度だったろう。夜がきた。おれたちは、山のなかの倒木の下の雪を掘って、一夜をあかした。雪の森林に生きているのは、おれたちふたりだけだった。星も、月も、凍りつくようだった。……そしておれは気を失った。そのおれをよみがえらせてくれたのは、きみの肌だったのだ。いや、外套《がいとう》も上着もおれになげかけ、そのうえから抱きしめていてくれたきみのこころの炎だったのだ。……眼をあけて、おれはみた。東の空にさす薔薇《ばら》いろのひかりと、白蠟のようなきみの顔を！　そのとき、ひと声鳴いて森林をとびすぎた小鳥の声も、永遠におれは忘れないだろう。……」

男はちかづいてきて、女の肩に両手をかけた。女はかすかにゆれながら、依然としてだまっていた。

「そして、あの空襲の夜、刑事にひかれてわかれるとき、きみがさけんだ、さようなら！という声も」

男の、つよい革のような頬に、かすかにひかるものがあった。

「おれの、きみの愛情に対する疑惑がとけて、胸を火でみたしたのは、あのときだ、あの声だ。あの声は、小鳥の声とおなじく、いったん死んでいたおれの心に、また生命の火をふきこんだ。……おれは、混乱のなかで刑事からのがれて、きみを救いにふたたびかけもどっていった。しかし、きみの姿はすでに見あたらなかった。……そして、敗戦後、きみをふたたび見出したとき、きみは気がへんな女になって、あわれな姿で町をうろついていたのだ。……」

「…………」

「それから、十年。……おれはきみを正気にもどらすため、あらゆる努力をした。無数の医者をたずね、無数の治療をうけた。神にも、仏にも、あやしげな宗教にさえもかかった。……もう警察の追及もなく、おれの智慧はおおっぴらに、麻薬で莫大な金をもうけさせてくれた。ただ、きみのそんなうつろな、かなしそうな眼だけが、おれの力のおよばないことだった。……」

「…………」

「最後に、おれは途方もないことをかんがえた。おれは、あの町そっくりの町をここにもういちどつくり出そうとしたのだ。あのとおりの家々をたて、ばかばかしいほど安い月賦で……いや、金はどうでもいい、おれの苦労したのは、むしろあの町に住んでいたいろいろな職業とおなじ商売のひとを、加入者のなかからえらび出すことだった。それはうまくゆき……そして、町は古びてきた。おれはあの研究所からペスト菌を手にいれてきて、鼠に注射し、注意ぶかく茹で殺して毎朝この小路のある角になげ出しておいた。計画どおり、大騒動がはじまって、町は今夜からっぽになってしまった。……」

遠くから、夜気をかすかにやぶって、靴音がきこえてきた。

「今夜だ」

男は、ふたたび凄然たる笑顔になった。彼は女の手をとって、しずかに起《た》たせた。

「今夜、もういちど、あの夜を再現する」

コツ、コツ、コツ——靴音はちかづいてきた。女は、だまったまま、ちょっと小首をかしげたようだった。

「おい、きみ、思い出さないか？……あれは、刑事だ。おれたちを追いまわしているふたりの刑事だよ」

靴音は急速調になって、家のまえにせまり――扉がひらいた。ふたりの、枯木のように背のたかい影と、ズングリムックリのふとっちょの影がそこに立っていた。

男は、急に俳優のような表情をきびしく変えて、女の眼をじっとのぞきこみ、そしてゆっくりとふりかえった。

「ははあ、やっと見つけたな」

といって、頭巾のかげで、にやっと白い歯をみせた。

ふたつの影は、放心したようにそこに棒立ちになったままだった。男の眼にちらっといぶかしみの色が――そして、次の瞬間、驚愕の色がながれた。

小声で、

「ほんものか？」

とつぶやいて、しばらくだまりこんでいたが、やがて、いっそう小声で、

「わたしのたのんでおいた、ふたりの刑事役の男はどうしました？」

「あのふたりは、そこの小路でとらえた」

と、つりこまれて、やはり小声でふとっちょがこたえてから、急にわれにかえったとみえて、ツカツカと部屋に入ってきた。

男はまたもとの平静な顔にかえった。ちょっと微笑さえもしたようだった。が、調子は

弱々しく、

「実は、われわれはもう三日間、なにもくってはいない。心中の相談をしているところだった。……なるほど、確実に食い物のあるところが、まだあったね」

だれがこれを演技と思おう？　刑事たちは、意識せずして十何年か前のじぶんたちにもどっていた。——おなじだった。すべてはあの夜とおなじことだった。

手錠をかけられて、家を出たとき、はじめて男は女に首をたれて、ふかい声でいった。

「ながいあいだ、ありがとう」

女は、一語ももらさなかった。異様にかんじて、のぞきこんだ刑事は、このとき女の顔が真紅にそまったので、はっとしてふりかえったとき、路地のおくに、赤白い炎がめらめらとあがっているのをみた。

「あれっ、なんだ、あれは？」

「あれは、時限発火装置です。……この町の数十個所の空家にしかけてあるやつが、その時がきたのですな」

と、男がこたえたとき、いっせいに四辺がもえあがって、壁に彼らや樹の影がうつりはじめた。

「これは、いかん」

「はやく！」

刑事たちが狼狽して、手錠をはめた鎖をグイとひいてあるき出そうとしたが、女はうごかなかった。叱りつけようとした禿は、この立場にありながら、思わず息をのんだ。石のように凝った女の、美しく見張った瞳に、身ぶるいするような無限の哀感をみたのである。

女は、はじめてつぶやいた。

「――さようなら！」

そして、その瞳にひかりがもどり、驚愕の表情で周囲の炎をみまわし、もういちど男をみると内部からつきあげてきたように、

「――さようなら！」

と、さけぶと、おぼろにたちこめる夜霧のような煙のなかに、よろよろとくずれおちた。

……

五

万丈の炎のなかだった。

ふたりの刑事は、なにか狂乱したように呼びかわしたが、それも数分で、声もからだも、みるみる、炎の颪のなかのさけび声、火の潮のなかの木の葉のようにふきちぎられ、もみながされた。

――そして、大通りへ出たとき、女を背におっていた禿は、突然けたたましい声をあげ、背なかのからだを地上におろして、しばらくのぞきこんでいたが、ころがるようにはしって

きた。

「どうしました？」

ふしぎそうにきいたのは、その大それた犯罪者のほうだった。

「死んでいる」

男は、はっと全身を棒立ちにした。銅像のようにつっ立って、炎の影のもつれる路上をふりむいたまま、いつまでもうごこうともしない。

「こい！」

枯木が、むかし逃げられた記憶におびえて、はっと筋肉をかたくしていたとき、

「いまの……女の眼をみましたか？」と、ささやくように、男がいった。

「いま、さようなら！　とさけんだときの。――」

「みた」

「あれは……たしかに、正気の眼でしたろう？」

「正気だったよ。たしかに。たしかに」

男は、炎のなかに微笑した。

「それで、満足です」

眼の涙に火がかがやいてみえたが、すぐにひくく頭をたれていった。

「では、ゆきましょう」

狂風図

山上

一九四五年九月中旬の或る午後であった。

信州伊那《いな》盆地を眼の下に見る風越山《かざこし》の草むらのなかに、大学生と、ひとりの娘が仰向けに寝ころんで、蒼い空をながめていた。

まるい視界の底をふちどって、樹々の色は眼が醒めるほど鮮やかだった。その緑、その光、そのあふれしたたる豪華なる自然は、過ぎゆく盛夏の最後の狂い咲きであったろう。風、雲、鳥、うごいて見えるのはそればかり、ふもとの城下町は物音ひとつたてず、まるで中世紀の死の町の絵のように朦朧《もうろう》とかげっていた。

それは巨大な陥没の年であった。東京湾の戦艦ミゾリーのうえで、降服文書の調印が行われたのは、十日ばかりまえのことだった。審判の暴風は小さな「帝国」を吹きわたり、物凄い呪詛《じゅそ》と糾弾《きゅうだん》と哀泣のなかに古い支配者たちは打ち倒された。が、この耳をふさぐばかりの混乱のなかに爾後数年間、慢性的に全民衆を襲ったあの真空に似た底しれぬ虚脱感が、失神発作の前兆のように、ときどきふっと日本の山河を覆う、そんなひッそりした、ものがなしい一日であった。

「——人間の歴史には、目的がない、——このわかりきった、簡単な真理が、この悲惨な戦争の結果、はじめて僕たちにわかったとは、なんという滑稽だろう……」

大学生が、ひとりごとのようにつぶやいた。

「勝ったアメリカ人は、まだこの真理を知るまいね。あの連中は、人類の——すくなくともアメリカの歴史が、究極の或る目的へ、着々と意義ふかい歩みをすすめているものと信じているだろうね。——だが、結局は、その向うには、なんにもないのだ。……」

大学生は笑った。それは生まれて以来二十幾年かのあいだに築かれた、あらゆる希望、信念、道徳、歴史観を根こそぎに打ちくずされて、あとにはなにもとどめない、真空な若者の笑いであった。

娘は、黙って、ふかい空を見つめていた。

うろこ雲は、しずかにひかりつつうごき、寂莫《せきばく》と消えてゆく。無窮なるものの出没は、一瞬のあいだにも永劫を思わせる。白い雲が空の蒼みに溶けてゆくのは、きわめて短い時間なのに、非常にながく感じられるのだった。

ふたりの寝ころがっているところから頭の方へ、五、六歩ゆくと崖になっている。が、その崖の突端の青い草のうえに、ちょこなんとへんなものがのっていた。赤ん坊の頭ほどもある、青銅の首だが、痩せてながい顔、つりあがった眉、ほそい眼、とがった顎《あご》、そして頭のうえには、うしろへ向ってつき出した長いちょん髷《まげ》が、秋の日ににぶいひかりをはねかえしていた。

大学生は、その首をちらりと見て、またいった。

「流れた血は、すべて虚しい。いま、僕にはなんの痛切な悲しみもない。葉ちゃん、たったひと月で、八月十五日の涙はもう消えちまったのだろうか？……人間の哀歓って、なんてばかばかしいことだろう……」

「そうよ……そうでもないわ。痛みは去ったけれど、あたしたちの魂には創《きず》がのこったわ……」

娘は白蠟のように無表情な横顔を見せて、ふかい溜息をついた。

「でも、魂の創痕なんて、なんでもありやしない。見えないし痛くもない。痛みがないって——フ、フ、平和って、ほんとにいいこと！」

娘は微笑した。が、言葉とは反対に、その微笑には恐ろしい苦痛が満ちていた。

「フ、フ、魂の創痕、それだけか……」

大学生はまた笑った。そして、腕をのばして、娘の掌をとった。娘は一瞬ピクリと身体をふるわせたが、すぐ冷然として、掌はそのまま、眼はまたもや蒼い虚《うつ》ろな空を見つづけていた。

大学生は、白い掌をもてあそびながら、口笛をふきはじめた。

絶望の声と自嘲の笑いとをいま洩らしたばかりの唇から、黄金いろの日光のなかへ、縷《いと》のようにたち昇ってゆくその口笛は、しかしふてぶてしい青春の歓喜にふるえていた。

（こんなはずじゃなかった。……きょう、ふたりがここへ登ってきたのは、この人にとっては精神の指導者、あたしにとっては恋人だった大鳥さんの——）

　娘は胸のなかでもういちど（あたしの恋人だった——）とつぶやいて、痙攣《けいれん》するような惨《みじ》めな微笑を片頰に彫った。

（大鳥さんの魂と生命を吸いこんだこの場所に、きょう警察からかえされたあの青銅の像をささげて、供養するつもりなのだった。……それが……）

　口笛を吹きながら、自分の横顔をくい入るように見つめている不敵な眼を意識して、娘は、このまま、こうしていると、なにか恐ろしいことが起こりそうなことを直感していた。

（このひとは、まえには、あんな眼であたしを見やしなかった。いえ、見ることができなかったんだわ。……まえには——八月十五日までは！　あの一日で、みんな、根こそぎひっくりかえっちまったんだ。——フ、フ、なにが起ころうと、あたしびっくりなんかするものか！）

　冷たい掌をあずけたまま、娘は蒼穹《そうきゅう》の彼方に、幻の炎を見るように、凝《じ》っと眼をみはって、八月十五日直前の、あの物凄い叙事詩にも似た数日を頭によみがえらせていた。……

小さな巨人達

　八月九日、日本は鈍い——が、骨までひびく一撃をうけた。

　その夕、ラジオが放送したソヴィエートの参戦である。

実は、それよりまえの六日、全人類を戦慄《せんりつ》驚倒の坩堝《るつぼ》にたたきこんだ原子爆弾の第一弾が広島へ落ち、つづいて第二弾が長崎へ落ちていたのだけれど、広島の方は七日大本営から、「相当の損害あり」と漠然たる発表があっただけで、まだ原子爆弾とも知らされず、長崎にいたっては、その九日のひる投下されたばかりであったから、この信濃の山の町の人々が、蒼白い唇でささやき交わしたのは、専《もっぱ》らこのソ聯の満洲侵入の凶報についてであった。

大学生たちはその夜白桐館にあつまった。

彼らはその三月、東京からこの町へ疎開していた或る医科大学の学生で、時勢のために休業状態にあった旅館や料理屋に分宿し、基礎医学の方は小学校で、臨床の方は市立病院をかりて講義を受けていた。白桐館というのは、そのなかのいちばん大きな旅館の名前である。

二階の十畳の部屋に、雀押しにつめかけてもまだ足らず、壁ぎわに仁王立ちになっている者、暗い廊下に腕をくんでいる者、蓋《おお》いをかけた電燈のあかちゃけたひかりに、若い顔はみな上気して、テラテラひかり、いっせいに歯をむきだしてさけび合っていた。

「やられたなあ！　背後からバッサリだ！」

「まだ日ソ中立条約の期限はきれていないじゃないか！」

「ばかめ、いまさら条約も蜂の頭もあるものか。勝てば官軍、負ければ賊軍だ。まず、勝つこと、問題はそれだ」

「どうして勝つんだ？　関東軍は沖縄でなくしてしまったし、海軍もいつのまにやらなしくずしに、グズグズ消えちまったじゃないか？」

「これからB29が沿海州から飛んでくるぞ。あそこに基地ができたら、航続距離が短縮されるうえに、ガソリンの量も少なくてすむからいよいよ夜昼ぶッとおしに叩かれるぞ」

「こうなったら、もうやけのヤンぱち、暴れ死《じに》するよりほかはないね」

「問題はメシだよ。メシさえ腹いっぱい喰わしてくれりゃ、赤軍百万の軍隊も乃公《だいこう》一人で――」

この場合に、どっと爆笑が部屋をゆるがせたのは、東京の劫火のなかでも、なお笑いを失わなかったのんきな若さにちがいなかったが、また悲痛な絶望の空笑《そらわらい》でもあった。

みんな理性では、日本は勝てまいと考えていた。しかし、感情では負けないだろうと信じていたのだ。が、はっきり「負ける」と口に出すことは誰ひとりしなかったし、できなかった。敗北の彼方にあるもののすがたは、彼らの想像を絶していた。あらゆる未来の設計は崩壊し、あとにのこるのは空だけであった。それは実に恐るべき空虚であった。

ただ騒然として、なんらの秩序も進行もない叫喚と愚痴と狂笑をつらぬいて、そのとき火の矢のような叱咤《しった》がはしった。

「だまれ」

この部屋の住人のひとり、宗像《むなかた》啓作だ。床ノ間のまえに片膝たてて、大刀を抱いたまま、眼がピカリとひかると、

「みな、だまれ、今夜諸君にあつまってもらったのは、そんなガアガアをききたいからじゃない、われわれのとるべき態度の決定だ」

学生たちは泥みたいに沈まりかえった。

　中学四年から予科に入ってきたせいもあって、宗像啓作は他の者より年若く、身体も小柄だ。色白の頰に血潮がのぼると、花のように美しかった。が、これは笑わぬ花であった。東京にいたじぶんから、純潔で勇敢な性質はだれもみとめていたが、この町に疎開したころから、それは苛酷の相をすら帯びてきた。憤怒《ふんぬ》しやすく、怒ると怖ろしかった。怒れる小さな火の花は、いつも憑《つ》かれたように、闇黒《あんこく》のなかに崩壊しようとする巨大な祖国の方へ顔を向けていた。

「どうするんだ？」

　と、ひとりの学生が小さな声でいった。

「重臣達が国を売りかかっている」

　宗像啓作は叫んだ。日本が負けかかっているとは彼はいわなかった。

「いいか、ラジオはこんどソヴィエートが発表した宣言書なるものを放送した。そのなかに、こんな意味のことをいっていた。日本は、米国、英国、重慶の降服勧告を拒絶した。これによってみるに、日本がソヴィエートに極東戦争の仲裁を依頼したことの誠意が疑われる。このゆえに攻撃すると。――おれたちを驚愕させたのは、このなかの、日本がソ聯に、仲裁を依頼したという新事実だ。そんなことがあったのか？　おれたちはただ政府を信じて、飢えと爆撃のなかに、血みどろに戦ってきたのじゃないか。それくらいなら、なぜ戦争をはじめたのか？　政府の宣言するごとくんば、この戦争は自存自衛の聖戦であるという。それなら、なぜその信念に殉じないのか？　そもそもソヴィエートに仲裁させて、講和の成立が可能だなんぞと考えることが正気の沙汰じゃない。まるで渇して毒薬をのむと同様の愚行ではないか。一国をあずかる重臣が、こんな稚気満々たる、無智な老婆同様の智慧しかないかと考えると――」

紅潮した双頬に涙がキラキラながれた。

「国民に戦意がないと新聞は叱る。が、戦意のないのは誰であるか？――政府にして、このような心がけなら――日本は遠からず、かならず――」

「一カ月以内にも降服するおそれがある」

と、啓作の足もとで、もうひとつの沈痛な声がきっぱりといった。

学生たちは蒼ざめた。日本、降服、このふたつの言葉は彼らにとって太陽が東へ没するよりも不似合な、あり得ないことに思われた。この奇怪な結合は、彼らを腹の底から戦慄させるものであった。

床柱にもたれかかって、胡坐《あぐら》をかき、眼をとじたまま、今この戦慄の一語を吐いたのは、この部屋の住人の大鳥蓮太郎であった。啓作とちがって、大柄な、巌のような身体だ。彫刻的な、黒びかりする顔は、この青年の強靱《きょうじん》きわまる意志力をあらわしていた。

そのころ、日本のあらゆる階層がそうであったように、学生の世界の指揮者も、単なる秀才や腕力家ではなく、強い意志と実行力の持主だった。大鳥蓮太郎はその典型的なひとりであった。宗像啓作がこの町へ疎開して以来、うわごとのように祖国祖国と口ばしりはじめたのも、それはちょうど南西諸島の戦況も、内地爆撃も急速に悲劇的様相を帯びてきたころであったからでもあろうが、しかしあれは白桐館で大鳥と同室になって、感化されたのだと噂さする学生もあった。彼らはこのふたりの熱狂的な「愛国者」のうち、啓作のそれには詩的な感情的なものを感じたが蓮太郎のそれには思想的な意志的なものを感じた。

「われわれは、何をしなければならんか？」

膝にのせた青銅づくりの吉田松陰の首を撫でながら、大鳥蓮太郎は、落ちついた語調でつづけた。

「事態は迫っている。われわれは、もう手をつかねて日本の軍人や大臣にまかせては置けない」

「どうしたら、いいんだ？」

と、またひとりの学生がかすれた声でいった。

「信濃鉄血隊というものを結成するんだ」

「信濃鉄血隊？——それで、何をするんだ？」

「われわれがまず起《た》って、この町の町民を奮起させる。この町から、長野全県へ、中部地方へ、そして日本全部へ、不撓不屈《ふとうふくつ》の闘魂の炎を燃え上らせる。その最初の発火点、神経中枢たらんとするのだ。つぎからつぎへ新しい力を送ってゆくジナップスの役目は、全国の学生に信頼しよう。この原動力たらんとする以上、われわれは、むろんすべてをなげうって、殉教者のごとくならねばならん。ただ持つべきは、焔のような勇気と、鉄のような意志と、氷のような清潔さと、花のような微笑のみだ。事は至急を要する。もはや大日本政治会のごとき、老《おい》ぼれたちの微温的な常識は有害無益だ。われわれは劇薬となろう。要するに全日本人を狂気の熔鉱炉に、ひきずりこむのだ！」

学生たちは呪縛《じゆばく》にかけられたようであった。しばらくして、皆ふるえはじめた。それは恐怖と感動のおののきであった。蓮太郎の傍につッ立って見まわしている宗像啓作の表情が、幾十かの若々しい顔に魔術みたいにうつって、彼らはいっせいに曙《あけぼの》に似た微笑みを浮かべた。

啓作が、床ノ間からひとつの帖面をとりあげながらいった。

「同志の血判を求める」

すると、そのとき、暗い廊下から、アハハハハと妙にうわずった声で笑う者があった。

「あははは、戦争のまえは憤怒、戦争のなかは悲惨、戦争ののちは滑稽と、歴史の定石はそうだが、こりゃ戦争の最中からだいぶ滑稽の分子がなきにしもあらずだな」

みなどよめいて、うしろをふりかえった。ヨロリと柱につかまるようにして、上眼づかいに笑っているのは鏡七馬という学生だった。

「よう宗像、その抱いているのア日本刀か。ウフフ、け、血判だと？　なんてアナクロニズムだ、原子爆弾が出現するという時代に——」

「原子爆弾？」

啓作が叫んだ。

「鏡、こちらへ出てこい」

と、大鳥蓮太郎が落ちついていった。

「ははん、しからば、ドーシの方々、御免。実は拙者、ただいま二本松遊廓より参着つかまつったところでござるによって、いささか酩酊の儀はひらに御容赦」

鏡七馬は、風に吹かれる枯葉みたいにフラフラまえにあゆみ出てきた。

痩せた顔は真っ蒼、唇だけが真っ赤で眼がトロンと据わっている。怒った宗像啓作は怖ろしかったが、酔った鏡七馬はなお怖ろしかった。彼の毒舌は、のんきな学生たちでさえ面をそむけさせるものであった。

「鏡、原子爆弾とはなんだ」

「こんど広島へ落ちた奴よ。フ、フ、いま二本松の女郎から聞いてきたんだがね。きのう、向うを通ってきたお客がいっていたそうだ。――ただ一発、広島全市、どっかへなくなっちまったってよ――」

しんと凍りついた満座のなかで、七馬はケラケラと物凄い声で笑った。

「アハハ、それはともかく、いまおめえのいってたことは、なかなかよろしい。おれは気に入ったよ。日本人全部を狂わせるって？　なんて祭典だ！　ウフフ、ヤツらの思いつきそうな智慧だよ――」

「正気ならば、日本は降服のほかはないよ」

と大鳥蓮太郎は冷然といった。

七馬はゲップを吐きながら、

「正気、狂気をとわず日本は降参するさ。おめえ、いま一カ月とかなんとかいったが、おれアあといいとこ一週間とみるな、原子爆弾にかかっちゃ、鉄血隊なんて屁にもあたらねえ。が、どうせムダなことをやるなら、せいぜいハデにやるんだな。おれは馬鹿のバカ騒ぎを見物するのは大好きだよ。ハハ、二本松から見ていてやるぜ――」

そして、学生たちを見まわして、七馬は皮肉に笑った。

「諸君よ、将来のために申しあげる。もはや諸君は独逸《ドイツ》語よりも英語を勉強される方がトクでありましょう――」

「国賊ッ、ブッタ斬ってくれる！」

宗像啓作が絶叫しておどりあがった。眼が血ばしっていた。

「日本はほろびない！　ほろびるもんか！　神勅《しんちょく》にだってそういってある！」

「神勅を疑うの罪、軽からざるなり――か、ハハハ、そういったのは、たしかその吉田松陰先生だったな。宗像、松陰はありゃおめえさんたちと同じで、一種の精神病だよ。左様、パラノイアに属するかな。いったい、神勅ってなんだ？　アマテラスオーミカミってなんだ？そもそもなんて名の旦那といっしょになって、子々孫々を生んだんだ？」

啓作は、まるで腸をちぎられるようなうめきをあげた。

「待て、宗像、おれがいってやることがある！」

大鳥蓮太郎が叫んで腕をつかんだが、啓作は狂気のようにふりはらって、日本刀をひき抜こうとした。と、そのとき、うしろから風鳥のように駈け出した娘がある。

「宗像さん、もったいないわ！」

あいだに立ったのは、白桐館のひとり娘の葉子だった。大理石のように清麗な顔だちに、はげしい気性が、ふかい彫りをつくっている。蓮太郎の制止をもきかなかった啓作が、電流に打たれたように動きをとめた。

「みなさん真剣なとき、茶化すのはいちばん下等だわ！　あんたみたいなひとには——」

葉子の瞳に蒼い炎が燃えあがると、

「これで充分！」

鏡七馬の頬に、ぱっと唾《つば》がとび散った。

七馬はよろめいて、死灰のような顔いろになって、それから上眼づかいに葉子を見あげて、

「ダンケ・シェーン」

にやりと笑った。それから、つぶやいた。

「おれは、人に好かれない人間だということは知っている。どうしたら世間の奴らに、たまらないほどいやがられるだろうかと、ふだんからそればかり研究しているくらいだ。が偽善だけは決してせん——」

そして、急に物凄い眼つきをして蓮太郎を見た。

「大鳥、すべてをなげうつなら、この娘さんとの恋愛も捨てろ」

「おれは、恋愛などして居《お》らん」

蓮太郎は表情をうごかしもせず、しずかにいった。

「おれの恋人は、ははは、きみのいう狂人、パラノイア、吉田松陰先生だよ」

「フ、フ、女に惚れられるのは、鉄血隊の綱領もそのかぎりにあらずか——」

七馬はつき刺すように見つめていて、それから大声でわめいた。

「大鳥よう、宗像と、葉ちゃんにとって、おめえさんはまさに神サマだよ。猿でさえ群をなせば首領が一匹立つ。君臨欲は本能だ。調子にのって、おめえさんは、まだこの連中のうえで、御託宣をしてうれしがりてえらしいが、いまに後悔のホゾをかむぞ——」

「鏡、おれがすべてを捨てるといっているもののなかには、そんなばかげた野心も入っているのだよ」

「ふん、だが、責任は捨てられないぞ。——若《も》し日本が負けたら、いままでみんなをアフリたてておきたその責任を持つか？」

「持つ、腹をきる！」

それは武器なき死闘であった。学生たちは、蒼白になっていた。ついに、気力の絲《いと》がきれて、葉子があえぐような息をもらしてくず折れた。

ふりかえりもせず、大鳥蓮太郎は皆の方へ彫刻的な顔をむけていった。

「血判はあす貰《もら》おう。そのとき、きた人々だけと、鉄血隊の規約組織の件について相談する。きょうは、これで解散」

葉子

翌日、鏡をのぞいて全部の学生は血判した。

彼らは、この恐るべきふたりの友人の賭《かけ》を、ただ面白がって傍観する余裕を失っていた。彼らの運命もまたこの歯をくいしばるような賭にかかっていたからだ。

しかし、学生たちは、日本の勝利を信じていたのか？　いや、顚《たお》れんとする大廈《たいか》を、一木よくささえ得ると思っていたのか？

そうではなかった。そう信じているのは大鳥蓮太郎と宗像啓作のふたりだけであったろう。学生たちはしょせん民衆の縮図であった。彼らは霧の底にさまよいながら、その向うにひらいている巨大な裂目を感得していた。その怖ろしさに、じっとしていることができず、傍の巌にかじりついたに過ぎないのだ。

小さな巌！　大地そのものが震撼していたのだ。学生たちは、激烈な檄文を町の辻々に貼った。遠い学校の友人に手紙をかいた。あがきぬく彼らの耳に、凄じい崩壊の音響がつぎつぎに聞えてきた。

赤軍は怒濤《どとう》のごとく満洲に侵入しつつあった。そしてそれは、ほとんど無抵抗のうちにあるらしく思われた。

どんなに大本営が朦朧たる発表をしても、広島と長崎を全滅せしめた原子爆弾の凄惨なる威力は、全日本を衝動せしめ、十二日には、この町の市民にも、至急郊外二里以上の地に退去せよ、という命令が下った。が、どの系統から出た命令やら、どうして避難するのやら、それもわからなかった。

十三日になると、その朝からぶっとおしに、北方の長野市と上田市が艦載機群に銃爆撃されつつあるとの急報があった。

十四日の午後のことである。病院の診察室で、最後の患者が去ったのちその病状を説明していた内科の津村教授が、ふいにやさしい眼で学生たちを見まわしていった。

「君たちは、まったく可哀そうだ。……わたしらが君たちの時代には、酒あり、女あり、心ゆくまで青春を愉しんだものだが、君たちは芋を腹いっぱい食べることさえできない。そして、前に待っているものといえば、戦死……みじかい人生だ。酒があったら、のみなさい。歌でも——町でうたうとうるさいから——」

老教授の眼に、ふと涙がひかった。

「山の上にでものぼって、大きな声で歌いなさい」

「先生、おやめ下さい！」

槌《つち》で打ったように宗像啓作が絶叫した。

「われわれは、いまそんな愉しみを持ちたくはありません！　甘やかしていただきたくはないのです！」

白髪童顔の博士は、真っ赤な顔をして自分をにらんでいる若い学生に、怒りもせず微笑して、おだやかにうなずいた。

「宗像、気にさわったか？　これは、わたしがわるかった。ただ……あれもいかん、これもいかんと、あまりおさえつけちゃあ、君たちが萎縮《アトロフィー》に陥りやせんかと思うてな。は、は、」

窓の外に眼もくらむように鮮やかな向日葵《ひまわり》、遠く盛りあがった入道雲……それらがぶきみなほど凝《じ》っとうごかないのが、かえって啓作のカンをたかぶらせた。

（老ぼれたちはいかん……）

狂人のような眼つきをして、彼は白熱の路上を駅の方へ歩いていった。

（酒、女、可哀そうな青春……とはなんだ。五十代、いや四十以上の奴ら、おまえたちが、この戦争をひき起こしたんじゃないか。しかも旗いろがわるくなると、愚痴をこぼし、敗戦論をとなえ国内ではヤミにあくせくして、おれたちの背なかに刃をつッ立てようとする。いかん、軟弱な大正時代に人と成った奴らは、魂にスジガネが入っておらん、維新の祖父たちがつくった日本を、おまえたちは二代にして、メチャメチャにしようとしているんだ！）

憤怒のため、額も頬も、燃えるように熱かった。

しかし、それは、敗戦論者たちに対する純一無雑な憤怒であったろうか？　そうであるはずだった。彼は日本の降服など、絶対に予想していなかったからである。だが——実に奇怪な心理だが、若し日本が負けたらという荒唐無稽な仮定が、胸の底でぽっとあかるい灯をともしているのであった。いつから？——それはこの一日二日からのことであるように思われた。おお、敗北の空想にかかるこの美しい虹、それはなんだ。そんなことがあり得ようか。

愕然とし、身ぶるいをし、嘔気をもよおし、そして啓作を憤怒させているのはこの化物であった。それは幽霊のように心をひき裂き、啓作を狂犬のように誰にでも噛みつかせようとするのだった。

灼《や》きただれる太陽の下に、町は鬼気をみなぎらせていた。疎開のためになかばとり壊した家々も捨て、原子爆弾におびえて郊外にのがれようとする大八車《だいはちぐるま》の群が、いたるところ朦々《もうもう》と万丈の砂ほこりをまきあげていた。

のちに思えば、はなはだ滑稽なことであるが、この日にいたってまだ出征してゆく学生があった。戦争のはじめに見られたような、悲壮とかいうような表情はまったくなく、駅前の広場に日本刀をぶら下げたまま、彼はポカンとした顔つきであった。出征してからの覚悟とか方針とかをきめるべく、日本をめぐる颶風《ぐふう》はあまりにも凄じかったからだ。そして歓送の学生たちも、ほとんどこの小さな出征者をみとめていないようであった。彼らは円陣をえがいて、ただ獣のように歌い、踊りまくった。それはただ悲惨なストームに過ぎなかった。

「花もつぼみの若桜……五尺の生命ひッさげて国の大事に殉ずるは……」

その声はかすれ、まるで暴風にもてあそばれる狂人の群の乱舞に似た光景であった。

夕方、碧空《へきくう》を濁流のごとく急速に消しはじめた灰いろの雲のしたを、宗像啓作はのどをからして白桐館にもどってきた。

まだ学生たちは帰ってこないと見えて、宿の玄関はガランとしていた。あがろうとすると、

突然、

「――じゃあ、あなた、あたしより、その置物の首の方が好きだとおっしゃるのね！」

階段のうえの部屋から、葉子の声がふってきた。

啓作は、じっと立ちすくんで息をとめてしまった。――が、なんという弱々しく、やるせない葉子の声であろう。啓作のはじめて聞く、かなしげな調子であった。

「まあ、そう思っていて下さった方がいい」

むっつり、つきはなすような大鳥蓮太郎の声であった。

啓作は、葉子が蓮太郎を恋していることを知っていた。その部屋の花瓶にはいつも花がある。果物をもってくる。よごれたものをはこんでゆく。その愛情の表示はきわめて大胆で攻撃的であったから、それはだれでも知っている。が、それを学生たちに笑わせないものが、葉子のうちにあった。彼らは彼女をジャンヌ・ダルクと綽名《あだな》していた。その、ときとして神聖さをすらおぼえさせる清潔な顔だちと、青年たちを眼中にも置かぬようなはげしい気性。

啓作は、葉子が蓮太郎に恋をしていることを知っていながら、しかも彼女を女として感じなかった。それは、相手の蓮太郎が彼にとって絶対的な偶像で、しかもその偶像は偶像らしく、娘の愛に冷然としていたせいもある。偉大なる友、大鳥を恋するにふさわしく、しかも蒼天に両腕をさしのべるにひとしい、葉子の無益な、昂然たる恋は、啓作にとってまったく実感をともなわない、高い高い別世界の恋愛のように思われた。

「くやしいわ、くやしいわ……」

それは、あの葉子の唇からもれるとも思われない「女」の声であった。啓作は立ちすくんでいる足もとの床が、すうっと沈んでゆくような不思議な感覚がした。

　蓮太郎が冷やかにいった。

「葉ちゃん、あなたが僕に好意をもってくれるのは、ほんとうにありがたい。しかし、もっと大きなもののために、僕がそれをお受けできないことを遺憾とする」

「もっと大きなもの？」

「国家の運命だ。日本が勝つ瞬間まで、僕の身体も魂も僕のものじゃない」

「日本が勝つ――日本は……大鳥さん、日本は、ほんとうに勝つでしょうか？」

「ききたまえ、この五月……独逸が降服した――廃墟と化したベルリンで、赤軍司令官のまえにならんだ飢えた独逸人の群が、醜い笑顔で、これからはあなたがたの部下だ、といったという。――勝戦第一報がとどいたモスクワでは狂喜乱舞だ。済みました、神様、とうとう、やっと済みました、と慟哭《どうこく》するロシヤ人たち――この闇黒の笑いと燦爛《さんらん》たる涙、運命的な歴史の表裏、この物凄い話をきいて、葉ちゃん、僕たちがどうすべきかはいう必要もあるまい。日本の勝敗――僕たちは高い桟敷《さじき》にいるのじゃないのだよ。僕たちが日本そのものなんだ。絶対に、負けてはならん！」

　しばらくの沈黙ののち、

「怖い……怖い……」

　葉子の身もだえするような声が聞えた。

「若《も》し――若しですよ、若し、日本が負けたら――あなたは……」

「死にますよ。鏡との約束もあることだ。は丶は丶」

しずかな笑い声だった。宗像啓作は、そのときぞーっとした。それはその刹那、胸の奥に、またぽっと灯がともったような感じがしたからだ。この悪寒をもよおす灯はなんだ。啓作は考えることができなかった。灯は一瞬に心の深淵にしずんでしまった。

「尤《もっと》も、死ぬのは、決して鏡などへの義理立てじゃないです。——まあ、この松陰先生と心中するつもりですかな。はっはっはっ」

「くやしいわ……くやしいわ……」

蓮太郎の笑いをひき裂くような声で葉子が叫んだ。しかしそれは、さっきのむせぶような女のなげきではなく、啓作の知っている、はげしい火箭《ひや》のような葉子の叫びであった。

「どこまでいっても、吉田松陰だわ！　心中だなんて……あなたは……どこまでも、その冷たい青銅の首だけなのね！　そんなもの、捨ててやる。あたし、そんなもの、壊してあげる！」

氷から炎へ、一瞬に変化するのはこの娘の特性である。うわずった叫びとともに鳥のはばたくような物音がして、突然それがはたとと《いヽ》ぎれた。身をのばして机のうえの松陰像をつかもうとした葉子の腕を、むずとつかんだ大鳥の姿が、啓作には眼にみえるような気がした。

「冷静になりたまえ」

啓作は微笑した。まことに大鳥蓮太郎の唯一の恋人は青銅の松陰に相違なかった。松陰はすなわち祖国の象徴であった。いつであったか、机からころがり落ちて、なんのはずみか頸《くび》がななめに欠けてしまい、町の鋳かけ屋でくっつけてもらって、錫《すず》と鉛の銀いろの傷痕をとどめた松陰先生を、しみじみと愛撫している蓮太郎の姿を啓作はなんど見たろう。

「そんな心中をしなくてもすむように、僕たちが蹶起《けっき》しようとしているのじゃないか。僕たちは日本人をことごとく逆上させたいと思っているが、そんな風に逆上をする女はきらいだ。僕は仕事がある。きみのお相手をしているわけにはゆかん。いってくれたまえ」

障子がひらいて、葉子が追い出されてきた。蒼ざめた頰に涙がつたわっている。眼は放心のひかりをたたえて、しおしおと階段をおりてきた。啓作は衝立《ついたて》の蔭に身をひそめた。感動と歓喜に足が、ガクガクふるえていた。なんという剛毅、なんという冷厳——われらの首領、万歳！

葉子は玄関にしばらくじっと立っていた。息づまるような、かなしい女の立ち姿であった。それから、下駄をつっかけて、フラフラ外へ出ていった。

と、出会いがしらに、ガラガラ朴歯《ほおば》をひきずりながら学生たちがもどってきた。

「おや、葉子さん、もう夕方なのに、いったい何処《どこ》へ？」

「鼎《かなえ》村のお友達のとこ」

感情のない声は、もう往来からであった。

学生たちは、首をすくめて舌をだした。玄関の衝立《ついたて》の傍にぼんやり立っている宗像啓作の姿をみると砂田という軽い男が、

「よう、宗像、鏡に天罰が下ったってニュース知ってるか？」

「天罰?」

「は、は、いま病院へ寄ったら、泌尿器科の看護婦がいってたんだが。鏡のやつとうとうワッセルマンが陽と出たんだとさ」

「黴毒《ジヒリス》か!――ウーム、それで鏡は?」

「ふふん、と笑って、松川の方へ悠々と散歩にいったとさ。英気をやしなって、また二本松へ出かけるつもりなんだろう。いや実に大したタマだな」

みんな大鳥の部屋にあつまって、ガヤガヤ話した。話は主として原子爆弾のことであった。広島の悲劇は日を追うにつれて、いよいよその酷烈な全貌をあきらかにしつつあったが、しかも大鳥蓮太郎はいう。全国民が徹底的に山峡森林に分散し、地下にひそみ、あと三年たたかうのだ。たッた三十六カ月、熱汗をしぼりつくして忍苦すれば、かならず敵は絶望するのだ。

――ああ、これは、なんという痴語であったことか! けれども、当時、八月十四日以前の日本には、爆煙に恐るべき真相はかすんで、なおこの勇敢なる痴語が君臨し、みなを屈伏させる無数の狂える渦がうず巻いていた。

珍らしく、宗像啓作は黙っていた。彼は鼎村へいった葉子のことを考えていた。あのひとがなんだ? 首をふると、また砂田の声が聞える。鏡は悠々と松川の方へ散歩にいったとさ。

――松川はこの町と鼎村をへだてる川であった。

不思議な予感に耐えかねて、啓作は、廿分《にじゅっぷん》ばかりののち口実を設けて白桐館を出た。

西空いったいは血の海のごとく燃え、東の重畳たる赤石連峰の波頭はあかあかとかがやいているのに、山峡の町は雨傘みたいな暗雲の下にもう蒼茫の黄昏《たそがれ》にしずみ、この世のものならぬ幽愁の雰囲気につつまれていた。まだいちども爆撃をうけたことがないという、不思議な幸福を持ちながらかえってみずから破壊して、惨澹《さんたん》と荒廃した町をとおって啓作は町はずれの坂のうえに立った。

折れまがった坂路の下は、すぐ松川をわたる石橋だ。橋のたもとに鏡七馬がたたずんで水をみていた。孤独な姿であった。啓作は坂を降りることをためらった。同情を感じるどころか、けがらわしい病毒を抱いたこの男に、彼はちかづいてゆくことすら嘔気がするのだった。と、橋の向うから、葉子がトボトボあるいてきた。鼎村へゆきかけて、またあてどもなくたちもどってきたという様子である。七馬は眼をあげた。が、欄干に身をもたせたまま平然とうごかぬ。

「こんばんは」

一週間まえに唾をはきかけられたことを忘れたような声であった。

葉子はたちどまって、七馬をながめた。雲間からのぞく物凄い半月のひかりに、その顔は蠟細工みたいに白く無表情だった。しばらくじっと相対していたが、なにを思いついたものか、葉子がいった。

「鏡さん――あたし、とうとう大鳥さんに振られたわ」

「それは気の毒だ」

「あたし……あなたの恋人になりたいの」

宗像啓作は愕然とした。葉子は悶《もだ》えぬいたあげく、気でもちがったのではないか？——が、坂の下で、平然たる、身ぶるいするようなふたりの対話はつづく。

「おれの？——フ、フ、おれはあいつほど偽善家じゃないから、そのお申し込みに逃げは打たないからな。御望《おのぞみ》なら応じますよ。が……」

「が……なあに？」

「おれは精神論者たちには嘔気がする。おれの恋人になる。よろしい。が、精神的な恋愛、プラトニック・ラヴなんてものは、はじめからおことわりだぜ」

「——わかったわ。よくってよ」

「いい？　それじゃ、善は急げだ、あすひる十一時、風越山のうえにきたまえ」

「十一時、風越山、ええゆくわ」

「それから、もうひとつ、ききたいことがある。きみはそんなことをいい出したが、すこしはおれが好きなのかい？」

「きらい！　だいきらいよ！」

「それで、よろしい。甘いものは、塩をふりかけて、いっそう甘くなる」

そして、凄じい笑い声だった。葉子は憎悪の眼で、きっとその顔をにらんでいたが、すぐにいまの恐ろしい約束などけろりと忘れたような表情でスタスタと坂をのぼってきた。

啓作は眼のまえをとおりすぎる彼女を、茫然として見送った。信じられなかった。雨雲が、魚の腸みたいな西の夕焼を消してゆく光景を、悪夢をみるような眼で見つめていた。葉ちゃんはいったい、どうしたんだ？　東南の山のあなたより、遠く探照燈が物凄く夕空を這うのが見えた。ポツリ、と頬を雨つぶが打つと、彼ははっと身ぶるいして、狂気のように駈けだした。

町の入口で啓作は葉子の肩をつかんだ。

「葉ちゃん！　きみは――鏡が黴毒《ジヒリス》だってことを知ってるのか！」

葉子はふりかえって、散大したひとみで啓作を見た。

「それが、あなたと、なんの関係があるの？」

うわずった、氷のような声だった。冷たさに打たれて、宗像啓作の激情的な頬がひきゆがんだまま、硬直した。

「あなたたちが気をもまなくちゃいけない相手は、もっと大きなもののはずよ」

そして彼女はクルリと背をむけると、蒼い水をただよう花のようにいってしまった。

恋と祖国と

八月十五日の太陽が、しずかに東の山脈のうえにのぼった。

窓からさしこむ蒼白いひかりの底に、石像のように硬い横顔を見せて眠っていた大鳥蓮太郎の姿を、啓作は永遠に忘れることはできないであろう。……それは蓮太郎の生命ある、最後の眠りだったからである。――けれども、そのときは、啓作はその冷たい翳《かげ》をおとした横顔を憎悪の瞳で眺めた。たとえ眠っているにしても、啓作が蓮太郎に向けた最初の暗い瞳であった。

「——それが僕たちとなんの関係があるんだ？——僕たちが、いま全身全霊をあげて格闘しなければならないのは、日本の運命だ」

昨夜、葉子の危機をつげたとき、蓮太郎の吐いたこの言葉が、なんと葉子の悲痛な皮肉と相一致していたことか。——

まことにそうである。国家千年のために、降服よりもむしろ全滅へ！　いまやこの狂的論理を絶対的命題として、必死の行動を起こさんとする彼らにとって、かえりみるべきものは身辺に塵ひとつないはずであった。一女子の妄動堕落が、そもなんであろう！——若《も》し、それが彼らの心にいくばくかの暗然たる波紋をひろげようと、その哀傷に耐えることが、彼らのはらうべき崇高な犠牲のひとつではないか。赴難《ふなん》の青春に、女性はタブウである。——けれど、けれど、けれど、——

宗像啓作ははじめて蓮太郎に憎しみを感じた。しかし、きのう、葉子を拒否した大鳥におれは感動と歓喜の拍手を送ったではないか。それがいま、なぜ憎しみを感じるのか？　いや、どうしてこのおれが、憎しみを感じなければならないのか？　啓作は考えることができなかった。考えようとするとそれはぼやけ、冷たい霧のような悪寒を覚えるのだ。このような不快、苦しみを、生まれてから彼は経験したことがなかった。ふだんは蓮太郎よりもよく眠る啓作を、その夜ひと夜悶々としてほとんど眠らせなかったのは、実にこの奇怪な悪寒と不快と苦しみであった。

「おい、大変だ、大変だ、重大ニュース重大ニュース」

あわただしい跫音《あしおと》をひびかせて、寝巻姿のまま砂田が入ってきた。

「きょう、正午、天皇陛下の御放送があるぞ。いま、ラジオがいったそうだ」

「なに！」

がばと啓作は起きなおった。ふりかえると、大鳥も烱々《けいけい》と眼をひらいて天井を見つめていた。

「大鳥、いったいなんの御放送だろう？」

「きまっている。大和民族の歴史と光栄のために、最後の一兵までたたかえ！　とおっしゃる御命令にきまっている」

寝顔にきざまれていた冷たい翳が、ぱっと暁のひかりに溶けちったような燦爛《さんらん》たる笑顔であった。

「安心した。安心した。――九日にソ連から宣戦布告を受けながら、いままで日本が黙っていたのが、ただひとつの心配だったんだ。玉音放送は、全日本人にとって、最後にして最高のカンフルとなるだろう」

啓作は心臓に痛みを感じた。その一瞬に激烈な憎悪と讃歎が、炎のようにもつれ合って、胸をひらめき過ぎたからである。この両極の感情を起こさせたものは、おなじく大鳥の強靭さであった。その燦爛たる笑顔は、すぐ啓作を圧倒し、伝染した。

「そうだ、そうだ、それにちがいない！」

彼は夢中で膝をたたいていた。

その日は水曜日で、午前中、津村教授の脊髄《せきずい》の系統的疾患の講義があった。場所は町の小学校の裁縫室である。ふつうの教室の小さな机では、とても大学生の身体は入らないので、まるでむかしの村塾みたいに、畳に坐って聴講するのであった。授業中、机から机へしきりに白い紙が飛びまわった。だれの仕業か、その紙には、「天皇陛下御放送。休戦？　降服？宣戦布告？」と、かいてあって、そのうえにめいめいの予想を円印でしめせというらしかった。円は最後のもののうえにのみ、真っくろになるほど重ねられていた。降服とんでもない！　日本はこのとおりしずかだ。窓から見る夏の大空は、あんなに碧《あお》く美しく、燃えるようにかがやいているではないか？

いちばんうしろの方へ坐って、宗像啓作は両腕をねじり合わせていた。

彼は三分置きくらいに、風越山の方をながめた。その眼がひかったり、しずんだりするのは、彼の心の波のはげしい起伏を、しめすものだった。――鏡はいない、鏡はいない！　フラフラたちあがろうとする耳に、冷厳な大鳥の声が鳴りひびく。（――それが僕たちとなんの関係があるんだ？　僕たちが全身全霊をあげて格闘しなければならないのは――）

彼は船酔いにでもかかったような顔いろになっていた。次第に胸がムカついて、頭があつくしびれてきた。十一時、恐ろしい十一時、彼はついにたちあがった。

彼は教授にお辞儀するのも忘れて、部屋を出ていった。大鳥蓮太郎はそれを見送っていた。

その眼に一種異様のひかりがはしったが、彼はすぐに彫刻のように冷酷な顔を正面にもどした。けれども、そのノートは真ッ白であった。

十一時をまわると、みなザワザワしはじめた。時計と教授を見くらべては、しきりに溜息をついた。十一時十分、ついにひとりが立っていった。

「先生、十二時に天皇陛下の御放送があるそうですから、恐れ入りますが、もう講義をやめて下さい」

「承知しています」

教授は平然としておだやかな顔であった。

「しかし、まだ早いでしょう」

「はあ……でも……」

みんなワイワイ騒ぎ出した。教授はやっと、「進行性筋ヂストロフィ」の講義をやめた。学生たちは、兎のように外へとび出していった。

日は眼くらめくばかりに白熱していた。青い大竹藪は、たわんだ枝をじっと虚空にささげている。玉蜀黍《とうもろこし》もダラリと大きな葉を垂れて、赤い毛がペルシャ猫みたいなつやをはなっていた。

宗像啓作は、風越山の山路を、疾風のように走っていた。熱風が面をふいた。彼は自分の足を蝸牛よりも遅く感じた。不安と恐怖が唇のいろを変えていた。

「神聖犯すべからず……神聖犯すべからず！……」

うわごとのように彼はつぶやきつづけていた。

ああ、神聖犯すべからず！　それは祖国だ。が、それだけであるか？　いや、啓作は知った。はじめて知った。それは葉子であった！

（おお、おれは葉ちゃんを恋していたのだ！　何ものにもあの清浄をけがすことはゆるさぬ。大鳥と葉子の反撥に歓喜したのはそのゆえだ。が、その反撥にも限度がある。鏡にけがされようとする葉子を、冷然黙視する大鳥に、憎悪を感じたのもそのゆえだ。若し、若し、若しまに合わなかったら――きょうの御放送は、降服だ。葉子ちゃんの神聖が犯されたら、日本の神聖もまた終りだ！）

　なんという奇怪な論理だろう。なんという思いがけない結合だろう。が啓作は今こそ彼の祖国がすなわち葉子であることを自覚した。大鳥にとって、祖国の象徴が松陰の像であったように、啓作は葉子への愛を祖国愛へ変形していたのだ。少なくとも、両者ともに、その崇高、純潔、絶対にけがすべからざるものとして、貝殻のように膠着《こうちゃく》した関係にあったのだ。

　すべてか、しからずんば無！

　宙をとぶ一歩一歩に、生命の火が燃えつきるようであった。啓作の白い額は、恐怖の冷汗焦燥と土ぼこりの凄惨な斑《まだ》らをえがいていた。

　頂上に達すると、青い草の炎のなかに、凝然とひとり鏡七馬がつッ立っていた。葉子の姿はどこにも見えぬ。

「鏡――葉ちゃんは？」

七馬は顔をあげて啓作をながめた。

「ふん、たッたいま、そっちの山路を駈け下りていったところだ」

と、啓作の走りのぼってきたとは反対の方角を指さした。啓作は全身が氷のように冷たくなるのを感じた。まに合わなかったのか？　しぼり出すように、

「いった？——鏡、葉ちゃんは——」

「知っているのか？」

鏡七馬はじっと啓作を見つめた。しばらくすると、その片頬に、凄い、悪魔のような笑いが浮かびあがった。冷然としていった。

「あの娘は、もう処女じゃない」

啓作は異様なさけびをひと声あげた。碧い空と白い雲が、巨大な視界にぐるっとまわった。彼は数分、麻痺したように立っていた。が、それは麻痺ではなく硬直であった。硬直の暴風がすぎると、彼は血ばしった眼で七馬をきっ、と見て、低い声でいった。

「きさまに天誅《てんちゅう》をくわえる」

手袋があれば啓作は投げたであろう。決闘の宣言をたたきつけるや否や、彼は狂豹のごとく襲いかかった。

爛々たる真夏の太陽の下、燃えあがる山上の死闘であった。若いふたつの身体は、鞠《まり》のようにゴロゴロと草のなかをころがりまわった。

たちまち、ふたりは跳ねあがって、崖のうえに相対した。鏡七馬は蒼白な笑顔を啓作に投

げてうめいた。

「ウーム、おまえも、やっぱり葉子に惚れていたのか！」

「だまれ！」

絶叫して、啓作は火の玉みたいに全身をたたきつけていった。

「おめえ——ばかだな——」

声は虚空《こくう》をながれて消えた。はっとした瞬間、七馬ののけぞった躰は高い崖から石のように落ちていった。啓作は灌木《かんぼく》をつかんで、喘《あえ》ぎながら見下ろした。崖の下は、乾草の小さな山であった。おそらく牛を飼う家の若い衆が朝のうちに刈りたてて、つみあげて置いたものであろう。七馬の身体は二、三度柔かくはねあがると、ゴロゴロところがってすぐに見えなくなった。

かたい岩のうえにでも落ちて、卵みたいにたたきつぶされなかったのがむしろ無念であった。殺してもあき足りない憤怒に燃えて、彼は山頂から身をひるがえして山路を駈け下りた。なお追いすがって、天誅の鉄拳をくわえるためである。——と、彼は突然たちどまった。

下から大鳥蓮太郎がのぼってきた。蒼ばんだ顔いろだが、冷静に、

「宗像、鏡はいるか？」

向いあって、啓作は物凄い眼で蓮太郎をにらんだ。なにをいうか？　今ごろのぼってきて、なにをいうか。葉子の清浄はついに毒血にけがされてしまったじゃないか！

「宗像、うえに鏡はいないのだね？」

「知らん！」

啓作は絶叫して、大鳥を押しのけるようにして崖の下の方角へまわってゆこうとした。その肩をグイとつかまれた。万力のような強い力であった。

「もう、玉音放送がはじまる時刻だ。下りて聞け」

首領らしい、断乎とした命令であった。啓作ははっとゆめからさめたような顔つきになった。大鳥は地面に眼をおとして、しずかにつぶやいた。

「小学校の職員室にラジオがあるはずだ。中庭でそれを聞いて、若し戦争継続なら両手をあげて万歳しろ。若し——降服なら——右手だけあげて合図しろ、僕はこの山のうえで待っている。それを見ている」

どんとつきはなされるように、身体を押されて、啓作は山路を駈け下りていった。絶望のつぎに息もつかせず襲ってくる巨大な運命の波濤に、彼はもはや一切の思考力を失ったようであった。

山路から校庭にとび下り、軍需工場となっている講堂の横をはしって、彼は職員室の傍の中庭に駈けこんだ。

そこには学生の一群が、白熱のなかに制服をきちんとつけ、直立不動の姿勢で凝然《ぎょうぜん》とかたまっていた。

ラジオは、もう、ひとつの声をながし出していた。

「……その共同宣言を受諾する旨《むね》通告せしめたり…」

一瞬に啓作は全身の毛穴がそそけ立った。顔が白み、唇から血がひいた。

血と涙にむせぶような、悲壮な、高貴と美しさにふるえる声はつづく。

「……然るに交戦已《すで》に四《し》歳《さい》を閲《けみ》し、朕《ちん》が陸海将兵の勇戦、朕が百僚有司の励精《れいせい》、朕が一億衆庶の奉公、各々最善を尽せるに拘《かかわ》らず、戦局必ずしも好転せず、世界の大勢また吾に利あらず……」

万事休す！　学生たちは白痴のごとく空を凝視したまま、一句もなく、微動だにもせぬ。慟哭しようにも、のどがつまった。負けた、ついに負けた！　啓作がただようようにうごき出した。涙が頰につたい、魂の内部で、凄じい崩壊のとどろきがあった。

彼は風越山の山頂をながめた。深い蒼い空を背景に、石像のごとく大鳥蓮太郎は立っている。傍の樹の幹に悠然ともたれかかっている姿は、いつのまにのぼったのか、たしかに鏡七馬にちがいなかった。

宗像啓作はノロノロとあげた。右手を――右手のみを。

奇怪なことは――ああ、嘔吐をもよおし、魂を深部の蕊《しん》から凍らせたことは――このとき、あらゆるものが崩壊し、悲痛と絶望の嵐のみが吹きまくっている胸のなかに、また、あの恐ろしい灯が、ぼっとにじみ出して、しだいに、その光芒を物凄くしてゆくような感覚があったことである。……

大鳥は二度三度、大きくうなずいたように見えた。

悪寒と嘔気のため、啓作は白い炎のゆらめく地上に数分間しばりつけられていた。

突然、彼は身ぶるいをし、恐怖のさけびとともにとびあがった。

「いけない！　大鳥は死ぬ！　大鳥は死ぬ！」

狂ったように駈け出した彼について、玉音放送に耳をすましていた学生たちのうちから、四、五人追ってはしってきた。

十五分のち、彼らは山頂にのぼった。

時すでに遅し。――果して、大鳥蓮太郎は死んでいた。右手にしっかと青酸カリの小瓶をつかんだまま。――そして、恐ろしいことに、その身体の下にもうひとつ、鏡七馬の冷たい屍体が横たわっていたのである。この方の致命傷は、右コメカミのうしろにぽっかりあいた真っ赤な小さいまるい孔であった。

その兇器はすぐにわかった。若いふたりの屍体の枕もとにちょこなんと据えられている青銅の松陰像である。そのうしろへ向ってつき出した長いちょん髷は血潮に真っ赤であった。そして、その首の下には、白い紙片がおさえつけられて、しずかに風にひるがえっていたのである。それには大鳥の走りがきで、

「――余は祖国と運命をともにし、この山上に死す。死の同伴者として、友鏡七馬を選べり。されど、彼を殺害せるは一面の私怨《しえん》にあらず。これ、祖国の将来がいかになりゆかんとも、鏡七馬のごとき青年はただ有害無益なることを信ずればなり。恩師に謝し、純潔なる諸友の幸福を祈る。日本万歳」

青銅の愛国者

「噫《ああ》、惜しい若者をふたりも殺したものだ」

事件の直後、津村老教授は声をおののかせて嗟嘆した。

「どちらも、すぐれた、将来ある学生であったのに。――この戦争の悲劇の、かなしいひとつの典型だ。大鳥のドグマ、鏡のエクセントリシティ、そのいずれもが持つ狂激性、これはこの戦争が日本の青年に与えた最も悲惨な特質だ。ふたりの死そのもののみならず、因ってきたるその遠因をふせぐことができず、また傍観せざるを得なかった私の無力を、師として私は君たちに恥じ自分に恥じる」

滂沱《ぼうだ》たる涙を、しかし宗像啓作は信じなかった。

戦争が日本の若者に与えた打撃は、戦争が終って、いよいよその悲痛な症状を露呈してきた。何ものをも信ぜざること、これである。

この世に生を受けて以来、最も崇高なるもの、信ずべきもの、守るべきものと教えられてきたものが、或いはひきずり落され、或いは打ち壊され、或いは仮面を剝がれてゆく暴風の如き一カ月、それをマザマザと眼前に見て、彼らの胸は簓《ささら》の様になり、痛みは限度をこえて、麻痺し、彼らの魂は石のように冷たくなった。維新は明治の序曲であり、明治は大正の前奏であり、大正は昭和の曙であると教育され、あたかも日本の歴史が着々天意にしたがって秩序整然と進行しきたったもののごとく思いこんでいた彼らが、突如として絢爛《けんらん》の舞台を失い、一瞬に真空の廃墟に立ったおのれの姿を知って、どうして茫然自失せずにおられようぞ。まことに憐れむべし、彼らは日本を知って世界を知らず、神話を知って二十世紀を知らず、凄壮の軍歌のみを知ってデモクラシーの自由の風を知らなかった。この点に於て廿代の青年と明治末期から大正にかけて成長した人々とのあいだには、容易に埋めがたき世代の断層がある。

すでに信じぬいていたものが、信ずべからざるものであると知って、どうして、新らしく信ぜよとつきつけられたものを軽く信ずることができようか。爾後数カ月、いや数年、若者たちはことごとく絶望的な失恋者であった。

宗像啓作は、祖国が泥にまみれてゆくのを見た。清浄なる心の恋人がすでに汚されたと知ったのみならず、最も彼を転落させたものは、彼自身の魂の醜さを、罪のふかさを自覚したことであった。

「ねえ、葉ちゃん、僕は恐い人間だよ。まったく、身ぶるいするような、卑劣な、邪悪な毒々しい、恐ろしい人間だ……」

彼は山上で、葉子の掌をもてあそびながら呻《うめ》いた。

「僕は——あの終戦のまえの数日、ときどき、ふっと日本の敗北を空想して、心がふるえるような愉しい予感に打たれたものだ。——この僕がだよ！　その予感はいやらしく、嘔気がしたが八月十五日、あの大詔《たいしょう》をききながら、この甘美な歓喜が、ぞっとするような物凄い光ではためき過ぎた。——なぜだろう？——葉ちゃん！　僕は敗北と同時に予期される或るもの、大鳥の死をのぞんでいたのだ！」

うごこうとした白い掌は、狂的な力でつかみしめられた。

「それは、つまり、僕が、葉ちゃんを、恋していたからだよ……」

声はしかしひくく、嘲笑うがごとくであった。宗像啓作はものうく反転すると、大胆に葉子と重なるような姿勢となった。唇が重なろうとして、突然彼女は電流にふれたように身をくねらせて、顔をそむけた。ながれた腕にふれて、枕もとの青銅の首がころがった。

「なんだ、処女じゃあるまいし——ひょっとしたら、病気かも知れんが、——まあ、かまわんさ、おれの心だって、毒だらけだ」

彼は葉子の白い頸に腕をまわした。娘の面を冷笑がはしった。急に自らを投げ出したように凝《じ》っとなって、ただ、

「まあ……あなたの眼……鏡さんそっくりに似てきたわ」

「あいつは、あらゆる点で先覚者だったのだろう。——が、なに僕だって、はじめから鏡と同じような人間だったのだよ」

「でも、鏡さんは、あたしにこんなこと、しなかったわ」

啓作はむくりと起きなおって、まじまじと葉子を見つめた。眼をひからせて、

「うそをつけ！」

「うそじゃないわ！　あの日、あたし、わざと、いちばんきらいな、身ぶるいするほどきら

いな鏡さんに何もかも投げてやるつもりだったの。あたし、大鳥さんのあの青銅の首を持ち出して、この崖のうえから投げ落とし、それで精一杯の復讐をしたつもりになって、さあ、どうでも、と鏡さんにいったのよ。でも、身体じゅう、ブルブルふるえていた。ほんとうに、頭がおかしくなっていたのかもしれないわ。そしたら、それをじっと見ていた鏡さんが、急ににやっと笑って、きょうはやめた、かえりたまえ、こういったの」

「なんだって？　じゃ、青銅の首を持ち出したのはきみだったというのか！　しかし、そんなこと、僕になにもいわなかったじゃないか！　警察にだっていわなかったろう？」

「いってなんになるの？　それがあなたに、なんの関係があるの？」

「関係があるかって？　ああ葉ちゃん！　僕はてっきりきみが鏡にけがされてしまったと思って、そのために、きみの逃げたすぐあとで、あいつと決闘の真似事みたいなことをさえやったんだ！　しかし――鏡は、きみはもう処女じゃない、とそらうそぶいていたぞ」

「それは鏡さんの強がりだわ。あのひとの偽悪趣味だわ。フ、フ、なんだったら病院で、あたし証明していただいたってよくってよ……」

「強がり？……ああ、葉ちゃん、わかった！　鏡は、あの悪党は、やっぱり、ほんとうにきみを愛していたんだ！」

　啓作の顔を、蒼白いひかりが愕然たる波紋となってひろがった。

「あいつは、プラトニック・ラヴなんてだいきらいだといいながら、きみを精神的に愛していたんだ。……そのために、いざとなったら、黴毒《ジヒリス》の自分からきみを追いはらってしまったんだ！」

「なにを、あなた、いってるの……」

「そうだ、そうだ、そうなんだ。……いまこそわかった。あいつは最後に、『ウーム、おまえもやっぱり、葉ちゃんに惚れていたのか！――ばかだなあ！』とたしかにいった。おい、も、やっぱり、といったのは、大鳥と僕のことかと思っていたが、大鳥はあのとおり石心鉄腸の冷血児だったから、考えてみれば、大鳥のことじゃない。鏡自身と僕のことだったんだ。ばかだなあ！　と最後にいったのは、あいつは自分をもふくめて、きみへの変てこな恋を嘲笑ったにちがいない！　ああいったいあいつは、なんという奴だ！」

「まあ、鏡さんは、そんなことといったの？――最後に？　最後にって、宗像さん、それいつのこと？」

「なに、最後といったって、むろん死ぬときじゃない。決闘の末に、僕があいつをこの崖からつき落したときさ」

「この崖からつき落した？　――あなたも警察へ、そんなこと告げて？」

「いってなんになる？　あいつの死とは、なんの関係もないことじゃないか。崖の下は乾草の山で、あいつはまるでソファにでも落ちたように二、三度はねあがったくらいだ。だから、あとでいっしょに大鳥とまたこの山のうえに上ってきたのさ。崖から落ちたことがなんでもなかったのはあいつの屍体所見がよく物語っている。致命傷はあの頭の傷ひとつで、それが、この松陰の首の後頭部を打ちつけられて生じたことは、あのコメカミの穴の性質からはっきりわかったことだ。……が……」

　宗像啓作の声はふっととぎれた。茫然と白っぽいひとみは、なにか心にぼやっとひろがった深い恐ろしい霧の奥の実体を、いっしんにつかもうと焦るような表情であった。つぶやくように、

「が……どうして大鳥は、その青銅の首をさがし出したんだろう？」

「それはあたしが、大鳥さんに教えたからだわ」

「なに！　きみはあのとき、大鳥に逢ったのか？」

「ええ、山から駈け下りて、麓《ふもと》ちかくで、のぼってくるあのひとと逢ったの。あたし、にくらしくって、くやしくって、ただ、崖の下を探してごらんなさい！　って叫んで、すれちがって走っていったの。だって、どうしてそのとき、山のうえにいってあのひとが死ぬなんて考えられたでしょうか？」

　葉子の声がはじめてわなないた。瞳に火のような涙がきらめき、急に狂ったようにひしと啓作の膝にしがみつくと、

「死んじゃった！　死んじゃった！　あのひとは、とうとう、あたしを一ぺんもふりかえらず、死んじゃった！　でも、それで、あたしという人間も殺しちまったわ。さあ、宗像さん、好きなようにしていいわ。あたし、あなたは鏡さんほどきらいじゃないわ。可愛いと思ったことさえあるわ。たとえきらいでも――死んだ女に、どんな感情があるでしょう？　あたしは処女よ、あたしは処女よ、だけど惨めな処女だわ！　それがなんでしょう？　あたし要ら

ない。なんにも要らない。さあ宗像さん、どうにでもして頂戴！」

啓作は蒼い空を見つめていた。瞬きひとつせず、義眼のような瞳であった。次第次第にその頰から血の気がひいていった。彼は何を考え出したのであろうか？

やがて、痴呆のごとき唇から、不思議な一語が洩れた。

「葉ちゃん——鏡の傷は——右のコメカミのうしろにあったね？」

「そうだったかしら？——それがどうして？」

「右コメカミにあったとすると——殴った奴は左利きでなければならぬ——が、大鳥はふつうの右利きだったじゃあないか——」

葉子もギョクンとはね起きた。白くなった顔に、やがてまた自棄《じき》的な笑いがゆらめいて、

「だってあなた、右利きの人がうしろから打てば、右のコメカミにだって傷がつくでしょう？」

「いやあれは前から殴った傷にちがいないんだ。青銅の松陰の頸ねッこをつかんで、その後頭部を鏡のコメカミに打ちつけたということは、コメカミのうしろの方にあった穴、これはちょんまげの尖端がつき刺さったので、その穴のまえにある皮下出血の形は、ちょうど膨隆した松陰の後頭部の形とピッタリ一致することから、はっきりしているんだよ。——」

「それは——それは——いったい、どういうことなの？」

葉子は叫んだ。瞳がひろがってきた。

「ああ、どうしていままで僕は——いや、だれひとりこんなことに、気がつかなかったのだ

ろう——が、そうとしか考えようがない……」

宗像啓作は角帽をちぎれるほどつかんで、突然、物凄い叫びを発した。

「葉ちゃん……それはね、鏡を殺したのは、大鳥蓮太郎じゃないんじゃないか、ということだ」

死のような沈黙が落ちた。無限の神秘をたたえた大円穹《えんきゆう》を、しずかにわたってゆく白雲が、山上に青と黄金のひかりの斑をえがいてとおった。——ささやくような声で、葉子がいった。

「じゃあ……だれが殺したというの？　鏡さんは自殺したとでもおっしゃるの？……」

「自殺——しかし、自殺だったら、大鳥があんな遺書をかくはずはない……」

「遺書！　宗像さん、遺書があるじゃないの、あの遺書には、鏡さんを殺したとかいてあったじゃないの？」

「それが不思議だ。……なぜだろう？　若し僕なら、僕が大鳥の立場にいたら、それはわからないことじゃない。——下界で、日本降服の信号をする友人を見下して、わがこと終る、とかなしみに押しひしがれながら、しかし、むしろその方がよかった、とほのぼのした歓喜に微笑して、青酸カリを唇へちかづけていったにちがいない。——が、大鳥はちがう。大鳥は……」

「おしえて！　おしえて！　あたし、あなたが何をいっているのかわからない。でも、怖い、なんだか、怖いわ！」

「怖い……恐ろしい想像だ！　おきき、葉ちゃん、鏡は青銅の首で殴られたのじゃあなく、自分で青銅の首のうえに落ちていったのじゃあないか？　きみが崖下に投げ落した青銅の首のうえに、僕がつき落したんじゃあないか？　あの傷は、そのときについたものではないか？——一方、きみは大鳥に、崖の下を探してごらんと、逆上したような表情と様子でさけんで走っていった。大鳥が、僕を山から追い下してから——いや、或いはそのまえか——崖下にいってみると、鏡が死んでいる。ああ恐ろしい想像だ……僕たちが小学校で見た鏡、あの立木にもたれかかっていた姿は大鳥が山頂へはこんだ屍骸だったのじゃないか？」

葉子はフラリと立ちあがった。宗像啓作も幽霊みたいに立ちあがった。ふたりとも、全身をガクガクおののかせていた。啓作は、歯をくいしばるような声でつづけた。

「大鳥は、きみが鏡を殺したと思いこんだのじゃないか？　だから、その罪をかぶるつもりで。——きみを救うつもりで、あの遺書を——」

「やめて！　やめて！　あのひとは、そんなやさしい人じゃなかった！　ちがう、ちがうわ、あのひとの愛していたのは、冷たい、このこの——」

狂気のようにはげしくふられた葉子の頭はふいに死せるがごとくうごかなくなった、眼は草のうえの一点に凝然ととまっていた。

青銅の首。さっき葉子の手にふれてころがったままの松陰の首。人ひとり打ち殺してなお冷然と硬かったその首は、いかなるはずみであったろうか、いま、曾《かつ》て欠けたあとの鉛と錫の傷を、ふたたびポッカリひらいて、虚ろな内部から、紅い、小さな布きれの姿をのぞかせていた。

「あれは、あたしのリボンだわ」

葉子が、ふかい、しみ入るような声で、ぼんやりいった。宗像啓作は電撃されたように立ちすくんだ。

冷たい恐ろしい青銅の首からのびあがるように、紅い可憐なリボンは、風にやさしく、美しくふるえつづけているのであった。

黒衣《こくい》の聖母

一

私がその清らかな淫売婦《いんばいふ》に逢ったのは、昭和二十一年五月十二日の夜であった。どうして、そうはっきりおぼえているかというと、これは御記憶の人もあろうと思うが、飢えたる世田谷の民衆が共産党に動されて延々たるデモ行進ののち宮城に乱入した「狂える時代」の最高潮ともいうべき一日だったからである。

ちょうど日曜日の午後四時ごろだった。そのころ、毎日そうしていたように、私は手製の或る奇妙な酒をのんで、ふらふらと日比谷のへんをあるいていたのだが、突然、喇叭《ラッパ》や太鼓の音がたからかに聞えたかと思うと、向うを何千人ともしれぬ男や女が、「聞け万国の労働者」という歌をうたいながら、ゾロゾロと行進してゆくのを見た。

うすら寒い曇天《どんてん》の下に「働ケルダケ喰ワセロ」とか「三合配給即時断行！」とか「天皇政府打倒」とか、その他いろいろ殺伐《さつばつ》な文句をかきなぐった旗がひるがえってゆく。行列の前後にはM・Pのジープがついて、白い鉄兜《てつかぶと》のアメリカ兵が煙草をふかしていた。

楽隊のひびきやプラカードの檄《げき》はあらあらしかったが、歌声は気息奄々《きそくえんえん》とし、空腹につかれはてた足どりはよろめいていた。一七八九年、ヴェルサイユ宮殿を襲撃した巴里《パリ》市民の武者ぶりとは、とうてい同日の論ではなかった。

「人民諸君、ひとりのこらずこの行進につづいて下さあい」

赤旗をかざした蒼白い長髪の青年が、たえまなく叫んでいた。

酔いしれた私の頭のなかには、祖国への怒りの炎がうすぐらく燃えていた。それは敗戦の結果パンを奪われたからではない。魂を――もっとも愛する人を奪われたからだった。

宮城へおしかけるときいて、私はヒョロヒョロとこの行進に加わった。

あとできくと、この日、群集を指揮していたのは野坂参三《のさかさんぞう》であったとか、なかったとか、宮内省の厨《くりや》になだれいって、血まなこで残肴《ざんこう》をさがしまわったとかしたそうであるが、私はしらない。

酔いと何ものへともしれぬ怒りは、その広場へきたとき、氷のような無限の悲愁の思いに凍ってしまったのだ。

私は、暴民が散って、荒涼とした芝生や松や柳に黄昏《たそがれ》がせまってきても、いつまでも濠《ほり》のほとりに塑像《そぞう》のように凝然と立ちすくんでいた。

「ここだった」

たった二年半ばかり前、昭和十八年十一月二十一日の夜のことである。それものちに知ったことであるが、これは、遠い南海の果て、マキン、タラワの孤島に、米大機動部隊が上陸させた五万の海兵隊をむかえうって、三千の日本守備隊が凄絶《せいぜつ》きわまる死闘を展開していたのと同日同夜同時刻のことである。

この宮城前の広場には、篝火《かがりび》と歌と万歳の怒濤《どとう》がうずまきかえっていた。嵐にもまれるようにゆらめく提灯《ちょうちん》、吹きなびく幾十条の白い長旗、それには「A君万歳Z大学野球部」「祝出征B君Y専門学校剣道部」などの文字が躍りくるっている。右をみれば、長髪弊衣《へいい》、黒紋附《くろもんつき》角帽の群が、木刀を打ちふり、朴歯《ほおば》の下駄をふみ鳴らして、「ああ玉杯に花うけて……」と高唱している。左をみれば、真っ裸に赤ふんどしをつけた若い群が、「弘安四年、夏のころ……」と乱舞している。

仰げば満天にこぼれ落ちんばかりの星屑《ほしくず》、壮茫《そうぼう》の大銀河、広場をどよもす「赴難《ふなん》の青春」の歌ごえ——みんな泣いている。みんな笑っている。燃えくるう炎にも似た愛国の情熱に酔っぱらって、旗と灯影にゆれかえる無数の若き群像のうえを、海の夕風のようにわたってゆく声なき悲哀……絶望の壮観。

学徒出陣の一夜であった。

角帽をなげて鉄兜をつけよ、書物をすて銃剣をとれ——その命令を祖国から下された学生の一人に私がいた。

私はかなしみを意識しなかった。私は歌っていた。笑っていた。その一夜をさかいに投げこまれたあの地獄のような運命は、まだそのとき勇壮な幻想にかがやくお伽噺《とぎばなし》にすぎなかった。またこの狂熱の坩堝《るつぼ》のなかにあってもはや永遠に無縁のものとなろうとしている過去のかなしい小さな影を、一点でも胸にとどめることがゆるされたろうか?

「死んでこうい、蜂須賀《はちすか》!」

「おれたちも、すぐゆくぞ！」

「フレー、フレー、フレー！」

私は胴あげにされた。夜空に投げあげられた。赤襷《あかだすき》がきれて、火の輪のようにグルグルとまわった。そして級友たちは神輿《みこし》みたいに私をかついで、どっと東京駅の方へ走り出した。

「ばんざあい、ばんざあい、ばんざあい！」

前後左右を、やはり同じような数団のお神輿が、うわあーっとつむじ風のように駈けてゆく。

と、その途中である。笑いに眩《くら》んだ私の眼は、黒い柳のかげにあの娘の姿を見た。――どうして闇のなかに見えたのか、両掌を胸の前にしッかとくみ合わせて、かなしい、祈るような眼で私を見おくったセーラー服の可憐な姿が、一瞬、蒼白い夜光虫のようにはッきりと見えたのだ。

彼女が私にすべてを捧げたのはその前夜だった。おお、あの娘はどれほど最後の抱擁をしてもらいたかったろう！　兇暴な、荒々しい出陣の輪舞は、ああ高等学校時代のストームと寸分ちがわぬ無意味な、ばかげたものであった。そんなものをふりすてて、どうして私は最後の瞬間まで彼女を抱きしめていてやらなかったろう！

しかし私は万歳を絶叫しながら天空を翔《か》け過ぎた。胴あげにされたまま、一陣の暴風のように駅の方へ殺到していった。

が、そのとき私は、遠い、暗い背後から、たえかねたようにいっしんに叫んだ、哀れな、すきとおるような声をきいたのである。

「さようなら！　でも、あたし、待っててよ！　さようなら！」


「マチ子」

つぶやいて私は歯をくいしばった。頰に涙がつたわっていた。

二年半、それは千年にひとしい恐ろしい歳月であった。天地はひッくりかえった。かつて「海ゆかば」をたからかに歌って出陣学徒が最後の宴をはったこの広場に、きょうは「天皇はなにを食っている！」とわめきつつ餓狼《がろう》のような人民が赤旗をかかげて押し寄せている。──そして、死ぬはずであった私は生きて南の島から帰ってき、待っていてくれるはずのマチ子はこの世にいなかった。

ほんとうに彼女を愛していたことを私が知り、真にこの悪しき戦いへの呪いが胸いっぱいに荒れくるってきたのは、私とマチ子の一家が住んでいた下谷《したや》の焦土に立ったときである。昭和二十年三月十日の大爆撃で、その町いったいはほとんど全滅したということであった。

「マチ子……なぜお前は死んじまったんだ？」

私は顔をあげて、茫然とあの柳のかげを見た。

そのうつろな眼がはっと見ひらかれたのは、その刹那《せつな》である。ほのぐらい黄昏《たそがれ》のなかに、女がひとり立っていた。そこだけ暮れのこったように、しょんぼりと、夜光虫のように浮かびあがった制服の姿。……

幽霊とも思わなかった。私は立ちあがり、くるったように叫んだ。

「マチ子！」

女はふりかえった。白い微笑をみせて、小さな声でいった。

「あなた、御一緒にコーヒーでもおのみになりません？」

二

私は茫然と立ちすくんだ。

ちがった。ちがうはずである。二年半前、女学校の五年生であったマチ子が、いままで制服をきているはずはない。……尤《もっと》も、よく見ると、その娘のきているのはセーラー服ではなかった。顔はまったくちがう。マチ子は愛くるしい円《まる》顔であったが、決していわゆる美人ではなかったけれど、いま見る娘は清冽《せいれつ》なうりざね顔の、凄いほどの美貌だった。

「失礼しました。薄暗いうえに、すこし酔ってるものですから……」

と、私は苦笑してお辞儀した。

一間《けん》ほど向うで、夕顔の花のような笑顔が咲いた。

「あら、どなたと？」

「は、は、死んだ娘です」

「亡くなった、方と？」

「ええ、南方から復員してみたら、空襲で死んでしまったらしいです。……しかし、あなたとはよく似てるな。いや、顔じゃないんです。姿恰好が……薄暗いせいばかりでまちがえたのではないらしい」

娘は音もなくちかづいてきた。大きな、黒水晶のような瞳で、ふかぶかと見あげて、

「お気の毒な方」

とつぶやいた。

不覚な話であるが、この見知らぬ娘のつぶやきをきいたとき、私の眼にまた涙があふれた。それは人間というより、魂にささやきかける天使の声のようだった。

ぼうっとうるんだ宵闇《よいやみ》のなかに、その娘の姿は、不思議な円光をえがいていた。……そうだ。私は、このときからこの娘の神秘な雰囲気に魅入られてしまったのだ。

「でも……その方がお亡くなりになった方なら、あたし、お邪魔にもなりませんわね。御一緒にコーヒーでもおのみになって下さいな」

私はにぶく瞳を見ひらいた。ああ、さっきもそんなことをいったっけ――いったいこの娘は何者だろう？

「きみ、カフェーのひと？」

「いいえ」

「じゃなんだ？」

娘はまた声もなく微笑んだ。ぞうっとするほど神々《こうごう》しい笑顔だった。

「あのパンパンなの」

私は眼をとじた。心臓に、いたみを感じた。――おお「狂える時代」よ！　しばらく黙っていたあとで、私はくらい声でいった。

「きみ、学生じゃないの？」

「そうよ」

「どこの？」

「名前はいえないけれど、或る女子医専です」

「医学生！」

女子医学生の淫売婦！　まじまじと見つめつづけている私の表情をどう思ったのか、彼女はまた神々しく笑った。

「だから、あの……病気の方は安全よ」

「どうして、こんなことをする？」

私はわれしらず怒ったような声でいった。――しかし決して彼女に怒ったのではなかった。その夏、八千万の日本人の何割が生きのこるかという問題がまじめに論じられた恐ろしい饑《き》餓《が》時代だった。生きのこる特権を保証されているのはただ大臣と闇屋《やみや》だけだった。

しかし、彼女の答は意外だった。

「坊やを育ててゆかなきゃならないの」

「子供があるの？」

「ええ――三つになります」

「その、坊やのお父さんは？」

「学徒出陣でいって――死にました」

「じゃ、僕と反対だ」

たたきつけるようにいうと、私はポケットに手をつッこんだ。

「いくら欲しい？」

「あの――ショートで、千円いただきたいんです」

闇の女というものをいちども買ったことのない私は、それが高いのか安いのかわからなかった。インフレは急ピッチをあげていたが、一方、この二月十六日に金融非常措置として、国民の預金はいっさい封鎖され、爾来《じらい》世帯主は一カ月三百円、家族は百円しか新円を出してもらえない時代だった。

「そう、じゃ千円あげる。坊やに闇ミルクでも買ってやりたまえ、僕は遊ばないんだよ」

「どうして？――お怒りになったの？」

彼女は出しかけた手をひっこめて、一歩さがった。

「そう、怒ってる。いや、きみに怒ってるんじゃない。日本に怒ってるんだ。きみのようなきよらかな娘を――いや、お母さんを、僕はけがしたくないんだ」

「あたしは、もうちゃんとけがれた女です」

それは歎きの声ではなく、微笑んでいるような声だった。

「せめてあたしを乞食にはさせないで――」

「いや」

と、私はいらいらした声でいった。奇妙なことは、あたしはけがれた女といい、せめては乞食にさせないでという淫売婦よりも、私の方がずっとみじめな感じになったことである。

「僕はいまここで、亡くなった娘を思い出していたんだが――いや、いまだけじゃない、復員以来いつでも考えていた。僕は――闇屋なんだ。不当の利益を得て、ノラリクラリとだらしのない悪い生活をしている男だ。が、だがひとつ、変な話だが、いまのところあの娘以外の女のひとを相手にしようという気にはなれんものだから」

それはうそではなかったが、荒涼とした、酬《むく》いられない悲願であることを漠然と私は自覚していた。しどろもどろの弁解は、突然ピタリととまった。私はまた淫売婦のほの白い玲瓏《れいろう》たるあの笑顔を見たのだ。

「あたしそういう方をお慰めしてあげたいの」

彼女はちかづいてきた。やさしい息吹が頰にふれた。

私は麻痺したような心持になった。官能よりももっと深いところで混乱するものがあった。

これははたして淫売婦か？

淫売婦だ。パンパンだ。おれは闇の女に憐れまれているのだ。哄笑《こうしょう》が魂の底からわきあがった。がそれが口から歯ぎしりといっしょにとび出したとき、自分でも思いがけぬ憤《ふん》怒《ぬ》の声になっていた。

「遊んでやる。ふん、大いに慰めてくれ。何処《どこ》だ？」

　彼女は落着いて、金をうけとり、しずかなアルトでいった。

「新宿よ」

　まもなくふたりは、東京駅のホームを改札口の方へあるいていった。コンクリートは灼《や》け、赤錆《あかさ》びた鉄骨はうねり、床は沈没前の空母の甲板みたいに波を打っていた。爆撃がつつぬけになった天井からは、星もない夜空が暗々と仰がれた。大きな背嚢《はいのう》を足もとに下ろしたまま、ボンヤリうつろな眼をなげている復員兵の向うを、紺のセーラー服に美しい写真器を肩からぶらさげた白い帽子のアメリカ水兵が、にぎやかに笑いながら大股にあるいていった。

　電車が——いや、車ではない、檻《おり》である。網棚の網は死人の頭蓋骨にのこる髪の毛みたいにまばらに垂れさがり、窓にガラスは一枚もなく、赤ちゃけた電燈はわずかに二つ三つともり、座席は消滅して全員総立ちの乗客が蒼白いむくんだような表情で、ただ轟々《ごうごう》たる車輪のひびきにゆられている、罪人護送車みたいな電車が——新橋附近まできたときである。
　二、三人向うの床のあたりから、弱々しい声がきこえた。
「——誰かなにかちょうだいよう」

　少年の声であった。

「誰かなにか頂戴《ちょうだい》よう……芋でも豆でもいいから、誰かなにか頂戴よう……」

　力いっぱい身体をのばしてのぞいてみると、泥と塵と埃と吸殻のうずたかくたまった床の上に髪ぼうぼう、ボロボロの着物、くびに汚ない手拭《てぬぐい》のようなものを巻いた、垢とふきでものだらけの十ばかりの浮浪児が、ぐったりと坐っていた。

断続的に哀願をくりかえしていた少年の声は、どこかに二、三人うつろな笑い声をたてたのをきいて、憤然となった。

「笑う奴があるかい！　ひとが何かちょうだいっていうのが何が可笑《おか》しいんだい！　何だい、みんなあッたけえフトンにねてやがって、三度三度おまんま食いやがって……」

「――御ジョーダンでしょう……」

と私の傍の、大きなリュックを背負った青年が小さくつぶやいた。浮浪児ははげしいすすり泣きに変った。

「笑う奴があるかい！　警察へでもどこへでも連れてゆきやがれ、政府のところへでもどこへでも連れてきやがれ、誰だって、おら負けやしねえぞ……」

それは十の少年の言葉ではなかった。おそらくそれは、敗戦の最大の犠牲者、幼き世代の口をかりた何者かの叫びであったろう。

が、乗客達はみんな知らん顔をしていた。しかし、心のなかまで冷々淡々水のごとしといった表情はひとつもなかった。鈍い苦痛が無数の顔を波紋のようにわたった。これは毎日、日本人が受けなければならぬひとつの拷問的風景だった。

泣きじゃくりながら、少年はまたくりかえした。

「よう……なにか誰かちょうだいよう……」

「坊や」

私はとじていた眼をあけた。おや？

「ほら、百円あげます。新橋にでも降りてね、なにか買ってたべるといいわ」

いまの澄んだあの声は？——彼女だ！　私の買ったあのパンパンだ。

はっとしたような車内じゅうの視線のなかに、彼女は身をねじって浮浪児の頭上に白い手をさしのべていた。その唇に、あの冷たいほどのきよらかな微笑をたたえながら。

私はなぜか、ぞうっと背筋をはいのぼるふるえを感じて、息さえも出なかった。……

三

「こちら——ほら、溝があるから落っこちないでね」

なにか饐《す》えたような匂いをはなつ水が地上をチョロチョロながれて、それがうす蒼くひかっているほかは、真っ暗な細い路地だった。左右の肩もふれそうな両側の家々は、墨で塗りつぶしたように灯の影を針ほどものぞかせなかった。

「ここらは焼けなかったんだね」

「そうよ」

新宿といったけれど、おそらく四谷に入っているのではあるまいか。大通りから手をとられて右へ左へ七、八回も折れまがった迷路の奥。

「ひらけ——胡麻《ごま》」

闇にも匂うような愛くるしい笑顔で彼女がいった。すると、つきあたりの大きな家の黒い壁の一部が音もなくひらいた。

むろん、彼女はおどけてそういったので、実際はまえからそこにあった戸を引っぱったのにちがいないが、私がそれも魔法の国の出来事でも見るような、神秘的且《かつ》幻想的な眼になっていたのはいつしかこの淫売婦の不思議な雰囲気にすっかり酔わされていたからだろう。

入ると、すぐ真正面は粗末な板でふさがれて、その細い隙から灯の糸がもれ、左側に急な階段が上っているのがおぼろに見えた。それは階下と二階の住人の生活がまったく断ちきられていることを示すものであった。

「ここ、何をしている家なの?」

「官吏《かんり》さんよ。文部省とかにつとめてるんですって。子供もあるもんだから、お二階貸したひととは、お部屋代のほかは没交渉でいたいのね。──フ、フ」

二階は真っ暗だった。きいてみると、部屋をかりているのはみんな新宿の女給さんばかりで、帰ってくるのは夜なかの二時、三時、ときには明け方なのだという。

しかし、おどろいたことは、彼女がさらに階段──ではない、純然たる梯子《はしご》でまだ上へ私をみちびこうとしたことである。

「頭ぶつけるといけないから──ちょっとかがんでね」

シュッとマッチをする音がして、周囲が赤くなった。部屋の片隅に置かれた小さな机の上に、一本の蠟燭《ろうそく》がゆらゆらとほそい煙をあげていた。

部屋の片隅に？　いや、部屋ではない、それは屋根裏だった。

天井はななめにかたむいている。たたみは三畳ばかりしいてあったけれど、まわりの壁は黒い暗幕だった。おそらく戦争中、防空用につかったものにちがいない。蠟燭とならんで小さな花瓶に白牡丹がいち輪さしてあった。

「びックりした？——これで一ト《ひ》月《つき》三千円とられるのよ」

彼女はむしろ無邪気に、面白そうにいった。

「お蒲団《ふとん》しくわね。ちょっと待って」

彼女が暗幕の向うに消えてから、私は茫然と机の上にかさねられた分厚い数冊の医書や岩波文庫をながめていた。それはツルゲーネフの「初恋」とトルストイの「光あるうちに光の中をあゆめ」だった。

「おおよくねていること、ありがたいわ」

その声に、私ははっと顔をあげた。

「子供、そこにいるの？」

「そう——来ちゃあ、イヤ。おねがい——」

「どうして？」

「どうしてって、いまはイヤ。——すんだら、見せてあげてよ」

きちんとたたまれた真ッ白なシーツと、紅い夜具を抱いて暗幕の向うからあらわれた彼女は、小首をかしげて私を見た。悪戯《いたずら》ッ子みたいなあどけない笑顔が、思いがけぬ「母」の神聖さと悲劇性で私の胸を刺した。

「しかし、きみの留守ちゅうはどうしてるの？……さっきのような、いや、ひるまは学校にいってるんだろ？」

「あたしがいないときはね、お二階の女給さんにあずかってもらっとくの。あのひとたち、ひるまはお暇だから……きょうは、あたしちょっと用があって東京駅の方へいってたんだけど、もうすこしはやく帰ってくるつもりだったのよ、女給さん、待ちかねて、寝かしつけていっちゃったらしいわ。……イヤ、赤ちゃんのお話、いまよしましょう。あなたには興醒《きようざ》めね」

彼女は、夜具をしくと、ボンヤリしている私の上衣とネクタイをとり、かるく私の額に唇をあてた。宝石みたいに冷たい唇だった。

「あたし、服ぬいでくるわ」

暗幕の向うへかくれた彼女のきぬずれの音がやむと、

「さあ、これから母さんから娼婦へ早変り、ホ、ホ――あなた蠟燭けして」

「あ」

反射的に上半身のりだして口をとがらした自分の顔を、世にも愚かしい醜いものと自覚したのも一瞬、世界は真っ暗になった。

窓ひとつない屋根裏は、ひとつの灯が消されると、まったく墨のような闇黒《あんこく》だった。――そして、その闇のなかに「娼婦」に変形した女は、くずれるように裸の肉体を私の腕のなかへ投げこんできた。

ことわっておくが、その事態におちいるまで、私はほとんど性慾の衝動に打たれてはいなかった。この清麗な淫売婦は、そんな色慾的な瞳を夜空の星へ昇華させずにはおかないふかい雰囲気をもっていたのだ。私が彼女を買ったのは、はじめはあらゆる美しいものを打ちくだき、けがし、巻きこんでゆく濁流のような世相に対する怒りが、畸型《きけい》的な強迫観念に変って、よしそれならおれもみずからの手で、美しいものを打ちくだき、けがし、巻きこんでやるという、ばかげた、狂おしい発作に打たれたことと、それからこの神秘な淫売婦に強烈な好奇心をかんじ出したからだった。

だが、暗幕の向うに無心にねむる「子供」は、いまやそんなゆがんだ怒りや僭越《せんえつ》な好奇心をあとかたもなく粉砕していた。

それにもかかわらず闇黒のなかで、裸の女にしがみつかれたとき、忽然と私はあさましい、獣のような男に変ってしまったのだ。私は自分の理性のもろさに恐怖し、悲鳴をあげた。

「きみはまるで……さっきとは別のひとのようだね」

私はあえぎながらいった。熱い息が耳たぶで笑った。

「あたしはパンパンよ」

私は闇に感謝した。あのきよらかなマリアの面輪をぬりつぶしてくれる烏羽玉《うばたま》の闇に。

――めくるめく一瞬、娼婦はけいれんした。と同時に、ひきさくような悲哀と快美感が私の身うちを襲った。その刹那、私は無意識的に号泣に似た叫びをあげていた。

「マチ子！　マチ子！」

一分間のちに、ぐったりと死人のようになった女は、溜め息のようにつぶやいた。

「マチ子って、だあれ？」

私は枕に頭をおとして眼をつむった。はげしい悔恨と懐旧の想いが、にぶい苦笑となって唇からもれた。

「しくじった。……例の死んでしまった娘だよ。あの学生時代の恋人……」

「あら、いや、じゃああたしは代用品？」

「ふふん、そうかもしれん……」

「——いや！　いや！　いやよ、あたしでなくっちゃあ……」

彼女はまた狂おしくしがみついてきた。唇がはなされると、私はうわごとのようにいった。

「きみの名は？」

「鏡子《きようこ》っていうの」

四

七月一日、私にとって生涯の夢魔となるにちがいない恐怖の日。

人は酒に酔うとき、或る瞬間以前の記憶はきわめて鮮明なのに、突然妖《あや》しい霧のなかにでも入ったように朧《おぼ》ろになるものである。

——あの恐ろしい幾分間が、眼と指にのこった感覚はいったいほんとうのものであったのか、それとも幻影であったのか、悪夢のように混沌としているのに、それ以前の光景は悲愁をおびた落日にぬれて、はッきりと憶えているのだ。

それはアメリカの艦隊が、ビキニ環礁《かんしょう》で、「長門《ながと》」や「酒匂《さかわ》」をもふくむ七十余隻の廃艦を科学の祭壇にささげて、原子爆弾の実験を行った日だった。

それをまるで他の星座の物語でもきくように、日本では、打ちのめされ、飢えつかれた民衆が依然として虫ケラみたいに廃墟のなかをノロノロとさまよっていた。

「東条だ」

「平沼だ」

叫びに顔をあげると、白塗りのジープに前後をはさまれて、カーキ色の、電車みたいに長い大型バスがすべっていった。新宿伊勢丹の傍を南北にはしる大通りである。おそらく市ガ谷の法廷から巣鴨の牢獄へかえるところだろう。水色のカーテンを垂れた窓の隙から、チラと痩せた老人の顔が見えたが、誰であったかわからない。

裏にまわると、きょうも花園神社の焼け落ちた大きな欅《けやき》の下に、男、女、老人、少年、何百人ともしれぬ乞食たちが屯《たむろ》している。これはすぐちかくに進駐軍のモーター・プールがあるので、そこから出る残パンをねらって夜は焚火し、昼は虱《しらみ》をとりつつ待ちあぐねている連中だった。彼らは、前の焼野原に数台のラッセルみたいな米軍用車が怒濤《どとう》のように巻きたてくる土砂を、クレーンですくいあげてトラックで運び去る、アメリカ文化の象徴ともいうべき凄《すさま》じい景観を、夕焼けの犬のように這いつくばって、茫然とながめていた。

私はドロンとした酔眼をあげて、伊勢丹の屋上にひるがえる星条旗を見つめていた。——その向うの夕空が蒼ばみ、ひややかな明星がきらめきはじめるまで。

「鏡子……」

亜物海《あべうみ》の星、天主の聖《きよ》きおん母——そんな祈禱《きとう》の文句が頭に浮かんだ。

(——お気の毒な方)そうささやいて、宮城広場の夕あかりのなかに、じっと私をのぞきこんだ眼。(坊や、ほら、百円あげます。なにか買ってたべるといいわ)こういって、浮浪児に白い手をさしのべた姿。それから——

あれから幾夜か、あの天井裏の闇のなかで肉をひさいだのち、愛くるしい赤ん坊を抱いて、蠟燭の円光のなかに姿をあらわしたときのかなしい笑顔。

「ほらほら坊や、またあのお菓子のおじちゃまよ。きょうも——きょうも、おいちいおいちいパン持ってきて下さったんだって、……ね、アリガトなさい、ほらアリガト……」

それはあさましい嫖客《ひょうかく》たる私を、座にいたたまれなくする神々しい光景だった。狼狽を苦笑いにごまかしてそそくさと上衣をつける私を、聖なる春婦は、澄んだ深い瞳でじっと見あげて、むせぶようにいった。

「またきてね」

——しかし私をそこに十幾夜かひきよせたのは、その哀願ではない。子供を抱いた母の姿は恐ろしかった。灯の下の鏡子は見ることさえ冒瀆《ぼうとく》だった。——花にかえる雄蜂のように私を呼んだのは、闇のなかの鏡子だ。恥ずかしいことだが、彼女の燃える肉だった。その炎のなかには不可思議な甘さがあった。遠い追憶の花火のような……悶《もだ》えながら彼女はさけぶ。

「あすもきて！　あなた、あすもきてね！」

ところが、そんなおなじ或る夜、わかれるときに鏡子は冬の星みたいに清冽な瞳でうったえることがあるのだ。

「あなた、もうこないで——やっぱり、ここはあなたのような方のいらっしゃるところじゃないわ、あたし辛い……」

なんという変貌だろう。なんという不思議な女だろう。——いや、すべての女というものがこの不思議な、矛盾したふたつの面を持っているのか、生涯にふたりの女しかしらぬ私にはよくわからなかった。私の魂はかきみだされた。

最初は酒の酔いにのって買った女であったが、いまではあの女を見るには酒の勢いをかりなければならなかった。ポケットに手をいれると、虎の玩具がふれた。指さきに痙攣《けいれん》をかんじながら私はその下の瓶をひきずり出した。

日はトップリくれていた。もうすっかり夏なので、花園神社の境内でも乞食たちの焚火《たきび》も見えなかった。

私は瓶に口をあてると、ひと息に半分ばかりのんだ。酒である。この物語のはじめの方にかいた奇妙な酒である。それは甲州から仕入れた葡萄酒《ぶどう》に五十％もアルコールを混ぜたもので、当時カストリと称してその実芋酒をのんでいた時勢には、この激烈な怪葡萄酒も羽根がはえてとぶように売れ、充分の生計のもととなってくれたものだった。

頭のなかに颶風《ぐふう》がまいてくる。あるきながらも、また瓶を口にあてる。——私はよろめきながら東横映画劇場の前に立った。

新円荒稼ぎのもっとも有効な手段は映画館にかぎる……という風説のかまびすしいなかに簇々《ぞくぞく》発生したもののひとつで、腰をかけて映画をみるなど敗戦市民の分際として贅沢《ぜいたく》千万といわんばかり、椅子ひとつそなえてない物凄い映画館だから、その前の舗道を照らす灯もくらく、街燈も焼け折れたまま、遠い尾津組《おづぐみ》マーケットの歓楽のひびきも潮騒《しおさい》のよう——ときどき草履をつッかけ、唇ばかり毒々しい夜の女が幽霊みたいにゆきかうばかり。

——このころから、私の記憶は酒の霧にけぶって、幻妖の色彩をおびてくる。……

「——また、いらしたのね？」

血のような上弦の月を背に、三田鏡子は私の前に立った。

「きた」

「だれにあいに？」

「君さ」

「——このあたしに？」

なぜ、今夜はそんなことをきくのだろう？　酔眼をキョトンと見張った私は、うすい月光に夜光虫のごとく浮かぶ清浄きわまりない顔をみると、急にひき裂くような笑い声をあげた。

「あははは！　君じゃない、その君じゃない！　暗い中の君だ。パンスケの、あの君だ！」

遠雷が鳴り、蒼い夜の稲妻がはしった。

「――そう」

溜息をついて、彼女はくるりと背をむけた。が、その刹那《せつな》、稲妻のなかに、幻のように私は見たのであった。曾《かつ》て知らぬ異様に凄然たる微笑をひきつらせた彼女の顔を。が、コツコツともうさきにたってあるき出した鏡子は、かなしそうな声でいった。

「それなら、しかたがないわ。――ゆきましょう……」

太陽の黒点は地球上の人間の精神に神秘な影響をあたえるそうだが、その夜の赤い弦月も、悪魔のひかりを投げたのであろうか。――たしかに、泥のような、炎のような酒のせいばかりではない。私の頭に突如として邪悪な嗜虐《しぎゃく》的な考えがひらめいたのは、その夜の、あの闇のなかの狂おしい痴戯のただなかだった。

見たい！　ひとめ見てやりたい！　この熱い息吹が頬にふれながら、漆黒《しっこく》の闇にうずめられた彼女の顔を。官能の涙にむせぶ淫売婦に堕した聖母の顔を！

「あなた、このあたしが好きなのね？　あかるいところのあたしより、この、いまのあたしが好きなのね！」

燃えたぎる彼女の頸《くび》にまいた私の手は、蛇のようにうねって、枕もとのマッチの方へのびようとした。酔いのなかに、変な、怪談じみた恐怖が心をかすめた。

（ひょッとしたら、この不思議な女は、天使でもなければ娼婦でもなく、この世のものならぬ妖精ではあるまいか？）

「抱いて、抱いて、もっときつく！　もっときつく！」

兇悪な酔いと、良心の恐怖にもみぬかれつつ、私の指がやっとマッチにふれた瞬間だった。七彩のひかりが部屋にみちた。ほんとうにそれは、妖麗な極光のように私の混沌たるひとみにさしこんだのだ——が——そのひかりの下に、凝然と私を見つめている鏡子の顔！

「あーっ」

どちらの唇から発せられたさけびかわからない。一瞬、彼女の腕がひらめくと周囲はふたたび闇黒となった。

「畜生っ」

私は驚愕《きょうがく》と恐怖にバネのようにとびあがった。網膜に灼《や》けついた、恐ろしい、爛《ただ》れたような醜怪《しゅうかい》な顔。夢中だった。私はとびかかった。ふりとばして、彼女は暗幕の向うへ逃げこんだ。

ひかりあれば、その地獄の悪夢のような争闘だったであろう。一瞬ののちに、私は彼女の頸をつかんだ。恐怖にけいれんする指がそのゴムみたいにやわらかな肉にくいこみ、凄じいうめきがもれると、女の身体はぐッたりとなった。

女が床にくずれ落ちると同時に、灼熱した私の全身を足もとから氷のようなものが這いのぼり、突風にふかれたように私は梯子を駈けおりていた。殺人よりももっと物凄い妖怪的恐怖のために。——

死物狂いに階段をすべり落ちる私の頭上、闇黒の天空から、そのときはじめて、かなしげな、陰々たる幼児の泣き声がふってきた。……

五

どうして家にかえってきたのか。どうしてその夜眠ることができたのか、私はいまでもわからない。おそらくは、眠るというより気絶か失神であったのだろう。

いや、高熱にうなされる病人のように、私が蒲団のなかで妖しい汗にひたって、眠るともなく転々するともなく、混沌と時をすごしたのは、その翌日から翌晩までもつづいた。――だが、私を驚愕させ、名状すべからざる恐怖にたたきこんだのは、あの夜の悪夢的出来事ばかりではない。うつろな眼で三日目の新聞の片隅をのぞきこんだときであった。

「女子医学生扼殺《やくさつ》さる。――去る一日午後十一時ごろ、四谷区四谷三丁目道路上に美女の扼殺屍体があるのを通行人が発見。四谷署で検証したところ、屍体の所持していた学生証から、L女子医学専門学校学生三田鏡子さんであることが判明。慶応医大で解剖の結果、処女であったことがあきらかとなったので、当局では物取りの仕業とみて犯人厳探中である」

小さな写真がのっていた。それはまがうかたなき鏡子の――あの聖《きよ》らかな美しい顔であった。

私は痴呆《ちほう》のように立ちすくんでいた。やがて膝がガクガクふるえてきた。殺人の恐怖ではない、そんなものではない。――

ゴムのような頸の肉にくいこんだこの指の感触、それが夢魔でなかったことはこの報道が証明する。――が、あれが現実であったとするならば、たしかに不思議な家の屋根裏で殺したはずの屍体が、どうして道路の上で発見されたのだろうか？

いや、いったいあの真っ赤な爛《ただ》れたような醜顔はどうしたのだ。ここにある写真、そして「美女の扼殺屍体」という文句はどうしたのだ。あれは恐ろしい幻影であったのか？

幻影だったにちがいない！　あんな奇怪なことがあってたまるものか。だいいち、私がマッチに手をふれたかふれぬのに、ぱっと周囲が明るくなったではないか。あれは悪酒に酔い痴れた私の脳細胞に、きらめき散った狂気の万華鏡的影像だったのだ！

しかし、しかし、しかし、――幻想はあの瞬間だけだったのだろうか？　すべては――あの五月の宮城広場でのめぐりあいから、夜毎《よごと》の秘戯にいたるまで、みんな現《うつつ》のことではなかったのではあるまいか？――見るがいい、この記事を。彼女は「処女であった」と？

「この新聞も夢か、おれ自身が夢か、いまも夢を見ているのか……」

えたいのしれぬつぶやきをもらしながら、私は部屋じゅうグルグルとあるきまわった。

錯乱した頭のなかを、月明をただよう白鳥のような姿とやさしい声が、いくつもいくつもながれてゆく。――

――「あたし、そういう方をお慰めしてあげたいの……」

――「坊や、ほら百円あげます。……なにか買ってたべるといいわ……」

――「ひらけ――胡麻……」

そして、かなしい灯の輪のなかに、あどけない赤ん坊に頬ずりしていた美しい母の姿。

……

おお、あれは敗戦と恋人の死で絶望の焼土をさまよっていた私に、神秘な、甘美な愉楽《ゆらく》の息吹をふきこんでくれようとした幻の聖女だったのではなかろうか？

ところが、あさましい私は、その恵みに慣れて、暗い肉の快楽のみにしずんでゆこうとした。快楽のなかの聖女の顔を見ようという大それた野望をおこした。あの一瞬、狂った網膜《もうまく》にうつった恐ろしい幻影は、その野望にいかった天の業ではあるまいか？

が、私ははっと凍ったような眼をあげた。

「しかし、彼女は死んでいるのだ。この記事はどういうわけだ？」

私はその新聞をつかんだまま、フラフラと部屋を出た。なんのためか、そのときは意識しなかったけれど、おそらく、若《も》しそのとき玄関に一通の手紙がなげこまれなかったら、そのまま四谷警察署へむかってとび出していったにちがいない。

その手紙の差出人は、ただ「黒衣の春婦」とだけしるしてあった……。

「蜂須賀芳樹《よしき》さま。

七月一日の夜あたくしは殺されました。殺したのはあたくしでございます。

びッくりなさらないで下さいませ。とりいそいでおりますので、くわしいことをすじみちたてておはなしするいとまがないのです。――もうお祭しでございましょう。あたくしはあなたさまにいく夜か愛していただいたあの夜の女でございます。

もう御存じのようにあたくしは三年まえ学徒出陣で征《い》った或る大学生に身をささげ、そのあくる年坊やをうみました。半年たってあの恐ろしい空襲で家はやかれ父母をうしない、さらに半年たって終戦をむかえました。

なんという恐ろしい、かなしい時代でしょう！　すがりつく一木さえもない焼野原をさまよって、泣いて、つかれはてて、あたくしはなんべん死のうとかんがえたかもしれません。でもあたしは死ねなかったのです。いえ生きぬかなければならなかったのです。無心な坊やのために、可愛い坊やのために——そのお父さまにおかえしするまでは——生きるために、坊やといっしょに生きるために、あたくしは娼婦になりました。

せめないで下さい、あたくしは女給にさえなることのできない人間だったのです。猛火のなかから坊やをすくいだすとき半面焼けただれた恐ろしい顔——ああ、あの夜あなたさまをびッくりさせたあの顔こそ、ほんとうのあたくしの顔なのでございます。

では、では、街であったとき、灯のともったときのあたくしは？——あれが女子医学生三田鏡子です。あたくしはただ闇の底にうごめく陰獣のようなあの肉塊だったのです。おわかりになりましたか。ふたりは別々の人間でした。このお手紙をかいているのは、三田鏡子ではありません。無名の、あわれな、いやしい黒衣の娼婦なのでございます。

鏡子さんはお美しい方でした。けれど、恐ろしい方でした！

あの方とお知り合いになったのは坊やがジフテリアにかかって附属病院に入院したときで

す。入院料をどうしよう？　あたくしも途方にくれましたが、あの方も終戦後学校の年限が二年延長されたとかで学資にこまっていらっしゃいました。

　こうして美しいあの方が街で客をひき醜《みにく》いあたくしが闇のなかでからだを売るというかなしい商売が契約されました。そして利益はあの方が七割あたくしが三割ということにきめられたのです。あの方はほかにそんな共同者はいくらでも見つけられたでしょう、けれどあたくしはそんな才智と美貌と勇気をもっている方はほかに見つかりそうもありませんでした。

　あの方は灯のなかであたくしの坊やを抱いてお客に見せました。またそのほかいろいろ美しい言葉やけだかい行為でお客のこころをひしぎました。それは明るいところであろうがなんであろうが恥をしらない或る男たちの獣性をしずめて御自分の貞操をおまもりになろうというかしこいお考えからだったのですけれど、その一方で御自分の清浄美に打たれ、とまどいし、ひれふす男たちを見るのがおたのしみであったのです。そうして闇のなかでこのあたくしをあの方とかんがえて淫らなよろこびにむちゅうになっている男たちに、なんともいえない陶酔をかんじていらしたのです。

　おもい出して下さい。あかるいところでは決して聖母が娼婦に転身せず、娼婦が聖母に変形しなかったことを。

　あのひとがきよいひかりにかがやいて男たちの魂を礼拝させているとき、暗い幕のむこうではだかの獣のようなあたくしがみじめにうずくまっていたのでございます。

　あの方はあたくしをあわれんで下さいました。けれど、そのあわれみの瞳のなかには凍ってしまいそうなさげすみのひかりがありました。

ああ、どんなにさげすまれてもしかたのない女です。あたくしは自分のからだを愛撫するどんな男をも愛したことはありません。ただ忘れ得ぬたッたひとりの方をのぞいては！

おお、そのたッたひとりの方が、ただ神さまだけを信じて待っていたその方が、或る夜とうとう魔窟の奥のあたくしの腕にかえってこようとは。その方は、知らずしてあたくしの名をお呼びになりました。あたくしは一瞬気絶しました。

驚愕と狂喜の暴風がふきすぎたのち、あたくしはあやうくみずから剝《は》ぎとろうとした黒衣でふたたびヒシと魂をつつみました。

神さま！　あたくしは待っていたのです。あたくしは待っていたのです！

でも――でも――でも、おお、どうしてこの恥ずかしいけがれたからだを灯の下にさらせましょうか？　どうしてこの醜い恐ろしい顔をおみせすることができましょうか？

黒い闇のなかで腸《はらわた》はちぎれるようでした。なにも知らずその方がかえっていってから、あたくしは坊やを抱きしめてのど
もつぶれるほどすすり泣きました。

――あなたの待っていたのはあの男ね？

鏡子さんはやっと見ぬいてこういいました。

――ええ、そうよ。

不思議なことにそう答えたときのあたくしは涙のなかに世にも幸福な微笑みを浮かべたのです。

鏡子さんはほのかに笑いました。おお、その氷のような謎めいた深沈《しんちん》たる笑い！　そのときから、不思議なたたかいがはじまったのです。天使のように美しいあの方と、獣のように醜いあたくしと――いいえ、ふたりの人間の「女」のあいだに！

――あなた、またきてね、きっとまたきてね！

あたくしがそういってそのお客さまにしがみついた夜、きっとあとで鏡子さんは冷たく申しました。

――ここはあなたのような方のいらっしゃるところじゃないわ。……

あたくしが苦しさに歯をくいしばって、

――もうこないで下さい。いらっしゃっちゃイヤ。おねがい。……

そううめいた夜は、鏡子さんは甘い嘲《あざ》けるような微笑をたたえてお客さまにいうのです。

――またきてね。きっとよ。……

鏡子さんの眼からみるとあたくしのような人間は、いえ獣は、人間なみの幸福をあじわうことは決してゆるされなかったのです。恋など愛などというものはあたくしにとっては蜘蛛《くも》が月へむかって舞いあがるよりも、もっと途方もない大それた野望だったのです。そうです。それにちがいないのです。けれど――おゆるし下さい、神さま、あたくしは鏡子さんの厳《おごそ》かな笑いにはむかいました！

破局はこうして参りました。

聖母と娼婦、そのかなしさと痛みを身をもって知らず、ただ心のなかにたちこめさせてこの世のものならぬ快感にひたっていた鏡子さんは、聖女と淫婦の持つもっとも恐ろしい感情にとり憑《つ》かれてしまったのです。——傲慢《ごうまん》と嫉妬《しっと》。

七月一日の夜、暗幕の向うにひそんでいた鏡子さんは、とつぜんそのすきまから蠟燭に火をつけてあたしの顔をお客さまに見せてしまいました。化物のようなその顔にびッくりしたあの方は夢中であたくしを追っかけて、暗闇のなかでまちがえて鏡子さんの頸をしめてしまったのです。

でも、その方は人殺しではありません。……半時間ほどたって息をふきかえした鏡子さんを恨めしさに狂ってしめ殺し、大通りまで運んだのはたしかにこのあたくしでございますから。……

すべては終りでございます。人を殺した罪人はあらわれなければなりません。そして慈愛ぶかい神さまはあたくしに罪人にふさわしい顔をあたえて下さいました。

さいぜんから刑事らしい人がしきりにこの家のまわりの路地をゆききしている様子です。あたくしはちゃんと自白の遺書をかいておきました。あとはただ、傍に無心にねむっている坊やに乳房をふくませて、いつか鏡子さんにいただいた毒を仰げばよいのでございます。

ああ、坊や、坊や！

おねがいでございます。奇妙なめぐりあわせでそれでも幾夜か愛していただいたあなたさま、おねがいでございます。罪のないこの子を育てて下さいまし。どうぞあなたさまのお子とおぼしめして、心もからだもきよらかな美しい奥さまをおもらいになって、幸福に育ててやって下さいまし。……

それからもうひとつ——若《も》しあなたさまのお友だちにこの事件に思いあたる方がありましたらこのけがれはてた恐ろしい娼婦が最後にこういったと申して下さいまし。

——さようなら！　あたしはお待ちすることができませんでした！　さようなら！　と。

黒衣の春婦」

私は蒼白な顔をふりあげた。たちまち火のような涙がほとばしり、その手紙をつかんではしり出していた。無我夢中に絶叫しながら。……

「死んじゃいけない！　おまえが殺したっていうのはうそだ。死んじゃいけない！　マチ子、死んじゃいけない！」

編者解説

日下三蔵

【江戸篇】【室町篇】【忍法篇】と時代小説の絶版本を復刊してきた河出文庫版《山田風太郎傑作選》に、新たに【推理篇】が加わることになった。この本の内容を聞いて、河出書房新社の社員の中にも「山田風太郎ってミステリも書いてたの?」と驚いた方がいたそうだが、そもそも山田風太郎がデビューしたのは、岩谷書店が発行していた探偵小説専門誌「宝石」なのである。

戦後間もない一九四七（昭和二十二）年、医学生だった山田風太郎は「達磨《だるま》峠の事件」で「宝石」の第一回懸賞募集に入選している。同期の香山滋、島田一男、やや遅れて登場した大坪砂男、高木彬光《あきみつ》とともに、江戸川乱歩が戦後デビューの有力新人を評した「戦後派五人男」の一角にも挙げられている。

四九年には「眼中の悪魔」「虚像淫楽」で第二回探偵作家クラブ賞（現在の日本推理作家協会賞）短編賞を受賞しており、昭和二十年代から三十年代半ばまでの山田風太郎は、異色の探偵作家として活躍していたのだ。

酔いどれ医者の荊木歓喜《いばらきかんき》先生が探偵役を務める一連の作品のように、きわめてトリッキーな作品もないではないが、風太郎ミステリは、いわゆる推理小説の定型をまったく無視したような作品が多い。それでいて、著者一流の人間観察力、構成力は、どの作品でも発揮されているから、サスペンス、ユーモア小説、怪奇小説、SFと、多彩かつ奔放な作品群のどれをとっても、ミステリ・ファンを満足させる奇想に満ち満ちているのだ。

有栖川有栖氏はハルキ文庫版《山田風太郎奇想コレクション》『厨子《ずし》家の悪霊』（97年6月）に寄せた解説「風のミステリ」で、その理由をこう分析している。

氏は、ミステリの創作にあたっても、いかにも自由だ。ミステリは、しばしば「犯行方法（トリック）」「動機」「結末の意外性」などいくつかの構成要素に分解されて鑑賞、批判される。また、書き手の方も自作がそんな諸要素に分解されることを受容するばかりか、「既存のトリック」「既存の動機」「既存の結末の意外性」などにひとひねりを加えたり、組合せを換えたりして作品に仕立てる。すでにある音をつぎはぎし、組み合わせて新しい曲を創るサンプリング音楽のような手法が、かなりあからさまに有効な文芸形態なのだと私は考えている。そして書かれたミステリには、「密室トリックの絶品」やら「かつてない意外な犯人」といった謳《うた》い文句がふさわしいのだが、山風ミステリには、そんなレッテルはあまり似合いそうにない。それは、多くのミステリ作家が「密室トリックの——」「——意外な犯人」という部分に照準を定め、先行する同系統の作品の踏襲改善を目論んでいるのに対して、山田氏は「——絶品」「かつてない——」の部分を指向しているからではないだろうか。だから、ミステリ作家としての氏に、「密室トリックの巨匠」的な異名がついて回ることがない。

　そもそも常套を嫌う風太郎作品は、ミステリ専門誌の中でも明らかに浮いていて、何しろ鼻と性器の位置が逆転した男の物語「陰茎人」などという作品を平気で書くくらいだから、「奇小説」とか「奇想小説」などと呼ばれることが多かった。桃源社の新書判叢書ポピュラー・ブックスで風太郎ミステリが系統別にまとめられた際のシリーズ名も《山田風太郎奇想小説全集》であった。

　本書のベースとなっているのは、そのうちの一冊、「戦争をめぐる悲壮美の物語」という惹句《じゃっく》の付された『戦艦陸奥《むつ》』（山田風太郎奇想小説全集5／65年1月）。本書に収めた十篇のう

1965年１月／桃源社

1980年１月／桃源社

ち、「腐爛《ふらん》の神話」と「魔島」を除く八篇をまとめた作品集である。

このシリーズは七九年から翌年にかけて《山田風太郎の奇想小説》のタイトルで四六判ソフトカバーに改版され、『戦艦陸奥』も八〇年一月に再刊されているが、そのままの形で文庫化されることはなかった。

九七年にハルキ文庫で前出の《山田風太郎奇想コレクション》全五巻を編む機会を得た際、そのうちの一巻を戦争ミステリ集『黒衣の聖母』に充てた。これは、当時の現行本であった角川ホラー文庫『跫音《あしおと》』所収の「さようなら」「最後の晩餐」、集英社文庫『天使の復讐』所収の「狂風図」の三篇を桃源社版『戦艦陸奥』から割愛し、単行本未収録作品「腐爛の神話」と初文庫化作品「魔島」を加えて再編集したものであった。

二〇〇一年、第四回日本ミステリー文学大賞受賞を記念して刊行された光文社文庫版《山

1997年８月／ハルキ文庫

2001年９月／光文社文庫

田風太郎ミステリー傑作選》の第五巻『戦艦陸奥』（01年9月）は、桃源社版『戦艦陸奥』の八篇に「腐爛の神話」と「魔島」を加え、さらに長篇ミステリ『太陽黒点』を収録した風太郎戦争小説の集大成というべき一冊であった。

現在、『太陽黒点』は角川文庫版《山田風太郎ベストコレクション》シリーズで入手できるものの、『戦艦陸奥』は紙の本では買えなくなっているため、短篇集部分の十篇を独立させたのが、本書ということになる。

各篇の初出と初収録単行本は、以下の通り。（この解説は、ハルキ文庫版『黒衣の聖母』および光文社文庫版『戦艦陸奥』の解説を元に加筆したものである）

戦艦陸奥

光文社「面白倶楽部」53（昭和28）年6月号に掲載後、『二十世紀怪談』（東方社／56年1月）に収録。

初出ではタイトルを「小説戦艦陸奥」と表記。「巨艦に体当りする人間の憤怒／海軍日本の悲劇――鬼才の力作」として、編集部による以下の前書きが付されていた。

太平洋戦争たけなわな昭和十八年六月八日の正午すぎ、広島湾南方柱島《はしらじま》沖で、アッツ島救援出撃のため待機停泊中の戦艦陸奥は、後部砲塔下部の火薬庫が爆発、折柄《おりから》の濃霧中に大火柱を吹きあげ、四万八千二百噸《トン》の巨艦は、乗組員二千六百名もろとも、三十秒間で轟沈してしまった。

当局は狼狽して査問会を開いたが、原因は永遠の謎となった。

しかし、筆者はそこに起り得る人間の憤怒を感じて小説とした。巨艦対人間—探偵小説の鬼才が奇想を奔流させて描く問題力作！

設計ミスのために洋上で大破し、機密保持を理由に自軍によって砲撃された巡洋艦「白馬」。本篇は、この「白馬」の艦長、設計者、そして砲撃を命じた旗艦の艦長、それぞれの子供たちがたどった、数奇な運命を描いたものである。ただ、内容に比べて枚数が少なく、あっという間に終わってしまうのが残念なところだ。処女性と娼婦性を奇妙に同居させたまま流転する本篇のヒロイン・万里子などは、風太郎作品に登場する典型的なヒロインでありながら、出番が少ないのが何とももったいない。

潜艦呂号99浮上せず

「面白倶楽部」53年10月号に掲載後、『二十世紀怪談』（東方社／56年1月）に収録。

昭和二十年八月十五日、運命のまさにその日に沈んでいく潜水艦と、その乗組員たちの科白をとおして、作者の太平洋戦争観が、珍しくストレートに語られる一篇。

その八月十五日について、本篇には「滅失の奈落におちる日」という表現があるが、後に公刊された著者の戦時中の日記『戦中派虫けら日記』が、初刊本では『滅失への青春』というタイトルだったことを考えると、作者の敗戦に対する考え方が、より明確に理解できるだろう。

最後の晩餐

桃園書房「小説倶楽部」54年4月号に掲載後、『陰茎人』（東京文芸社／54年11月）に収録。

特高警察の小代刑事は、ドイツ人記者、代議士、軍人、画家などの家を訪ね歩く怪しい女を尾行していた。その女、花房百代を尋問したところ、グルマン（食道楽）の会の連絡と食材集めであったことが判明する。だが、そのグルマンの会で恐ろしい事件が発生しようとは……。

特高警察というところで見当のつく方もいるかもしれないが、戦時中のある有名な事件を扱った異色作。太平洋戦争突入直前のグルマンの会が、日本という国にとっての「最後の晩餐」だったのではないか、という皮肉が利いている。ほとんどの登場人物が実在であり、後に明治もので活用される手法の萌芽が見て取れる一篇。

裸の島

大日本雄弁会講談社「講談倶楽部」52年12月号に掲載後、『陰茎人』（東京文芸社／54年11月）に収録。

本書には、南の島を舞台に日本人たちの悲喜劇を描いた作品が、三篇収録されているが、その一本目が、この「裸の島」である。撃沈された軍艦から、十人の日本兵が、命からがら泳ぎ着いたその島には、逃げそびれた日本人の夫婦がいた。はじめのうちは、のんびりと救助を待っていた一行だが、いっこうに救《たす》けは現れず、次第にその目は長谷川夫人環《たまき》へと向けられていくのだった……。

たった一人の女をめぐって巻き起こる、滑稽かつ凄惨なドラマの結末は？　誰が、どのように死んでいくのか、山田風太郎のストーリーテリングは、読者に容易に先をさとらせない。最終的に、生き残った数人は、無事、日本へと帰りつくことができるのだが、そのエピローグに待っている逆転も、いかにも山田風太郎らしい皮肉に満ちている。

女の島

「講談倶楽部」53年6月号に掲載後、『臨時ニュースを申上げます』（文芸評論新社／58年9月）に収録。

つづく本篇でも、十五人の日本人が南の島に漂着するが、今度は、そのうちの十二人が女性である。「裸の島」とは一転して、本篇では、女の側からのドラマが展開されることになる。

撃沈されたのは病院船で、助かったのは、七人の看護婦と五人の従軍慰安婦、そして三人の日本兵だった。しかも、三人の男のうちで、元気なのは頼母木《たのもぎ》水兵の一人だけ。大西大佐は片腕で、島兵曹にいたっては、下腹を銃撃されて下半身不随である。数少ない男をめぐって、看護婦集団と慰安婦集団は、次第に対立を深めていく……。

白衣の天使と淫売婦の、どちらが本当の天使であるのか、だんだん判別がつかなくなっていくところが、なんとも恐ろしい。

魔島

「黄金と裸女を追う男」のタイトルで太虚堂書房「りべらる」50年3～5月号に掲載後、「魔島」と改題して『二十世紀怪談』（東方社／56年1月）に収録。

本篇では、本隊に取り残され、南の島をさまよう七人の日本兵が登場するが、生き残るためには人肉食さえも辞さない決死の密林行は、まさしく極彩色の地獄絵図、風太郎作品中でも、屈指の迫力に満ちている。なんとか原住民の部落にたどりつき、ひと息ついたのもつかの間、文明の汚れを知らない原住民たちと、色と欲にまみれた日本人たちの間には、さらに大きな破局が待ち受けているのだった……。百三十枚におよぶ中篇で、戦争ものというだけでなく、秘境小説、冒険小説の要素も兼ね備えた異色作である。

本篇が初めて収録された『二十世紀怪談』という作品集には、SF味の強い怪奇小説「二十世紀ノア」「冬眠人間」「男性滅亡」と「戦艦陸奥」「潜艦呂号99浮上せず」「魔島」の六篇が収められているが、前半の三篇はともかくとして、後半の戦争ミステリを「怪談」とカテゴライズするのは無理があるのではないか、と以前から疑問を感じていた。

だが、ハルキ文庫版『黒衣の聖母』を編んだ際に、本篇を久しぶりに読み返して、いや、これはもはや「怪談」だ、と思った。もしかすると山田風太郎にとっては、太平洋戦争そのものが「二十世紀の怪談」だったのではないだろうか。そう考えると、「二十世紀ノア」と「戦艦陸奥」を同列に並べることが、奇妙に納得できるのである。

腐爛の神話

朝日新聞社「週刊朝日」50年6月増刊号に掲載後、『黒衣の聖母』（角川春樹事務所〈ハルキ文庫／山田風太郎奇想コレクション〉／97年8月）に収録。初出時には、「ニューストーリー」の角書き《つのがき》が付されており、登場人物の年令がカッコ付きで表示されるなど、実話読物風の体裁となっていた。

梅毒で入院している一人の売春婦と、彼女を当局に引き渡さず、個人的に面倒を見続ける若い警官。二人の過去に、いったい何があったのか？　三十枚に満たない小品ながら、本篇もまた、戦争の生んだ一つの悲劇を描いている。当然のことだが、単に西條京子と酒井信のケースにとどまらず、日本じゅうにこうした例はいくらでもあり、この物語はその一例ととらえるべきであろう。

さようなら

大日本雄弁会講談社「別冊キング」56年5月号に掲載後、『臨時ニュースを申上げます』（文芸評論新社／58年9月）に収録。

探偵・捕物小説特集として城昌幸《じょうまさゆき》《若さま侍捕物手帖》の「お影さま明神《みょうじん》」、渡辺啓助のミステリ短篇「悪魔の窓」と共に掲載された。

ペストが発生して無人となった町に、ふたりの刑事がやって来た。だが、その町は十年前の空襲の夜、犯人逮捕のために訪れた町とそっくりであった。やがて時が巻き戻ったかのように、十年前の夜が再現されていく……。

常人の発想をはるかに超えた大がかりな真相には、開いた口がふさがらない。山田風太郎の奇想が炸裂する驚異のミステリだ。

狂風図

博友社「新青年」50年2月号に掲載後、『満員島他』（春陽堂書店〈長篇探偵小説全集9〉／56年11月）に収録。

終戦の直前、信濃の山村に疎開していた医学生たちは、戦争継続の可能性について激論を交わしていた。そうした輪に加わらぬ者もいたが、それも含めて、これは当時の日本の各地で見られた風景であったろう。

運命の八月十五日、祖国愛と恋とが奇妙にねじれて交錯する心理戦の果てに、二人の若者が命を落とすことになる。だが、その裏には恐ろしい真相が隠されていた……。昭和三十年代の若者向けミステリ『青春探偵団』シリーズでは、探偵小説ファンの高校生たちが「殺人クラブ」を結成して、さまざまな事件を解決していくが、時代がわずか十年ずれていただけで、本篇に登場する若者たちは袋小路のような心理の迷宮に陥らざるを得なかったのである。

黒衣の聖母

「講談倶楽部」51年2月号に掲載後、『新かぐや姫』（東方社／55年9月）に収録。

愛する女性を空襲で失い、悲嘆にくれる復員兵が、焼け跡で出会った清らかな聖母のごとき娼婦・鏡子の意外な正体とは？　抑制のきいた焼け跡の描写から、鏡子との奇妙な交歓、そして急転直下のカタストロフィまで、まったく間然するところがない。シンプルかつ大胆なトリックの切れ味も抜群で、風太郎ミステリの中でも、ベスト級の出来映えだ。本書の掉《ちょう》尾《び》を飾るにふさわしい傑作中の傑作である。

（くさか・さんぞう　ミステリ評論家）

本書は、『山田風太郎ミステリー傑作選5　戦艦陸奥〈戦争篇〉』（光文社文庫、二〇〇一年刊）を底本といたしました。本文中、今日からみれば不適切と思われる表現がありますが、書かれた時代背景と作品価値とを鑑み、そのままとしました。

黒衣《こくい》の聖母《せいぼ》
山田《やまだ》風太郎《ふうたろう》傑作選《けっさくせん》　推理篇《すいりへん》

二〇二一年一二月一〇日　初版印刷
二〇二一年一二月二〇日　初版発行

著　者　山田風太郎《やまだふうたろう》
編　者　日下三蔵《くさかさんぞう》
発行者　小野寺優
発行所　株式会社河出書房新社
〒一五一―〇〇五一
東京都渋谷区千駄ヶ谷二―三二―二
電話〇三―三四〇四―八六一一（編集）
〇三―三四〇四―一二〇一（営業）
https://www.kawade.co.jp/

ロゴ・表紙デザイン　粟津潔
本文フォーマット　佐々木暁
本文組版　株式会社創都
印刷・製本　凸版印刷株式会社

Printed in Japan　ISBN978-4-309-41857-5

笊ノ目万兵衛門外へ

山田風太郎　縄田一男〔編〕　41757-8

「十年に一度の傑作」と縄田一男氏が絶賛する壮絶な表題作をはじめ、「明智太閤」、「姫君何処におらすか」、「南無殺生三万人」など全く古びることがない、名作だけを選んだ驚嘆の大傑作選！

柳生十兵衛死す　上

山田風太郎　41762-2

天下無敵の剣豪・柳生十兵衛が斬殺された！　一体誰が彼を殺し得たのか？　江戸慶安と室町を舞台に二人の柳生十兵衛の活躍と最期を描く、幽玄にして驚天動地の一大伝奇。山田風太郎傑作選・室町篇第一弾！

柳生十兵衛死す　下

山田風太郎　41763-9

能の秘曲「世阿弥」にのって時空を越え、二人の柳生十兵衛は後水尾法皇と足利義満の陰謀に立ち向かう！『魔界転生』『柳生忍法帖』に続く十兵衛三部作の最終作、そして山田風太郎最後の長篇、ここに完結！

婆沙羅／室町少年倶楽部

山田風太郎　41770-7

百鬼夜行の南北朝動乱を婆沙羅に生き抜いた佐々木道誉、数奇な運命を辿ったクジ引き将軍義教、奇々怪々に変貌を遂げる将軍義政と花の御所に集う面々。鬼才・風太郎が描く、綺羅と狂気の室町伝奇集。

妖櫻記　上

皆川博子　41554-3

時は室町。嘉吉の乱を発端に、南朝皇統の少年、赤松家の姫、活傀儡に異形ら、死者生者が入り乱れ織り成す傑作長篇伝奇小説、復活！

妖櫻記　下

皆川博子　41555-0

阿麻丸と桜姫は京に近江に流転し、玉琴の遺児清玄は桜姫の髑髏を求める中、後南朝の二人の宮と玉璽をめぐって吉野に火の手が上がる……！　応仁の乱前夜を舞台に当代きっての語り手が紡ぐ一大伝奇、完結篇